태평천하

자 - 부아라,
거리거리 순사요, 골골마다 공명헌 정사,
오죽이나 좋은 세상이여…….
남은 수십만 명 동병을 히여서, 우리 조선놈 보호히여 주니,
오죽이나 고마운 세상이여?……
으응 제것 지니고 앉아서 편안하게 살 세상,
이걸 태평천하라구 하는 것이여, 태평천하!

베스트셀러한국문학선 11

태평천하

채만식

소담출판사

발 간 사

우리는 물질적 가치를 중시하는 산업시대의 큰 풍조 속에서 경제적 부 (富)만을 추구하는 열병을 앓고 있는 것 같다. 물질적 가치와 똑같은 비 중으로 또는 경우에 따라서는 그보다도 더 귀중한 정신적 가치에 관한 소 중함을 몰각한 것이 오늘날의 풍조가 아닌가 한다.

따라서 역사적으로 면면히 이어오고 있는 우리 문화의 한 중심인 문예 의 가치를 인식하고, 널리 보급시키는 것은 매우 중요한 의미를 지닌다고 할 수 있다.

우리가 어진 사람을 인격의 표본으로 삼을 때 근대 문학 작품에서는 이 광수의 「흙」에 등장하는 허숭을 생각할 수 있고, 옛 문학에서는 흥부를 생각할 수 있다. 이러한 문예작품 속의 인물들은 우리 민족성원 한 사람 한 사람의 마음속에 인격의 한 표본으로 존중되어 사람답게 사는 실천적 지혜로 이어진다.

여기서 문예작품은 그 작품을 창작한 개인의 재능에 의한 것이지만, 그 내용에 담긴 인물의 심성과 인격의 아름다움은 바로 그 작품을 읽는 독자 들의 자아를 성숙게 하는 길잡이가 된다. 즉 작품에 실현된 정신적 가치 는 우리 민족의 창조적 지혜로서 이어지고 이해되어 민족의 정신적 지향 의 전통이 됨을 깨닫게 된다.

특히 젊은 세대에게 역사의식과 전통적 가치를 학습할 자료로서 우리 문학의 선집은 필수적인 의미를 지니고 있다.

오늘날의 상업적 풍조에서 탈피하여 한국의 전통을 이해하고 새 시대의 창조적 전진을 위한 밑거름으로서 베스트셀러 한국문학선은 기여할 것이다.

새 시대의 새 독자들에게 가장 뜻깊은 선물이 될 것을 자부하며, 작품 의 선정에 있어서도 그 뛰어난 예술성은 물론 내용의 심화된 것을 중시하 여 엄정히 선택한 것임을 밝혀두는 바이다.

신 동 욱

차례

[채만식]

〈일러두기〉

1. 선정된 작품은 1920-1970년대 한국 현대 소설사의 대표적 작품들로서 현행 고등학교 검인정 문학 8종 교과서에 실린 작품 외 개별 작가의 대표적 작품을 중심으로 엮었다.

2. 표기는 원문의 효과를 고려하여 발표 당시의 표기를 중시했으나, 방언은 살리되 의미 전달을 위해 되도록 현대표기법을 따랐다.

3. 띄어쓰기는 개정된 한글맞춤법에 따랐다.

4. 외래어는 외래어 표기법을 따랐다.

5. 대화나 인용은 " "로, 생각이나 독백 및 강조하는 말은 ' '로 표시하였다.

6. 본 도서는 대입수능시험은 물론 중-고교생의 문학적 소양 및 교양의 함양을 위해 참고서식 발췌 수록이 아닌 모든 작품의 전문을 수록하였음을 밝혀둔다.

레디메이드 인생

1

"뭐 어디 빈자리가 있어야지."

K사장은 안락의자에 폭신 파묻힌 몸을 뒤로 벌떡 젖히며 하품을 하듯이 시원찮게 대답을 한다. 두 팔을 쭉 내뻗고 기지개라도 한번 쓰고 싶은 것을 겨우 참는 눈치다.

이 K사장과 둥근 탁자를 사이에 두고 공손히 마주앉아 얼굴에는 '나는 선배인 선생님을 존경하고 앙모합니다.' 하는 비굴한 미소를 띠고 있는 구변 없는 구변을 다하여 직업 동냥의 구걸(求乞) 문구를 기다랗게 늘어놓던 P――P는 그러나 취직 운동에 백전백패(百戰百敗)의 노졸(老卒)인지라 K씨의 힘 아니 드는 한마디의 거절에도 새삼스럽게 실망도 아니한다. 대답이 그렇게 나왔으니 인제 더 졸라도 별수가 없는 것이지만 헛일삼아 한마디 더해 보는 것이다.

"글쎄올시다, 그러시다면 지금 당장 어떻게 해 주십사고 무리하게 조를 수야 있겠습니까마는……. 그러면 이담에 결원이 있다든지 하면 그때는 꼭……."

 이렇게 말하고 P는 지금까지 외면하였던 얼굴을 돌리어 K사장을 조심성 있게 바라보았다. 그러나 K사장은 우선 고개를 좌우로 두어 번 흔들고는 여전히 하품 섞인 대답을 한다.

 "결원이 그렇게 나나 어디……. 그리고 간혹 가다가 결원이 난다더라도 유력한 후보자가 몇십 명씩 밀려 있어서……."

 P는 아무 말도 아니하고 고개를 숙였다. 인제는 영영 틀어진 것이다.

 "안녕히 계십시오."

하고 일어서는 것밖에는 별수가 없었다.

 별수가 없이 되었으니,

 "네, 그렇습니까."

하고 선선히 일어서야 할 것이지만 지금까지의 은근히 모시고 있던 태도에 비하여 그것이 너무 낯간지러운 표변임을 알기 때문에 실망이나 하는 체하고 잠시 더 앉아 있는 것이다.

 "거참 큰일났어."

 K사장은 P가 낙심해하는 것을 보고 밑천이 들지 아니하는 일이라서 알뜰히 걱정을 나누어 준다.

 "저렇게 좋은 청년들이 일거리가 없어서 저렇게들 애를 쓰니."

 P는 속으로 코똥을 '흥'하고 뀌었으나 아무 대답도 아니하였다. K사장은 P가 이미 더 조르지 아니하리라고 안심한지라 먼저 하품 섞어 빈자리가 있어야 하던 시원찮은 태도는 버리고 그가 늘 흉중에 묻어 두었다가 청년들에게 한바탕씩 해 들려 주는 훈화를 꺼낸다.

 "그렇지만 내가 늘 말하는 것인데 저렇게 취직만 하려고 애를 쓸 게 아니야. 도회지에서 월급 생활을 하려고 할 것만이 아니라 농촌으로 돌아가서……."

 "농촌으로 돌아가서 무얼 합니까?"

 P는 말 중동을 잘라 불쑥 반문하였다. 그는 기왕 취직 운동은 글러진

것이니 속시원하게 시비라도 해 보고 싶은 것이다.

"허 저게 다 모르는 소리야, 조선은 농업국이요 농민이 전 인구의 8할이나 되니까 조선 문제는 즉 농촌 문제라고 볼 수 있는데, 아 지금 농촌에서 할 일이 오죽이나 많다구?"

"저는 그 말씀 잘 못 알아듣겠는데요. 저희 같은 사람이 농촌에 가서 할 일이 있을 것 같잖습니다."

"그럴 리가 있나! 가령 응……, 저……."

K사장은 끝내 대답을 하지 못한다. 그것은 무리가 아니다.

그가 구직하러 오는 지식 청년들에게 농촌으로 돌아가 농촌 사업을 하라는 것과 (다음에 또 꺼내는 일거리를 만들라는 것은) 결코 현실에서 출발한 이론적 근거가 있는 것은 아니었다. 그저 지식 계급의 구직꾼이 넘치는 것을 보고 막연히 '농촌으로 돌아가라' '일을 만들어라'고 해 왔을 따름이다. 따라서 거기에 대한 구체적 플랜이 있는 것도 아니었던 것이다. 한편으로는 한 행세거리로 또 한편으로는 구직꾼 격퇴의 수단으로 자룡이 헌창 쓰듯 썼을 뿐이지…….

그리하여 그 동안까지는 대개는 막연한 설교를 들은 성 만 성 물러가는 것이 그들의 행투였었는데 오늘 이 P에게만은 그렇지가 아니하여 불가불 구체적 설명을 해 주어야 하게 말머리가 돌아선 것이다. 그래서 그는 떠듬떠듬 생각해 가면서 생각나는 대로 주워섬기는 것이다.

"가령 응……저……, 문맹 퇴치 운동도 있지. 농민의 9할은 언문도 모른단 말이야! 그리고 생활 개선 운동도 좋고……. 헌신적으로."

"헌신적으로?"

"그렇지……. 할 테면 헌신적으로 해야지."

"무얼 먹고 헌신적으로 그런 사업을 합니까? 먹을 것이 있어서 그런 농촌 사업이라도 할 신세라면 이렇게 취직을 못해서 애를 쓰겠습니까?"

"허! 그게 안 된 생각이야. 자기가 먹고 살 재산이 있으면서 사회를 위해서 일도 아니하고 번들번들 논다는 것은, 그것은 타락된 생각이야."

P는 K사장이 억단을 내세우는 것을 보고 속으로 싱그레 웃었다.

"그렇지만 지금 조선 농촌에서는 문맹 퇴치니 생활 개선이니 합네 하고 손끝이 하얀 대학이나 전문학교 졸업생들이 모여 오는 것을 그다지 반겨하기는커녕 머릿살을 앓을 것입니다. 농민이 우매하다든지 문화가 뒤떨어졌다든지 또 생활이 비참한 것의 근본 원인이, 기역 니은을 모른다든가 생활 개선을 할 줄 몰라서 그런 것이 아니니까요. 그리고 조선의 지식 청년들이 모두 그런 인도주의자가 되어집니까?"

"되면 되지 안 될 건 무어야?"

"그건 인도주의란 그것이 한 개 공상이니까 그렇겠지요."

"허허……. 그러면 P군은 ××주의잔가?"

"되다가 찌부러진 찌스러깁니다. 철저한 ××주의자라면 이렇게 선생님한테 와서 취직 운동도 아니합니다."

"못써. 그렇게 과격한 사상으로 기울어서야 쓰나……. 정 농촌으로 돌아가기가 싫거든 서울서라도 몇 사람 마음 맞는 사람이 모여서 무슨 일을, 조국에 신문이 모자라니 신문을 하나 경영하든지 또 조그맣게 하자면 잡지 같은 것은 좋고 또 영리 사업도 좋고……. 그러면 취직 운동하는 것보담 훨씬 낫잖은가?"

"좋을 줄이야 압니다만 누가 돈을 내놉니까?"

"그거야 성의 있게 하면 자연 돈도 생기는 거지."

P는 엉터리없는 수작을 더하기가 싫어 웬만큼 말을 끊고 일어섰다.

속에 있는 말을 어느 정도까지 활활 해 준 것이 시원은 하나 또 취직이 글렀구나 생각하니 입안에서 쓴 침이 괴어 나온다.

복도에서 편집국장 C를 만났다. P는 C와 자별히 사이가 가까운 터이었다.

"사장 만나러 왔소?"

C는 묻는 것이다.

"아아니."

P는 거짓말을 하였다.

그는 지금 K사장을 만나 거절당한 이야기를 하기가 어쩐지 창피하기도 할 뿐 아니라, 또 전부터 C더러 K사장에게 자기의 취직 운동을 부탁해 왔던 터인데 직접 이렇게 찾아와서 만났다고 하기가 혐의쩍기도 하여 시치미를 뚝 뗀 것이다.

"아주 단념하오."

C 자기에게 부탁한 취직 운동을 단념하란 말이다. 그러면 벌써 C가 K사장에게 이야기를 하였고 그 결과 일이 틀어진 것을 P는 모르고 와서 헛노릇을 한바탕 한 것이다. P는 먼저 C를 만나 보지 아니하고 K사장을 만난 것을 후회하였다.

C는 잠깐 멈췄던 말을 계속한다.

"어제 아침에 사장더러 P군의 사정이 퍽 난처하니 어떻게 생각해 봐주면 좋겠다고 여러 말을 했다가 코떼었소. 신문사가 구제 기관이 아닌데 남의 사정이 난처한 것을 어떻게 하라느냐고 그럽디다……. 하기야 그게 옳은 말이지만……."

신문사가 구제 기관이 아니라고 한다는 그 말이 P의 머리에는 침 끝으로 찌르는 것같이 정신이 들게 울리었다.

"흥! 망할 자식들!"

P는 혼잣말로 이렇게 투덜거리며 C와 작별도 아니하고 밖으로 나와 버렸다.

2

P는 광화문 네거리의 기념비각(紀念碑閣) 옆에서 발길을 멈추고 망설였다. 어디로 갈까 하는 것이다. 봄 하늘이 맑게 개었다. 햇볕이 살이 올라 포근히 온몸을 싸고 돈다. 덕석 같은 겨울 외투를 벗어 버리고 말쑥말쑥하게 새로 지은 경쾌한 춘추복의 젊은이들이 봄볕처럼 명랑하게 오고가

고 한다.

멋쟁이로 차린 여자들의 목도리가 나비같이 보드랍게 나부낀다. 그 오동보동한 비단 다리를 바라다보노라니 P는 전에 먹던 치킨카츠가 생각났다.

창을 활활 열어제친 전차 속의 봄 사람들을 보니 P도 전차를 잡아타고 교외나 나가고 싶었다. 그러나 크림 맛을 못 본 지 몇 달이 된 낡은 구두, 구기적거린 양복바지, 양편 포켓이 오뉴월 쇠불알같이 축 처진 양복저고리, 땟국 묻은 와이셔츠와 배배 꼬인 넥타이, 엿장사가 2전어치 주마던 낡은 모자, 이렇게 아래로부터 훑어 올려보며 생각하니 교외의 산보는커녕 얼핏 돌아가서 차라리 이불을 뒤집어쓰고 드러눕고만 싶었다.

마침 기념비각 앞에 자동차 하나가 머물더니 서양 사람 내외가 내린다. 그들은 사내가 설명하고 여자가 듣고 하면서 기념비각을 앞뒤로 구경한다. 여자는 사진까지 찍는다.

대원군이 만일 이 꼴을 본다면……. 이렇게 생각하매 P는 저절로 미소가 입가에 떠올랐다.

3

대원군은 한말(韓末)의 돈키호테였다. 그는 바가지를 쓰고 벼락을 막으려 하였다. 바가지는 여지없이 부스러졌다. 역사는 조선이라는 조그마한 땅덩어리나마 너무 오래 뒤떨어뜨려 놓지 아니하였다.

갑신정변(甲申政變)에 싹이 트기 시작하여 가지고 한일 합방의 급격한 역사적 변천을 거치어 자유주의의 사조는 기미년에 비로소 확실한 걸음을 내어디디었다.

자유주의 새로운 깃발을 내어건 '시민(市民)'의 기세는 등등하였다.

"양반? 흥! 누구는 발이 하나길래 너희만 양발(반)이라느냐?"

"법률의 앞에서는 만인이 평등이다."

"돈……, 돈이 있으면 무어든지 할 수 있다."

신흥 부르주아지는 민주주의의 간판을 이용하여 노동자 농민의 등을 어루만지고 경제적으로 유력한 봉건 귀족과 악수를 하는 동시에 지식 계급을 대량으로 주문하였다.

유자천금이 불여교자일권서(遺子千金不如敎子一卷書)라는 봉건시대의 진리가 자유주의의 세례를 받아 일단의 더 발전된 얼굴로 민중을 열광시켰다.

"배워라, 글을 배워라……. 지식만 있으면 누구나 양반이 되고 잘 살 수가 있다."

이러한 정열의 외침이 방방곡곡에서 소스라쳐 일어났다.

신문과 잡지가 붓이 닳도록 향학열을 고취하고 피가 끓는 지사(志士)들이 향촌으로 돌아다니며 3촌의 혀를 놀리어 권학(勸學)을 부르짖었다.

"배워라! 배워야 한다. 상놈도 배우면 양반이 된다."

"가르쳐라! 논밭을 팔고 집을 팔아서라도 가르쳐라, 그나마도 못하면 고학이라도 해야 한다."

"공자왈 맹자왈은 이미 시대가 늦었다. 상투를 깎고 신학문을 배워라."

"야학을 실시하여라."

재등(齋藤) 총독이 문화 정치의 간판을 내걸고 골고루 학교를 증설하였다. 보통학교의 교장이 감발을 하고 촌으로 돌아다니며 입학을 권유하였다. 생도에게는 월사금을 받기는커녕 교과서와 학용품을 대 주었다.

민간의 유지는 돈을 거둬 학교를 세웠다. 민립대학도 생기려다가 말았다. 청년회에서 야학을 실시하였다. '갈돕회'가 생겨 갈돕만주 외는 소리가 서울의 신풍경을 이루었고 일반은 고학생을 존경하였다.

여학생이라는 새 숙어가 생기고 신여성이라는 새 여인이 생기어났다.

이와 같이 조선의 관민이 일치되어 민중의 지식 정도를 높이는 데 진력을 하였다. 즉 그들 관민이 일치하여 계획한 조선의 문화 정도는 급속도로 높아 갔다. 그리하여 민중의 지식 보급에 애쓴 보람은 나타났다.

면서기를 공급하고 순사를 공급하고 간이 농업학교 출신의 농사 개량 기수를 공급하였다.

은행원이 생기고 회사원이 생겼다. 학교 교원이 생기고 교회의 목사가 생겼다. 신문 기자가 생기고 잡지 기자가 생겼다. 민중의 지식 정도가 높았으니 신문 잡지 독자가 부쩍 늘고 의사와 변호사의 벌이가 윤택하여졌다.

소설가가 원고료를 얻어먹고 미술가가 그림을 팔아먹고 음악가가 광대의 천호(賤號)에서 벗어났다.

인쇄소와 책장사가 세월을 만나고 양복점 구둣방이 늘비하여졌다.

연애 결혼에 목사님의 부수입이 생기고 문화 주택을 짓느라고 청부업자가 부자가 되었다. 그리하여 부르주아지는 가보를 잡고 공부한 일부의 지식꾼은 진주(다섯끗)를 잡았다.

그러나 노동자와 농민은 무대를 잡았다. 그들에게는 조선 문화의 향상이나 민족적 발전이나가 도리어 무거운 짐을 지워 주었을지언정 덜어 주지는 아니하였다. 그들은 배[梨] 주고 속 얻어먹은 셈이다.

인텔리――인텔리 중에도 아무런 손끝의 기술이 없이 대학이나 전문학교의 졸업증서 한 장을, 또는 조그마한 보통 상식을 가진 직업 없는 인텔리――해마다 천여 명씩 늘어 가는 인텔리――뱀을 본 것은 이들 인텔리다.

부르주아지의 모든 기관이 포화 상태가 되어 더 수효가 아니 느니 그들은 결국 꾀임을 받아 나무에 올라갔다가 흔들리우는 셈이다. 개밥의 도토리다.

인텔리가 아니었으면 차라리……(일제시 9자 삭제) 노동자가 되었을 것인데 인텔리인지라 그 속에는 들어갔다가도 도로 달아 나오는 것이 99퍼센트다. 그 나머지는 모두 어깨가 축 처진 무직 인텔리요 무력한 문화 예비군 속에서 푸른 한숨만 쉬는 초상집의 주인 없는 개들이다. 레디메이드 인생이다.

4

"제길!"

P는 혼자 두덜거리며 지금까지 섰던 기념비각 옆을 떠났다.

P는 자기 자신이고 세상의 모든 일이고 모두 짜증이 나고 원수스러웠다.

광화문 큰거리를 총독부 쪽으로 어실어실 걸어가노라니 그의 그림자가 짤막하게 앞에 누워 간다. P는 자기의 그림자를 꽉 밟고 싶었다. 그러나 발을 내어디디면 그림자도 그만큼 앞으로 더 나가곤 한다. 이 그림자와 자기 자신에서 그리고 그림자를 밟으려는 자기 자신과 앞으로 달아나는 그림자에서 P는 자기의 이중인격의 모순상(相)을 발견하였다.

동십자각 옆에까지 온 P는 그 건너편 담뱃가게 앞으로 갔다.

"담배 한 갑 주시오."

하고 돈을 꺼내려니까 담뱃가게 주인이,

"네, 마꼬입니까?"

묻는다.

P는 담뱃가게 주인을 한 번 거들떠보고 다시 자기의 행색을 내려 훑어보다가 심술이 번쩍 났다.

그래서 잔돈으로 꺼내려던 것을 일부러 1원짜리로 꺼내려는데 담뱃가게 주인은 벌써 마꼬 한 갑 위에다 성냥을 받쳐 내어민다.

"해태 주어요."

P는 돈을 들이밀면서 볼멘소리를 질렀다. 그러나 담뱃가게 주인은 그저 무신경하게,

"네!"

하고는 마꼬를 해태로 바꾸어 주고 85전을 거슬러다 준다.

P는 저편이 무렴해하지 아니하는 것이 더욱 얄미웠다.

그는 해태 한 개를 꺼내어 붙여 물고 다시 전차길을 건너 개천가로 해서 올라갔다. 인제는 포켓 속에 남은 것이 꼭 3원하고 동전 몇 푼이다. 엊그제 겨울 외투를 4원에 잡혀서 생긴 것이다.

방세와 전깃불값이 두 달치나 밀렸다. 3원은 방세 한 달치를 주고 1원에서 전등삯 한 달치를 주고도 싶었으나 그러고 나면 그 나머지로 설렁탕이나 호떡을 사 먹어도 하루밖에는 못 지낸다. 그대로 넣어 두고 한 이틀 지내는 동안에 1원이 거진 달아났던 판인데, 공연한 객기를 부리느라고 당치도 아니한 해태를 샀기 때문에 인제는 1원 돈은 완전히 달아나고 3원만 남은 것이다.

P는 포켓 속에 손을 넣고 잔돈과 지폐를 섞어 3원 남은 돈을 만지작거렸다. 그러면서 왼편 손으로는 손가락을 꼽아 가며 3원을 곱쟁이쳐 보았다.

6원, 12원, 24원, 48원, 96원, 백 92원, 8원 모자라는 2백 원……. 4백 원, 8백 원, 1천 6백 원, 3천 2백 원, 6천 4백 원, 1만 2천 8백 원, 8백 원은 떼어 버리고 2만 4천 원, 4만 8천 원, 9만 6천 원, 19만 2천 원, 38만 4천 원, 76만 8천 원, 1백 53만 6천원…….

3원을 열여덟 번만 곱집으면 1백 53만 원, 그놈이 있으면……. 이렇게 생각하매 어깨가 으쓱해졌다. 3원의 열여덟 곱쟁이가 1백 50만 원이니 퍽 쉬운 일이다.

그놈만 있으면 백만 원을 들여서 50전짜리 16페이지 신문을 하나 했으면 위선 K사장의 엉엉 우는 꼴을 볼 수가 있을 것이다.

그러나 아쉬운 대로 15만 원만 있어도, 1만 5천 원, 아니 1천 5백 원만 있어도, 아니 1백 50원만 있어도, 15원만 있어도 우선 방세와 전등삯을 주고 한 달은 살아가겠다.

P는 한숨을 내쉬었다. 한 달? 한 달만 살고 나면 그담은 어떻게 하

나……. 그래도 몇 백 원은 있어야지, 아니 몇 천 원은, 아니 몇 만 원은…….

P는 늘 하는 버릇으로 이런 터무니없는 공상을 되풀이하였다. 그는 최근 이러한 공상을 하면서부터 취직을 시들하게 여겼다. 취직이 된댔자 사오십 원이나 오륙십 원의 월급이다. 그것을 가지고 빠듯빠듯 살아간들 무슨 아기자기한 재미가 있을 턱도 없는 것이다.

가령 근실히 해서 월괘저금(月掛貯金) 같은 것도 하고 집도 장만하고 여편네도 생기고 사장이나 중역들의 눈에 들어 지위도 부장쯤으로는 올라가고 그리하여 생활의 근거도 안정이 되고 하면 지금 같은 곤란을 당하지 아니하겠지만, 그러나 P에게는 아직도 젊은 때의 야심이 있어 그러한 고식된 안정이나 명색 없는 생활은 도리어 피하고 싶었던 것이다. 좀더 남의 눈에 띄며 좀더 재미있고 그리고 자유로운 생활…….

물론 그는 지금이라도 누가 한 달에 30원만 줄 테니 와서 일을 해 달라면 마치 주린 개가 고기를 보고 덤비듯이 덮어놓고 덤벼들 것이다. 그러나 속으로는 그와는 딴판으로 배포를 부리고 있는 것이다.

P가 삼청동으로 올라가느라고 건춘문 앞까지 이르렀을 때에 저편에서 말쑥하게 봄치장을 한 여자 하나가 마주 내려왔다.

역시 삼청동 근처에 사는 여자인지 P와는 가끔 마주치는 여자다.

P는 그 여자와 만날 때마다 일부러 눈여겨보지 아니하는 체는 하면서도 실상은 고고샅샅 관찰을 하였고, 그리고 속으로는 연애라도 좀 했으면 하던 터이었다. 무엇보다도 동그스름한 얼굴에 이목구비가 모두 모지지 아니하고 얼굴의 윤곽이 동글듯이 모가 나지 아니한 것, 그래서 맘자리도 그렇게 동글려니 하는 것이 P의 마음을 끈 것이다.

그 여자는 자주 만나는 이 헙수룩한 양복쟁이, P를 먼 빛으로도 알아보았는지 처녀다운 조심스런 몸매로 길을 가로 비켜 가까이 왔다.

P는 고개를 꼿꼿이 쳐들고 앞만 쳐다보면서도 속으로는,

'저 여자가 지금 내 옆으로 다가와서 조그만 소리로 정답게 구애(求

愛)를 한다면? 사뭇 들이안긴다면……, 어쩔꼬?'

이런 생각을 하면서 히죽이 웃는데 여자는 벌써 지나쳐 버렸다.

'흥! 어쩌긴 뭘 어째…… 이년아, 일없다는데 왜 이래! 하고 발길로 칵 차 내던지지.'

하고 P는 어깨를 으쓱하였다.

삼청동 꼭대기에 있는 집——집이 아니라 사글세로 든 행랑방——에 돌아왔다. 객지에 혼자 있으니 웬만하면 하숙에 있을 것이로되 밥값에 밀리고 그것에 졸릴 것이 무서워 P는 방을 얻어 가지고 있었던 것이다.

먹는 것이야 수중에 돈이 있는 때에 따라 호떡도 설렁탕도 백화점의 런치도, 그렇잖고 몇 끼씩 굶기도 하여 대중이 없었다.

볕 구경을 잘 못해서 겨울에도 곰팡이가 슬고 이불을 며칠씩 그대로 펴 두는 방바닥에서는 먼지가 풀신풀신 올랐다. 하도 어설퍼 앉으려고도 하지 않고 방 가운데 우두커니 서서 있노라니까 안방 문 여닫는 소리가 들리며 주인 노파가 나와서 캑 하고 기침을 한다. P는 또 방세 졸릴 일이 아득하였다.

그러나 노파는 방세보다도 우선 편지 한 장을 들이밀어 준다. 고향의 형에게서 온 것이다. 편지를 뜯어 읽고 난 P는 말가웃(一斗半)이나 되게 한숨을 푸 내쉬었다. 그리고는 편지를 박박 찢어 버렸다.

5

편지의 요건은 P의 아들에 관한 것이다.

P에게는 연전에 갈린 아내와의 사이에 생긴 창선이라는 아들이 있다. 금년에 아홉 살이다.

아내와 갈릴 때에 저편에서 다만 어린애만이라도 주었으면 그것을 데리고 길러 가는 재미로 혼자 사는 세상에 낙을 붙이겠다고 사정하였다. 그리고 적어도 중학까지는 마치게 하겠다는 것이었다.

그렇게 했으면 P도 한 짐을 덜었을 것이다. 그러나 그는 듣지 아니하였다.

어릴 적부터 소박데기 어미의 손에서 아비의 원망과 푸념을 들어 가면서 자란 자식은 자란 뒤에 그 아비에게 호감을 가지지 못한다. P는 자식을 꼭 찾고 싶은 것은 아니나 아무튼 장성하면 아비라고 찾아올 터인데 그때에 P는 이미 늙고 자식은 팔팔하게 젊은놈이 제 어미를 소박한 아비라서 아니꼽게 군다면 그것은 차마 못 당할 노릇이다.

이러한 생각으로 P는 창선이를 내주지 아니한 것이다. 그러나 빼앗아 놓고 보니 인제 겨우 너덧 살밖에 아니 먹은 것을 자기 손으로 어찌할 수가 없다. 그리하여 할 수 없이 어렵사리 지내는 그 형에게 맡기어 놓고 다시 서울로 올라온 것이다. 보통학교에 다닐 나이가 되면 서울로 데려오겠다가 해 두고.

P의 형은 작년에 조카를 보통학교에 입학시켰다. 그러나 극빈 축에 드는 집안인지라 몇 푼 아니 되는 월사금과 학비를 대지 못하여 중도에 퇴학시켰다. 애초에 입학시킬 상의로 P에게 편지를 했을 때에 P는 공부 같은 것은 시켰자 소용이 없으니 차라리 뼈가 보드라운 때부터 생일(勞動)을 시키라고 하였다. P의 형은 그러나 백부(伯父)의 도리로나 집안의 체면으로나 창선이를 생일을 시킬 수가 없었다. 차라리 자기 손에 두어 헐벗기고 헐입히면서 공부도 시키지 못하니 제 아비인 P더러 데려가라고 작년부터 편지를 하던 터이다.

금년도 입학 시기가 당함에 P의 형은 P에게 수차 편지를 하였다. 금년에 입학을 시키지 못하면 명년에는 학령이 초과되어 들여 주지 아니할 것이니 어서 데려다가 공부를 시키라는 것이다.

그 어린것이 굶기를 먹듯 하고 재주는 있으면서 남의 집 아이들이 학교에 다니는 것을 부러워하는 꼴은 차마 애처로워 볼 수가 없다. 차라리 이 꼴 저 꼴 보지 아니하는 것이 속이나 편하겠다.

이번 편지에는 이런 구절이 있고 끝에 가서,

여비가 몇 원 변통되면 차를 태우고 전보를 칠 테니 정거장에 나와 데려가거라. 나도 웬만하면 객지에 혼자 있는 너에게 어린 자식을 떠맡기듯이 보내겠느냐마는 잘못하다가 그것을 굶겨 죽이겠기에 생각다 못하여 단행하는 것이다.

이러한 말이 씌어 있었다.

P는 박박 찢은 편지를 돌돌 뭉쳐 방구석에 내던지고 한숨을 푸 내쉬었다.

인제는 자식을 데리고 있기가 피할 수 없이 되었는데 어떻게 했으면 좋을까 하는 것이다. 그는 형이 원망스럽고 아니꼬웠다. 굳이 제 아비를 따라 보낸다는 것이 아니라 부둥부둥 공부를 시키라는 것 때문에 기왕 서울로 보내나 시골서 데리고 있으나 고생시키기는 일반이니 차라리 시골서 일찍부터 생일이나 시켰으면 P에게는 여러 가지로 좋은 것이었다.

"흥! 체면! 공부! 죽어도 인텔리는 만들잖는다."

P는 혼자 이렇게 투덜거렸다.

"집에서 온 편지유? 무슨 걱정이 생겼수?"

말거리를 찾지 못하여 머뭇거리고 섰던 안방 노인이 동정이나 하는 듯이 이렇게 묻는다.

"아아니요."

P는 마지못해 코대답을 하였다.

"필경 무슨 걱정이 생긴 게구료!"

노인은 자기의 말머리를 만들려고 아니라는 데도 이렇게 걱정을 내어놓는다.

"그게 모두 가난한 탓이지……. 저렇게 젊고 똑똑한 이가, 저게 모두 가난한 탓이야! 어디 구실(職業) 자리 말한다더니 아직 아니 됐수?"

"네, 아직……."

"거 큰일났구료! 어서 돼야 할 텐데……. 나도 꼭 죽겠수……. 이 늙은 것이……. 돈 좀 마련되잖았수?"

"네, 아직 좀……."

"저걸 어쩌나! 오늘은 물값이야 전깃불값이야 사뭇 받으러 달려들 텐데!"

"며칠만 더 미루십시오. 설마하니 마나님이야 아니 드리겠습니까……."

"아무렴! 실수야 없을 줄 알지만 내가 하도 옹색하니깐 그러는 거지……."

P는 노인이 지껄이게 두어 두고 혼자 생각하였다. 전에 아는 집에서 셋방을 얻어 들었을 때에는 두 달이고 석 달이고 세가 밀려야 조르는 법이 없었다. 밀려도 조르지 아니하는 아는 집——이것이 P는 도리어 미안해서 이곳으로 옮겨 온 것이다. 옮겨 와 가지고 막상 졸림질을 당하니 미안해도 졸림질을 아니하던 옛집이 그리워지는 것이다.

노인이 문을 가로막고 서서 수다스런 소리로 더 지껄이려고 하는데 마침 P의 동무 M과 H가 찾아왔다.

"어디 나가나?"

M이 그러잖아도 벌씸한 코를 한 번 더 벌씸하고 사이 벌어진 앞니를 내어보이며 상긋 웃는다.

몸집은 M과 같이 뚱뚱하지만 키가 작아 M의 뒤에 가려 섰던 H가 옆으로 나서며,

"안녕하시오."

하고 인사를 한다.

P는 싱긋이 웃었다. 이 M과 H는 같은 하숙에 있는데 두 사람은 곧잘 같이 돌아다닌다. 같이 가는 것을 나란히 세워 놓고 보면 하나는 키가 커

서 우뚝하고 하나는 키가 작아서 납작 붙어 가는 것 같다.

얼굴도 M은 우둘두둘한 게 정객 타입으로 생기었고——잘못하면 복싱 링에 내세워도 좋겠고——H는 안존한 게 사무원 타입이다.

일상의 언행을 보아도 H는 무슨 이야기가 자기 전문인 법률에 관한 것에 다다르면 육법전서의 조목을 다르르르 외면서 이렇고 저렇고 하다고 ……설명을 하고, M은 동경서 학생 ××에 제휴를 했던만큼 그리고 전문이 정경과인만큼 좌익 진영에서 쓰는 어투가 그대로 나온다.

"여전히 모두 동색(冬色)이 창연하군!"

P는 두 사람의 툭툭한 겨울 양복을 보고 그리고 자기의 행색을 내려보며 웃었다.

M이 신을 벗고 들어와 먼지 앉은 책상 위에 걸터앉으며,

"춘래불사춘일세."

하고 한 마디 왼다. H도 따라 들어와 한편에 앉으며 한 마디 한다.

"아직 괜찮아……. 거리에서 보니까 동복 입은 사람이 많데……."

"괜찮기는 뭐 괜찮아……. 우리가 길로 돌아다니니까 사방에서 아이구야 소리가 들리데."

"왜?"

"봄이 발밑에서 짓밟히느라고."

"하하하하."

세 사람은 소리를 내어 웃었다.

"참, 시험 본 것 어떻게 되었소?"

P는 H가 일전에 총독부서 본 고원 채용 시험을 생각하고 물어 보았다.

"말도 마시우……. 인제는 꼭 들어앉아 공부나 해 가지고 변호사 시험이나 치겠소."

사람이 별로 변통성도 없고 그렇다고 여기저기 발련도 없이 취직이 여의하게 되지 못하는 것을 볼 때에 P는 가엾은 생각이 늘 들곤 하였다.

"가만 있게……. 어서 변호사 시험만 패스하게. 그러면 인제 내가 백만 원짜리 주식회사를 조직해 가지고 자네를 법률 고문으로 모셔옴세."

이것은 M이 늘 농삼아 하는 농담이다. M도 1년이나 취직 운동을 하면서 지냈건만 그는 되레 배포가 유하다. 좀더 재빠르게 했으면 M은 벌써 취직이 되었을는지도 모르나 그는 타고난 배포와 그리고 남에게 아유구용을 하기 싫어하는 성질로 말하자면 취직 전선의 낙오자다.

별로 만나야 할 일도 없다. 그러나 제가끔 혼자 있으면 우울해지니까 이렇게 서로 찾으며 자주 만나게 된다. 만나 앉아서 이야기라도 지껄이면 그 동안만은 명랑하여진다. 지금 서울 안에 P니 M이니 H와 같이 매일 만나 하는 일 없이 돌아다니고 주머니 구석에 돈푼 있으면 서로 털어 선술잔이나 먹고 하는 룸펜의 패가 수없이 많다.

무어나 일을 맡기었으면 불이 번쩍 일게 해낼 팔팔한 젊은 사람들이다. 그렇건만 그들은 몸을 비비 꼬고 있다.

아무 데도 용납치 못하는 사람들이다. ××적 ××에서 그들을 불러 들이기에는 ××적 ××의 주관적 정세가 너무도 미약하다. 그것은 그들의 몇 부분이 동경서 학생으로 있을 시절에는 그 속에서 활발하게 ××을 계속하던 것이 조선에 나오면서 탈리되는 것으로 보아 그러한 해석을 내리지 아니할 수가 없다.

그렇다고 부르주아지의 기성 문화 기관에 들어가자니 그곳에서는 수요를 찾지 아니한다. '레디메이드'로 된 존재들이니 아무 때라도 저편에서 필요해야만 몇씩 사 들여 간다.

M이 마꼬를 꺼내 놓고 붙여 문다. P는 포켓 속에 들어 있는 해태를 차마 내놓기가 낯이 따가워 M의 마꼬를 집어 당겼다.

P는 설명을 시작한다. P 자신 그러한 장난 비슷한 공상은 하면서 일단 해 보라고 하면 주저할 것이지만 어쨌거나 그랬으면 통쾌하리라는 것이다.

"먼첨 경무국에 들어가서 아주 까놓고 이야기를 한단 말이야. 우리가 지금 대상으로 하고 있는 것은 총독부가 아니라 조선의 소위 민간측 유지들이니까 간섭을 말아 달라고.”

“그러면 관허(官許) 메이데이로구만.”

“그래, 관허도 좋아――그래 가지고는 거기에다가 무어라고 쓰느냐하면 ‘우리에게 향학열을 고취한 놈이 누구냐?’ 어때?”

“좋―지.”

“인텔리에게 직업을 내라――이렇게 노래를 지어 부르거든.”

“응, 유지와 명사의 가면을 박탈시키라고――한 몇 십 명이 그렇게 데모를 한단 말이야.”

“하하하하.”

M은 이렇게 웃고 H는 시원찮은 핀잔을 준다.

“듣그럽소 여보…… 아, 글쎄 멀끔멀끔한 양복쟁이들이 종로 네거리로 기를 받고 그렇게 다녀 봐! 애들이 와서 나 광고지 한 장 주! 하잖나.”

“하하하하.”

“허허허허.”

창 밖에서 냉이장수가 싸구려 소리를 외치고 지나간다. M이 그에 응하여,

“이크, 봄을 덤핑하는구나.”

“흥, 경제학자라 다르군…… 참 우리 하숙에서는 채소를 좀 먹여 주어야지!”

“밥값을 잘 내 보지.”

“그도 그렇지만.”

“나는 석 달치 밀렸네.”

“나도 그렇게 될걸.”

“그러니까 나처럼 이렇게 아파트 생활을 해요.”

이것은 P의 말이다. 아파트라고 말해 놓고 서글퍼서 허허 웃었다.

"조선식 아파트! 그렇지만 우리가 아파트 생활을 했다면 아마 두어 달 전에 굶어 죽었을걸."

"나는 돈을 보면 초면 인사를 해야 되겠네……. 본 지가 하도 되어서 낯을 잊었어."

"여보게."

하고 M이 의젓하게 H를 달군다.

"돈 구경한 지 오래 됐다지?"

"응."

"존 수가 있네."

"뭣?"

"자네 책 좀 삼사(三四) 구락부에 보내세."

"싫으이."

"자네 돈 구경하고……, 구경하고……나서 그놈으로 한잔 먹고 ……."

"한잔 말이 났으니 말이지 요즘 같으면 술이나 실컷 먹고 주정이라도 했으면 속이 시원하겠네."

"그러니까 말이야……, 가세. 가서 다섯 권 잽혀."

"일없다."

"내가 찾아 주지."

"흥."

"정말이야."

"싫어."

6

그날 밤——

P와 M은 H를 졸라 그의 법률책을 잽혀 돈 6원을 만들어 가지고 나

섰다.

선술집에 가서 엔간히 취하도록 먹은 뒤에 C라는 카페에 가서 술 두 병을 놓고 자정이 되도록 노닥거렸다. 그곳에서 나올 때는 6원 돈이 2원 남았다. 2원의 처치를 생각하다 세 사람은 일제히 동관으로 가기로 하였다.

세 사람이 모두 다리를 비틀거렸다. 그중에도 P는 더욱 취하였다.

닐니리 가락으로 들어박힌 갈보집, 다 쓰러져 가는 초가집을 세 사람이 아는 집 들어서듯 쑥쑥 들어서니,

"들어오십시오."

"어서 오십시오."

라고 머리 딴 계집애와 배가 북통 같은 애 밴 계집이 마루로 나선다.

P가 무심결에 해태 갑을 꺼내어 붙여 무니까 머리 딴 계집애가 P의 목을 얼싸안고 볼에다 입을 쪽 맞추더니,

"나도 하나."

하고 손을 벌린다. P는 기가 막혀 담뱃갑을 내미는데 H와 M은 박수를 하며,

"브라보!"

하고 굉장하게 큰 소리로 외쳤다.

건넌방에 들어가 앉으니 마루에서 딸그락딸그락 소리가 난다. 배부른 계집은 푸대접을 받고 머리 딴 계집애가 H와 M의 손으로 옮아 다니면서 주물린다. 깩깩 소리를 지르며 엄살을 한다. 말을 붙이고 대답을 주고받고하는 것이 H와 M은 전에 한 번 와 본 집인 듯하다.

잔은 사발만한데 술 주전자는 눈알만하다. 술을 부어 놓으니 M이 척 받아 놓고는 노래를 투정한다. 계집애는 그보다 더 약아서 제가 그 술을 쭉 들이마시고는 빈 잔만 M의 입에 대어 준다.

P는 재숫물같이 밍밍한 술을 두어 잔 받아 먹는 동안에 비위가 콱 거슬려서 진정하느라고 드러누웠다.

H가 계집애를 무릎에 올려놓고 신이 나게 노래를 부른다. 물론 고저도
장단도 맞지 아니하는 노래다.

M이 애 밴 계집을 실컷 시달려 주다가 머리 딴 계집애를 **빼앗아** 가더
니 귀에 대고 무어라고 속삭거린다. 그러면서 둘이서 연해 P를 건너다보
며 싱긋벙긋 웃는다.

조금 있다가 계집애가 P에게로 오더니 귀에다 입을 대고 속삭인다.

"저이가 나더러 당신하고 오늘 저녁……, 응, 어때?"

"그래라."

P는 불쑥 성난 것처럼 대답했다.

"아이! 싱거워!"

계집애는 P를 한 번 꼬집어 주고 다시 M에게로 달아났다. M에게로
가서 또 무어라고 속삭거리더니 재차 와 가지고는 귓속말을 한다.

"자고 가, 응."

"그래 글쎄."

"꼭."

"응."

"정말?"

"응."

술은 네 주전자가 들어왔는데 세 사람 손님은 두서너 잔씩밖에 아니 먹
었다. 그 나머지는 다 저희가 먹었다. 계집애가 술이 곤주가 되게 취해
가지고 해롱해롱 까분다.

술값을 치르는 것을 보고 P도 따라 일어섰다. M이 몸뚱이로 슬쩍 밀
어서 방 안으로 들여보내고 뒤에서 계집애가 양복 뒷깃을 잡아당긴다.

"그래라, 자고 간다."

P는 방 가운데 벌떡 드러누웠다.

"너희 집이 어디냐?"

계집애가 옆에 와서 앉는 것을 보고 P가 물었다.

"××도 ××."

"언제 왔니?"

"작년에."

P는 몸을 일으켰다. 또 속이 왈칵 뒤집혀 좀더 진정하려고 하는 생각인데 계집애가 콱 밀어뜨린다.

"나이 몇 살이냐?"

"열여덟."

"부모는?"

"부모가 있으면 여기서 이 짓을 해?"

"왜 이 짓이 나쁘냐?"

"흥……, 나도 사람이야."

"에꾸! 나는 네가 신선인 줄 알았더니 인제 보니까 사람이로구나!"

"듣그러!"

계집애는 눈을 쪽 흘기고는 갑자기 웃으면서 P의 목을 끌어안는다.

"자고 가, 응?"

"우리 마누라한테 자볼기 맞고 쫓겨난다."

"그러면 내한테 와서 나하고 살지……. 여기 내 빚 80원만 물어 주면……."

"80원이냐?"

"응."

"가겠다."

P는 또 일어나려는 것을 계집이 껴안고 놓지 아니한다.

"자고 가……. 내가 반했어."

"아서라."

"정말!"

"놓아."

"아니야, 안 놓아. 자고 가요. 응……, 자고……. 나 돈 좀 주어."

"돈? 내가 돈이 있어 보이니?"

"돈 소리가 절렁절렁 나는데?"

미상불 P의 포켓 속에는 아까부터 잔돈 소리가 가끔 잘랑거렸다.

"자고 나 돈 조……금 주고 가, 응."

"얼마나?"

"암만도 좋아……. 50전도, 아니 20전도."

계집애의 말이 떨어지기도 전에 P는 불에 덴 것같이 벌떡 일어섰다. 일어서면서 그는 포켓 속에 손을 넣고 있는 대로 돈을 움켜쥐어 방바닥에 획 내던졌다. 1원짜리 지전 두 장과 백동전이 방바닥에 요란스럽게 흐트러진다.

"앗다, 돈!"

내던지고는 P는 뛰어나왔다. 그의 눈에는 눈물이 괴었다.

7

P는 정조(貞操)적으로 순진한 사나이가 아니다.

열네 살 때에 소꿉질 같은 장가를 갔고 그 뒤 동경 가서 있을 동안에 거기 여자와 살림도 하였다. 조선에 돌아와 직업을 가지고 있는 사이에 기생과 사귀어 한동안 죽을 둥 살둥 모르게 지내기도 하였다.

그밖에도 정 두어 지낸 여자가 두엇 더 있다. 그러나 삼십이 되도록 지금까지 유곽을 가거나 은근짜 집을 가거나 동관의 색주가 집에 가서 잠자리를 한 일은 없다.

그것은 P의 괴벽이다. 어떠한 여자를 물론 하고 그가 정이 들지 아니한 여자이면 절대로 관계를 아니한다는 것이었다.

그 대신 한 번 P의 눈에 들고 따라서 정이 들면 아무것도 돌아보지 아니하고 심각한 열정에 맡기어 완전히 그 여자를 움켜쥐어 버리며 또한 그 여자에게 전부를 내주어 버린다. 그리하여 그는 늘 'all or nothing'을 말한다.

이것이 처세상 퍽 이롭지 못한 것을 P도 잘 안다. 또 공연한 승벽이요 고집인 줄 알건만 그는 그것을 고치지 못한다.

이날 밤에도 그는 그 계집애를 조금도 어떻게 하겠다는 생각은 나지 아니하였다.

술 취한 끝에 속이 괴로우니까 진정을 하자는 판인데,

"50전, 아니 20전도 좋아."

하는 소리에 버쩍 흥분이 된 것이다.

너무도 인간이 단작스럽고 악착스러운 것 같았다. P가 노상 보고 듣는 세상이 돈을 중간에 놓고 악착스럽게 으르릉으르릉 하는 것임을 모르는 바는 아니나 정조 대가로 일금 20전을 요구하는 것은 처음 보았다.

P는 그러한 여자가 정조를 파는 데 무신경한 것도 잘 알고 있으며 따라서 그것이 비도덕이니 어쩌니 하는 것도 아니다.

그의 관점과 해석은 그런 것보다 더 나아간 입장에 있었다.

그러나,

"20전만 주어도……."

소리에는 이것저것 생각하고 헤아릴 나위도 없었다. 더럽고 얄미우면서도 눈물이 괴었다. 3원쯤 되는 전재산을 털어 내던지고 정신없이 뛰어나온 것이었다.

술 취한 P를 혼자 남겨 둔 H와 M은 골목에 기다리고 서서 있었다. P가 뛰어나오는 것을 보고 그들은 우선 농을 건넨다.

"한턱 하오."

"장가 간 턱 하게."

P는 고개를 흔들었다. 그리고 멍하니 서서 생각을 하였다.

다분의 가면 밑에서 꿈틀거리는 인도주의에 몹시 증오를 느끼는 P는 이날 밤 자기의 행동을 어떻게 해석할지 몰라 괴로워하였다.

내일은 굶어야 할 그 돈이지만 아까운 것이 아니다. 정조 값으로 20전

을 주어도 좋다는데 왜 정조는 퇴하고 돈만 있는 대로 털어 주었는가? 왜
눈에 눈물이 괴었는가?

8

P는 머리가 띵하고 속이 뉘엿거리어 정신을 차릴 수가 없었다. 그는
두 친구에게 인사도 변변히 하지 아니하고 코를 베인 듯이 삼청동으로 올
라갔다. 어서 바삐 좀 드러눕고만 싶었던 것이다.

아무리 방구들은 차고 지저분하게 늘어놓았어도 제 처소는 반가운 것이
다. 더구나 몸이 괴로울 때는…….

P는 누더기 양복이나마 벗으려고도 아니하고 그대로 펴 두었던 이부자
리 속에 몸을 파묻었다. 드러누우니 취기가 새삼스레 더하여 영영 옷 벗
을 생각도 잊어버리고 그대로 잠이 들었다.

얼마를 자고 났는지 괴로워 부대끼다 못하여 잠이 깨었을 때는 목이 타
는 듯이 말랐다. 물은 없다. 물이 없어 못 먹느니라 생각하니 목은 더 말
랐다.

밤은 어느 때나 되었는지 짐작할 수가 없다. 전등은 그대로 켜져 있다.
밖에서는 사람 지나다니는 발자국 소리도 들리지 아니한다. 전차 달리는
소리도 들리지 아니하고 가끔 가다가 자동차의 경적이 딴 세상의 소리같
이 감감하게 들리어 온다.

밤이 깊지 아니했으면 잠긴 안대문을 두드려 주인 노인에게라도 물을
청하겠지만 깊은 밤에 그리 하기도 미안하다. 그것도 방세나 여일하게 내
었을 제 말이지 얼굴 대하기를 이편에서 피하는 판에 차마 못할 일이다.
물지게 장수의 삐득거리는 소리가 들리나 하고 귀를 기울였으나 감감히
소리가 없다.

목이 더욱더욱 말라 들어온다. 입술이 바싹 마르고 입안이 침기가 없고
목구멍이 바삭바삭 소리가 날 듯이 마르고 그리고는 창자 속까지 말라 내

려가는 듯하다.

방금 미칠 듯하다.

눈앞에 용용하게 흘러가는 푸른 한강이 어릿어릿하고 쫘 쏟아지는 수통 꼭지가 보이는 듯하다.

P는 배고픈 고비는 겪어 보았으나 이다지 목마른 참은 당하기 처음이다.

배는 고프면 기운이 없어 착 가라앉을 뿐이었지만 목이 극도로 마름에는 금시 미치고 후덕후덕 날뛸 것 같다.

일어나서 삼청동 꼭대기로 올라가면 산골짜기의 물도 있고 또 우물도 있기는 하다. 그러나 이 어두운 밤에 어디가 어디인지 보이지 아니할 테고 또 우물에는 두레박도 없을 것이다.

겨우겨우 참아 가며 몇 시간을 삐대었다. 실상 한 시간도 못 되는 동안이지만 P에게는 여러 시간인 듯만 싶었다.

그런 뒤에 겨우 물지게 소리를 듣고 그는 수통 있는 곳을 찾아 뛰어나갔다.

사정 이야기도 변변히 하지 아니하고 쏟아지는 수통 꼭지에 매어달리어 한 동이는 되리만큼 냉수를 들이켰다. 물장수가 어이가 없어 물끄러미 치어다보고만 있다가 P의 끔벅하고 돌아서는 등뒤에다 혀를 끌끌 찬다.

밥보다도 더 다급하게 그립던 물을 실컷 들이켜고 나니 찌뿌드드하게 엉킨 듯 불쾌하던 취기도 적이 걷히고 정신이 말쑥하였다.

P는 새삼스레 양복을 벗어 던지고 다시 자리에 파묻혔다. 인제는 잠이 십 리나 달아나고 눈이 초랑초랑하여진다. 그러면서 어젯밤 일이 머리에 떠오른다.

그것은 마치 못 먹을 것을 먹은 것처럼 꺼림칙한 기억이다. 아무렇게나 씻어 넘겨 버리쟤도 그러나 머리 한구석에 박혀 가지고 사라지려 하지 아니하는 어룽(斑點)과 같다. 어떻게 해서라도 시원스러운 해석을 내리고 나야 마음이 놓일 것 같다.

정조 대가로 일금 20전을 부르는 여자…….

방금 세상에는 한 번 정조를 빼앗긴 것으로 목숨을 버려 자살하는 여자도 있다. 그러는 한편,

"20전도 좋소."

하는 여자가 있다.

여자의 정조가 그것을 잃었다고 자살을 하도록 그다지도 고귀한 것이라면 20전에라도 팔겠소 하는 여자가 눈을 멀끔멀끔 뜨고 있는 사실은 무엇으로 설명할 것인가?

또 정조를 20전에도 팔겠소 하는 여자가 있도록 그것이 아무렇지도 아니한 것이라면 그것을 한 번 빼앗긴 때문에 생명을 내버리는 여자가 있는 것은 무엇으로 설명할 것인가?

이 두 여자가 모두 건전한 양식의 소유자라고 볼 수는 없다.

그러나 그 가운데 나무라기로 들면 차라리 정조를 빼앗긴 것으로 자살한 여자를 나무랄 것이지 20전에 팔겠소 하는 여자는 나무랄 수가 없다.

열여섯 살부터 시작하여 이래 3년이나 색주가 집으로 굴러다니는 여자다.

언제 누구에게 귀떨어진 도덕 관념이나 정당한 인생관을 얻어들은 적이 없을 것이다.

술잔을 들고 앉아 한 잔이라도 오는 손님에게 더 먹이어 한푼어치라도 주인의 수입을 도와 주면 칭찬이 오니 고만이다.

"고년 어여쁘다, 나하고 ××."

하고 손님이 말하면 그에 좇아 비록 조발(早發)일지언정 생리적 만족을 얻는 한편 그야말로 단돈 20전이라도 벌면 그만이다.

옆에서 그것을 시키기는 할지언정 그것이 나쁘다고 가르쳐 주는 사람이 있을 턱이 없는 것이다. 사실 일반 매춘부가 정조적으로 양심을 가진 듯이 보인다는 것은 그 대부분이 되레 한 가식(假飾)에 지나지 못하는 것이다.

그것은 그들에게 있어서 일종의 정당성을 가진 노동인 것이다. 그러나 그것을 보고 불쌍하다고 여기고 동정을 하는 것은 의문의 패은(佩恩)이다.

지금 세상은 정당한 성도덕(性道德)이 서 있는 때도 아니다.

그것은 한 세대에 여러 가지의 시대 사조가 얼크러져 있는 때문이다. 그러니까 여자의 정조에 대하여도 일률적으로 선악과 시비를 가릴 수는 없는 것이다.

하룻밤 몸값으로 20전도 좋소 하는 여자, 그에게는 다른 사람이 갖는 성도덕도 없고 따라서 자신을 타락이래서 슬퍼하지도 아니한다. 그 여자 자신을 나무랄 필요도 없는 것이요 동정할 여지도 없는 것이다. 그 여자 자신은 결코 불쌍한 사람이 아니다.

예수의 사랑(?)도 아무리 그 사랑이 크다 넓다 했을지언정 그것은 '불쌍한 사람, 죄 지은 사람'에게 미칠 수 있는 것이다.

'불쌍하지 아니한, 죄 짓지 아니한' 동관의 색주가 계집애에게는 누구의 동정이나 사랑도 일없는 것이다.

"뭣? 관념적이라고?"

그렇다, 관념적이라고도 할 수 있다.

그러나 그것은 그 여자의 주관을 객관화한 것이다.

또 그 병적 현실에 메스를 대이는 것은 집단적 역사적 문제이지만 룸펜 인텔리의 결벽과 흥분쯤으로는 문제가 되지 아니한다.

다만 취객이 3원 각수를 던져 주었으므로 해서 그 여자는 감격 없는 기쁨을 맛보았을 뿐일 것이다.

'이게 웬 떡이냐……. 어제저녁에 꿈이 괜찮더니 이런 땡을 잡을 양으로 그랬구나……. 웬 얼간 망둥이냐.'

그 계집애는 응당 그렇게밖에 더 생각되지 아니하였을 것이다. 그것이 결코 무리가 없는 당연한 일이다.

P는 여기까지 생각하고 입맛 쓴 고소를 띠었다.

"흥! 되지 못하게⋯⋯. 장님이 눈병 앓는 사람더러 불쌍하다고 한 셈인가."

P는 돌아누우면서 혀를 끌끌 찼다.

9

일천구백삼십사 년의 이 세상에도 기적이 있다.

그것은 P가 굶어 죽지 아니한 것이다. 그는 최근 일주일 동안 돈이 생긴 데가 없다. 잡힐 것도 없었고 어디서 벌이한 적도 없다. 그렇다고 남의 집 문 앞에 가서 밥 한술 주시오 하고 구걸한 일도 없고 남의 것을 훔치지도 아니하였다.

그러나 그 동안 굶어 죽지 아니하였다. 야위기는 하였지만 그래도 멀쩡하게 살아 있다.

P와 같은 인생이 이 세상에 하나도 없이 싹 치워진다면 근로하는 사람이 조금은 편해질는지도 모른다. P가 소부르주아지 축에 끼이는 인텔리가 아니요 노동자였더라면 그 동안 거지가 되었거나 비상 수단을 썼을 것이다. 그러나 그에게는 그러한 용기도 없다. 그러면서도 죽지 아니하고 살아 있다. 그렇지만 죽기보다 더 귀찮은 일은 그를 잠시도 해방시켜 주지 아니한다.

그의 아들 창선이를 올려 보낸다고 어제 편지가 왔고, 오늘은 내일 아침에 경성역에 당도한다는 전보까지 왔다.

오정때 전보를 받은 P는 갑자기 정신이 난 듯이 쩔쩔 매고 돌아다니며 돈 마련을 하였다. 최소한도 20원은⋯⋯, 하고 돌아다닌 것이 석양 때 겨우 15원이 변통되었다.

종로에서 풍로니 냄비니 양재기니 숟갈이니 무어니 해서 살림 나부랭이를 간단하게 장만하여 가지고 올라오는 길에 전에 잡지사에 있을 때 안 ××인쇄소의 문선과장을 찾아갔다.

월급도 일없고 다만 일만 가르쳐 주면 그만이니 어린아이 하나를 써 달라고 졸라 댔다.

A라는 그 문선과장은 요리조리 칭탈을 하던 끝에, 그는 P가 누구 친한 사람의 집 어린애를 천거하는 줄 알았던 것이다.

"보통학교나 마쳤나요?"

하고 물었다.

"아아니요."

P는 솔직하게 대답하였다.

"나이 몇인데?"

"아홉 살."

"아홉 살?"

A는 놀라 반문을 하는 것이다.

"기왕 일을 배울 테면……, 어려서부터 배워야지요."

"그래도 너무 어려서 원, 뉘집 애요?"

"내 자식놈이랍니다."

P는 그래도 약간 얼굴이 붉어짐을 깨달았다. A는 이 말에 가장 놀라운 듯이 입만 벌리고 한참이나 P를 물끄러미 바라다본다.

"왜? 내 자식이라고 공장에 못 보내란 법 있답디까?"

"아니 정말 그래요?"

"정말 아니고?"

"괜히, 실없는 소리……. 자제라고 해야 들어 줄 테니까 그러시지?"

"아니 그건 그렇잖아요, 내 자식놈야요."

"그럼 왜 공부를 시키잖구?"

"인쇄소 일 배우는 것도 공부지."

"그건 그렇지만 학교에 보내야지."

"학교에 보낼 처지가 못 되고 또 보낸 댔자 사람 구실도 못할 테니까……."

"거참 모를 일이요. 우리 같은 놈은 이 짓을 해 가면서도 자식을 공부 시키느라고 애를 쓰는데 되레 공부시킬 줄 아는 양반이 보통학교도 아니 마친 자제를 공장엘 보내요?"

"내가 학교 공부를 해 본 나머지 그게 못 쓰겠으니까 자식은 딴 공부를 시키겠다는 것이지요."

"글쎄 정 그러시다면 내가 내 자식 진배없이 잘 데리고 있으면서 일이나 착실히 가르쳐 드리리다마는……. 원 너무 어린데 애처롭잖아요?"

"애처로운 거야 애비된 내가 더하지요만 그것이 제게는 약이니까……."

P는 당부와 치하를 하고 인쇄소를 나왔다. 한짐 벗어 놓은 것같이 몸이 가뜬하고 마음이 느긋하였다.

그는 집으로 돌아오는 길에 싸전에 쌀 한 말을 부탁하고 호배추도 몇 통 사 들었다. 그렁저렁 5원을 썼다.

10원 남은 중에 주인 노인에게 6원을 내주니 입을 귀밑까지 째진다. 그 끝에 P가 사 온 호배추를 내주며 김치를 담가 달라고 하니 선선히 응낙한다. 그리고 자식을 데리고 자취를 하겠다니까 깍두기나 간장이나 된장 같은 것을 아까운 줄 모르고 날라다 주고 한다.

10

이튿날 전에 없이 첫새벽에 일어난 P는 서투른 솜씨로 화롯밥을 지어 놓고 정거장으로 나갔다.

그의 형에게서 온 편지에 S라는 고향 사람이 서울 올라오는 길에 따라 보낸다고 했으니까 P는 창선이보다도 더 낯이 익은 S를 찾았다.

과연 차가 식식거리고 들어서매 인간을 뱉어 내놓는 찻간에서 S가 창선이를 데리고 두리번거리며 내려왔다.

어디서 생겼는지 새까만 고쿠라 양복을 입고 이화표 붙은 학생모자를 쓰고 거기다가 보따리를 하나 지고 무엇 꾸린 것을 손에 들고 차에서 내리는 어린아이……. 저게 내 자식이니라 생각하니 P는 어쩐지 속으로 얼굴이 붉어지며 한편 가엾기도 하였다.

S가 두 손에 짐을 가득 들고 두리번거리다가 가까이 온 P를 보고 반겨 소리를 지른다. 창선이가 모자를 벗고 학교식으로 경례를 한다. 얼굴이 너덧 살 적에 보던 것보다 더 한층 저의 외가를 닮았다. P는 그것이 몹시 불만하였다.

"그새 재미나 좋았나?"

S의 하는 첫인사다.

"뭘 그저 그렇지……. 괜한 산 짐을 지고 오느라고 애썼네."

P는 이렇게 인사 겸 치하를 하였다.

"원 천만에……. 그 애가 나이는 어려도 어떻게 속이 찼는지……. 너늬 아버지 알아보겠니?"

S는 창선이를 돌아보며 웃는다. 창선이는 고개를 숙이고 수줍은지 아무 대답도 아니한다.

P는 S와 창선이를 데리고 구름다리로 올라왔다.

"저 외할머니가 저 양복이야 떡이야 모두 해 가지고 자네 댁에까지 오셨더라네……. 오셔서 어제 떠나는데 정거장까지 나오셨는데 여러 가지 신신당부를 하시데……. 자네에게 전하라고."

S는 P가 그다지 듣고 싶지도 아니한 이야기를 뒤따라오며 늘어놓는다. 그의 가슴에는 옛날의 반감이 솟쳐올랐다.

"별걱정 다하던 게로군……. 내 자식 내가 어련히 할까 봐 쫓아다니면서 그래……."

"그래도 노인들이야 어디 그런가……. 객지에서 혼자 있는데 데리고 있기 정 불편하거던 당신께로 도루 보내게 하라고 그러시데……."

"그 집에 내 자식이 무슨 상관이 있어서 보내라는 거야? 보낼 테면 그때 데려왔을라구……."

 P는 그것이 모두 그와 갈린 아내의 조종인 줄 알기 때문에 더구나 심청이 났다. 화가 나는 대로 하면 어린아이가 입고 온 양복도 벗겨 내던지고 싶었으나 꿀꺽 참았다.

 11

 일찍 맛보지 못한 새살림을 P는 시작하였다.

 창선이가 도착한 날 밤.

 창선이는 아랫목에서 색색 잠을 자고 있다. 외롭게 꿈을 꾸고 있으려니 생각하매 전에 없던 애정이 솟아오르는 듯하였다.

 이튿날 아침 일찍 창선이를 데리고 ××인쇄소에 가서 A에게 맡기고 안 내키는 발길을 돌이켜 나오는 P는 혼자 중얼거렸다.

 "'레디메이드' 인생이 비로소 겨우 임자를 만나 팔리었구나."

치 숙

　우리 아저씨 말이지요, 아따 저 거시키, 한참 당년에 무엇이냐 그놈의 것, 사회주의라더냐, 막걸리라더냐, 그걸 하다 징역 살고 나와서 폐병으로 시방 앓고 누웠는 우리 오촌 고모부 그 양반……

　뭐, 말두 마시오. 대체 사람이 어쩌면 글쎄……. 내 원!

　신세 간 데 없지요.

　자, 10년 적공, 대학교까지 공부한 것 풀어 먹지도 못했지요. 좋은 청춘 어영부영 다 보냈지요, 신분(身分)에는 전과자라는 붉은 도장 찍혔지요, 몸에는 몹쓸 병까지 들었지요, 이 신세를 해 가지굴랑은 굴속 같은 오두막집 단칸 셋방 구석에서 사시장철 밤이나 낮이나 눈 따악 감고 드러누웠군요.

　재산이 어디 집 터전인들 있을 턱이 있나요. 서발 막대 내저어야 짚검불 하나 걸리는 것 없는 철빈(鐵貧)인데.

　우리 아주머니가, 그래도 그 아주머니가, 어질고 얌전해서 그 알뜰한 남편 양반 받드느라 삯바느질이야, 남의 집 품빨래야, 화장품 장사야, 그 칙살스런 벌이를 해다가 겨우 겨우 목구멍에 풀칠을 하지요.

어디루 대나 그 양반은 죽는 게 두루 좋은 일인데 죽지도 아니해요.

우리 아주머니가 불쌍해요. 아, 진작 한 나이라도 젊어서 팔자를 고치는 게 아니라, 무슨 놈의 수난 후분을 바라고 있다가 고생을 하는지.

근 20년 소박을 당했지요. 20년을 젊은 청춘 한숨으로 보내고서 다아 늦게야 송장 여대치게 생긴 그 양반을 그래도 남편이라고 모셔다가는 병 수종 들랴, 먹고 살랴, 애가 진하고 다니는 걸 보면 참말 가엾어요.

그게 무슨 죄다짐이람? 팔자, 팔자 하지만 왜 팔자를 고치지를 못하고 그래요. 조선구식 부인네들은 다아 문명을 못하고 깨지를 못해서 그러지.

그 양반이 한시바삐 죽기나 했으면 우리 아주머니는 차라리 신세 편하리다.

심덕 좋겄다, 솜씨 얌전하겄다 하니 어디 가선들 제가 일신 몸 가누고 편안히 못 지내요? 가만 있자, 열여섯 살에 아저씨네 집으로 시집을 갔다니깐 그게 내가 세 살 적이니 꼬박 열여덟 해로군. 열여덟 해면 20년이 아니오.

그래 우리 아저씨 양반은 나이 어리기도 했지만 공부를 한답시고 서울로, 동경으로 10여 년이나 돌아다녔고, 조금 자라서 색시 재미를 알 만하니까 누가 예쁘달까 봐 이혼하자고 아주머니를 친정으로 쫓고는 통히 불고를 하고……

공부를 다 마치고 오더니만 그 담에는 그놈의 짓에 들입다 발광해 다니면서 명색 학생 출신이라는 딴 여편네를 얻어 살았지요. 그 여편네는 나도 몇 번 보았지만 상판대기라고 별반 출 수도 없이 생겼습디다. 그 인물로 남의 첩이야. 일색 소박은 있어도 박색 소박은 없다더니, 사실 소박 맞은 우리 아주머니가 그 여편네에다 대면 월등 예뻤다우.

그래 그 뒤에, 그 양반은 필경 붙들려 가서 5년이나 전중이를 살았지요. 그 동안에 아주머니는 시집이고 친정이고 모두 폭 망해서 의지가지없이 됐지요.

그러니 어떻게 해요? 자칫하면 굶어 죽을 판인데.

할 수 없이 얻어먹고 살기도 해야 하려니와 또 아저씨 나오는 것도 기다려야 한다고 나를 발련삼아 서울로 올라왔더군요. 그게 그러니까 아저씨가 나오던 전 해로군.

그때 내가 나이는 어려도 두루 날뛴 보람이 있어서 이내 구라다상네 식모로 들어갔지요.

그 무렵에 참 내가 아주머니더러 여러 번 권면을 했지요. 그러지 말고 개가(改嫁)를 가라고. 글쎄 어린 소견에도 보기에 퍽 딱하고 민망합디다.

계제에 마침 또 좋은 자리가 있었고요. 미녜상이라고 미쓰코시 앞에서 바나나 다다끼 우리를 하는 인데 사람이 퍽 좋아요.

우리 집 다이쇼(主人)도 잘 알고 허는데, 그이가 늘 날더러 죄선 오깜상하구 살았으면 좋겠다고, 중매 서 달라고 그래쌓어요.

돈은 모아 둔 게 없어도 다아 벌어 먹고 살 만하니까 그런 사람 만나서 살면 아주머니도 신세 편할 게 아니냐구요.

그런 걸 글쎄 몇 번 말해도 숭헌 소리 말라고 듣덜 않는 걸 어떡허나요.

아무튼 그런 것말고라도 참, 흰말이 아니라 이날 이때까지 내가 그 아주머니 뒤도 많이 보아 주었다우. 또 나도 그럴 만한 은공이 없잖아 있구요.

내가 일곱 살에 부모를 잃었지요.

그리고 나서 의지할 곳이 없이 됐는데 그때 마침 소박을 맞고 친정살이를 하는 그 아주머니가 나를 데려다가 길러 주었지요.

그때만 해도 그 집이 그다지 군색하게 지내든 안했으니깐요. 아주머니도 아주머니지만 종조할머니며 할아버지도 슬하에 딴 자손이 없어서 나를 퍽 귀여워하셨지요.

열두 살까지 그 집에서 자랐군요.

4년이나마 보통학교도 다녔고.

아마 모르면 몰라도 그 집안이 그렇게 치패(致敗)하지만 안했으면 나도 그냥 붙어 있어서 시방쯤은 전문학교까지는 다녔으리라.

이런 은공이 있으니까 나도 그걸 저버리지 않고 그래서 내 깜냥에는 갚을 만큼 갚느라고 갚은 셈이지요.

허기야 요새도 간혹 아주머니가 찾아와서 양식 없다는 사정을 더러 하군 하는데 실토 정말이지 좀 성가시기는 해요.

그러는 족족 그 수응을 하자면 내 일을 못하겠는걸. 그래 대개 잘라 떼기는 하지요.

그렇지만 그밖에, 가령 양 명절 때면 고깃근이라도 사 보낸다든지, 또 오면가면 이야기 낱이라도 한다든지 그런 걸 결단코 범연히 하든 않으니까요.

아무튼 그래서, 아주머니는 꼬박 1년 동안 구라다상네 집 오마니로 있으면서 월급 5원씩 받는 걸 그래도 고스란히 저금을 하고, 또 틈틈이 삯바느질을 맡아다가 조금씩 벌어 보태고, 또 나올 무렵에 구라다상네 양주가 퍽 기특하다고 돈 7원을 상급(賞給)으로 주고, 그런 게 이럭저럭 돈 백 원이나 존존히 됐지요.

그 돈으로 방 한 칸 얻고 살림 나부랭이도 조금 장만하고, 그래 놓고서 마침 그 알량꼴량한 서방님이 뇌어 나오니까 그리로 모셔들였지요.

뇌어 나오는 날 나도 가서 보았지만 감옥소 문 앞에 막 나서자 아주머니가 기다리고 있으니까 그래도 눈물이 핑! 돌던데요.

전에 그렇게도 죽을 둥 살 둥 모르고 좋아하던 첩년은 꼴두 안 뵈구요. 남의 첩년이란 건 다아 그런 거지요, 뭐.

우리 아저씨 양반은 혹시 그 여편네가 오지 않았나 하고 사방을 휘휘 둘러보던데요. 속이 그렇게 없다니까. 여편네는커녕 아주머니하구 나하구 그외는 어리친 개새끼 한 마리 없더라.

그래 마악 자동차에 올라타려다가 피를 토했지요. 나중에 들었지만 감옥소 안에서 달포 전부터 토혈을 했다나 봐요.

그래 다아 죽어 가는 반송장을 업어 오다시피 해다가 뉘어 놓고, 그날부터 아주머니는 불철주야 할 짓 못할 짓 다 해 가면서 부수대고 날뛴 덕에 병도 차차로 차도가 있고, 그러더니 인제는 완구히 살아는 났지요. 뭐 참 시방은 용꼴인걸요, 용꼴.

부인네 정성이 무서운 겝니다.

꼬박 3년이군. 나 같으면 돌아가신 부모가 살아 오신대도 그 짓 못해요.

자, 그러니 말이지요. 우리 아저씨라는 양반이 작히나 양심이 있고 다아 그럴 양이면, 어어허 내가 어서 바삐 몸이 충실해져서, 어서 바삐 돈을 벌어다가 저 아내를 편안히 거느리고 이 은공과 전날의 죄를 갚아야 하겠구나……. 이런 맘을 먹어야 할 게 아니나요?

아주머니의 은공을 갚자면 발에 흙이 묻을세라 업고 다녀도 참 못다 갚지요.

그러고저러고간에 자기도 인제는 속 차려야지요. 하기야 속을 차려서 무얼 하재도 전과자이니까 관리나 또 회사 같은 데는 들어가지 못하겠지만 그야 자기가 저지른 일인 걸 누구를 원망할 일도 아니고, 그러니 막 벗어부치고 노동이라도 해야지요.

대학교 출신이 막벌이 노동이라니까 꼴 가관이지만 그래도 할 수 없지, 뭐.

그런 걸 보고 가만히 나를 생각하면, 만약 우리 종조할아버지네 집안이 그렇게 치패를 안해서 나도 전문학교나 대학교를 졸업을 했으면 혹시 아저씨 모양이 됐을지도 모를 테니 차라리 공부 많이 않고서 이 길로 들어선 게 다행이다……. 이런 생각이 들어요.

사실 우리 아저씨 양반은 대학교까지 졸업하고도 인제는 기껏 해먹을 게란 막벌이 노동밖에 없는데, 요 보통학교 4년간 겨우 다니고서도 시방 앞길이 환히 트인 내게다 대면 고쓰가이만도 못하지요.

아, 그런데 글쎄 막벌이 노동을 하고 어쩌고 하기는커녕 조끔 바시시 살아날 만하니까 이 주책꾸러기 양반이 무슨 맘보를 먹는고 하니, 내 참 기가 막혀!

아아니, 그놈의 것하구는 무슨 대천지 원수가 졌단 말인지, 어쨌다고 그걸 끝끝내 하지 못해서 그 발광인고?

그러나마 그게 밥이 생기는 노릇이란 말이지? 명예를 얻는 노릇이란 말이지, 필경은 붙잡혀 가서 징역 사는 노름?

아마 그놈의 것이 아편하구 꼭 같은가 봐요. 그렇길래 한번 맛을 들이면 끊지를 못하지요.

그렇지만 실상 알고 보면 그게 그다지 재미가 난다거나 맛이 있다거나 그런 것도 아니더군 그래요. 불한당 패던데요. 하릴없이 불한당 팹디다.

저어 서양 어디선가, 일하기 싫어하는 게으름뱅이 몇 놈이 양지쪽에 모여앉아서 놀고 먹을 궁리를 했더라나요. 우리 집 다이쇼가 다아 자상하게 이야기를 해 줍디다.

게, 그 녀석들이 서로 구론을 하기를, 자, 이 세상에는 부자가 있고 가난한 사람이 있고 하니 그건 도무지 공평한 일이 아니다. 사람이란 건 이목구비하며 사지육신을 똑같이 타고났는데 누구는 부자로 잘 살고 누구는 가난하다니 그게 될 말이야. 그러니 부자가 가진 것을 우리 가난한 사람들하구 다같이 고르게 나눠 먹어야 경우가 옳다.

야아 그거 옳은 말이다. 야! 그 말 좋다. 자 나눠 먹자.

아, 이렇게 설도를 해 가지고 우우하니 들고 일어났다는군요.

아아니, 그러니 그게 생날불한당 놈의 짓이 아니고 무어요?

사람이란 것은 제가끔 분지복이 있어서 기수(氣數)를 잘 타고나든지 부지런하면 부자가 되는 법이요, 복록을 못 타고나든지 게으른 놈은 가난하게 사는 법이요, 다아 이렇게 마련인데 그거야 말루 공평한 천리인 것을 됩데 불공평하다께 될 말이오? 그리구서 억지로 남의 것을 뺏어 먹자고 들다니 그놈들이 불한당이지 무어요.

짓이 불한당 짓일 뿐만 아니라, 또 만약에 그러기로 들면 게으른 놈은 점점 더 게으름만 부리고 쫓아다니면서 부자 사람네가 가진 것만 뺏어 먹을 테니 이 세상은 통으로 도적놈의 판이 될 게 아니오? 그나마, 부자 사람네가 모아 둔 걸 다아 뺏기고 더는 못 먹어 내는 날이면 그때는 이 세상 망하는 날이 아니오?

제마다 남이 농사 지어 놓으면 그걸 뺏어 먹으려고 일 않고 번둥번둥 놀 것이고 남이 옷감 짜 놓으면 그걸 뺏어다가 입으려고 번둥번둥 놀 것이고 그럴 테니, 대체 곡식이며 옷감이며 그런 것이 다아 어디서 나올 데가 있어야지요. 세상 망할밖에!

글쎄 그놈의 짓이 그렇게 세상 망쳐 놓을 장본인 줄은 모르고서 가난한 놈들――그중에도 일하기 싫은 게으름뱅이들이 위선 당장 부잣집 사람네 것을 뺏어 먹는다니까 거기 혹해 가지굴랑 너두 나두 와하니 참섭을 했다는구려.

바루 저 아라사가 그랬대요.

그래서 아니나다를까 농군들이 곡식을 안 만들기 때문에 사람이 수만 명씩 굶어 죽는다는구려. 빠안한 이치지 뭐.

위선 먹기는 곶감이 달다고 그 지랄들을 했다가 잘코사니야!

아, 그런데 그 못된 놈의 풍습이 삽시간에 동서양 각국 안 간 데 없이 퍼져 가지굴랑 한동안 내지에도 마구 굉장히 드세게 돌아다녔고, 내지가 그러니까 멋도 모르는 죄선 영감상들도 덩달아서 그 숭내를 냈다나요.

그렇지만 시방은 그새 나라에서 엄하게 밝히고 금하고 한 덕에 많이 머츰해졌고 그런 마음 먹는 사람은 별반 없다나 봐요.

그럴 게지 글쎄. 아, 해서 좋은 양이면야 나라에선들 왜 금하며 무슨 원수가 졌다고 붙잡다가 징역을 살리나요.

좋고 유익한 것이면 나라에서 도리어 장려하고 잘 할라치면 상급도 주고 그러잖아요.

활동사진이며 스모며 만자이며 또 왓쇼왓쇼랄지 세이레이낭아시랄지 라디오 체조랄지 이런 건 다아 유익한 일이니까 나라에서 설도도 하고 그러잖아요.

나라라는 게 무언데? 그런 걸 다아 잘 분간해서 이럴 건 이러고 저럴 건 저러라고 지시하고 그 덕에 백성들을 제가끔 제 분수대루 편안히 살두룩 애써 주는 게 나라 아니오?

그놈의 것 사회주의만 하더라도 나라에서 금하들 않고 저희가 하는 대루 두어 두었어 보아? 시방쯤 세상이 무엇이 됐을지……. 다른 사람들도 낭패 본 사람이 많았겠지만 위선 나만 하더라도 글쎄 어쩔 뻔했어! 아무 일도 다 틀리고 뒤죽박죽이지.

내 이상과 계획은 이렇거든요.

우리 집 다이쇼가 나를 자별히 귀여워하고 신용을 하니깐 인제 한 10년만 더 있으면 한밑천 들여서 따루 장사를 시켜 줄 눈치거든요.

그렇거들랑 그것을 언덕삼아 가지고 나는 30년 동안 예순 살 환갑까지만 장사를 해서 꼭 10만 원을 모을 작정이지요. 10만 원이면 죄선 부자로 쳐도 천석꾼이니 뭐, 떵떵거리구 살 게 아니냐구요.

그리고 우리 다이쇼도 한 말이 있고 하니까 나는 내지인 규수한테로 장가를 들래요. 다이쇼가 다아 알아서 얌전한 자리를 골라 중매까지 서 준다고 그랬어요. 내지 여자가 참 좋지요.

나는 죄선 여자는 거저 주어도 싫어요.

구식 여자는 얌전은 해도 무식해서 내지인하구 교제하는데 안됐고, 신식 여자는 식자나 들었다는 게 건방져서 못쓰고, 도무지 그래서 죄선 여자는 신식이고 구식이고 다아 제애발이에요.

내지 여자가 참 좋지 뭐. 인물이 개개 일자로 예쁘것다, 얌전하것다, 상냥하것다, 지식이 있어도 건방지지 않것다, 조음이나 좋아!

그리고 내지 여자한테 장가만 드는 게 아니라 성명도 내지인 성명으로 갈고, 집도 내지인 집에서 살고, 옷도 내지 옷을 입고, 밥도 내지식으로 먹고, 아이들도 내지인 이름을 지어서 내지인 학교에 보내고…….

내지인 학교래야지 죄선 학교는 너절해서 아이들 버려 놓기가 꼭 알맞지요.

그리고 나도 죄선말은 싹 걷어치우고 국어만 쓰고요.

이렇게 다아 생활 법식부텀도 내지인처럼 해야만 돈도 내지인처럼 잘 모으게 되거든요.

내 이상이며 계획은 이래서 20만 원짜리 큰부자가 바루 내다뵈고 그리루 난 길이 환하게 트이고 해서 나는 시방 열심으로 길을 가고 있는데 글쎄 그 미쳐 살기든 놈들이 세상 망쳐 버릴 사회주의를 하려 드니 내가 소름이 끼칠 게 아니냐구요? 말만 들어도 끔찍하지!

세상이 망해서 뒤집히면 그래 나는 어쩌란 말인구? 아무것두 다아 허사가 될 테니 그런 억울할 데가 있더람?

뭐 참 우리 집 다이쇼 말이 일일이 지당해요.

어느 절도나 강도나 사기나 그런 죄는 도적이면 도적을 해 가는 그 당장, 그 돈만 축을 내니까 오히려 죄가 가볍지만, 그놈의 것 사회주의인지 지랄인지는 온 세상을 뒤죽박죽을 만들어 놓고 나라를 통째로 소란하게 하니까 도저히 용서할 수가 없대요.

용서라니! 나 같으면 그런 놈들은 모조리 쓸어다가 마구 그저 그냥…….

그런 일을 생각하면 털어놓고 말이지 우리 아저씬가 그 양반도 여간 불측스리 뵐들 않아요. 사실 아주머니만 아니면 내가 무슨 천주학이라고, 나쁜 병까지 앓는 그 양반을 찾아다니나요. 죽는대도 코도 안 풀어 붙일 걸. 그러나마 전자의 죄상을 다아 회개를 하고 못된 마음은 씻어 바렸을세 말이지, 뭐 흰 개꼬리 3년이라더냐, 종시 그 모양인걸요.

그러니깐 그가 밉살머리스러워서, 더러 들렀다가 혹시 마주앉아도 위정 뼈끝 저린 소리나 내쏘아 주고 말을 따잡아 가지굴랑 꼼짝 못하게시리 몰아세우군 하지요.

저번에도 한 번 혼을 단단히 내주었지요. 아, 그랬더니 아주머니더러 한다는 소리가, 그 녀석 사람 버렸더라고, 아무 짝에고 못 쓰게 길이 들었더라고 그러더라나요.

내 원, 그 소리 듣고 하두 어처구니가 없어서!

대체 사람도 유만부동(類萬不同)이지 그 아저씨가 날더러 사람 버렸느니 아무 짝에도 못쓰게 길이 들었느니 하더라니, 원 입이 몇 개나 되면 그런 소리가 나오는 구멍도 있누? 죄선 벙어리가 다아 말을 해도 나 같으면 할 말 없겠더구먼서두, 하면 다아 말인 줄 아나 봐?

이를테면 그게 명색 훈계 비슷한 것이렷다. 내게다가 맞대 놓고 그런 소리를 하다가는 되잡혀서 혼이 날 테니까 슬며시 아주머니더러 이르란 요량이던 게지?

기가 막혀서……. 하느님이 사람의 콧구멍 두 개로 마련하기 참 다행이야.

글쎄 아무려면 내가 자기처럼 다아 공부는 못하고 남의 집 고조 노릇으로 반또(番頭) 노릇으로 이렇게 굴러먹을 값에 이래 보여도 표창을 두 번이나 받은 모범 점원이요, 남들이 똑똑하고 재주있고 얌전하다고 칭찬이 놀랍고 앞길이 환히 트인 유망한 청년인데 그래 자기 눈에는 내가 버린 놈이고 아무 짝에도 못쓰게 길이 든 놈으로 보였단 말이지?

하하, 오옳지! 거참 그렇겠군. 자기는 자기 하는 짓이 옳으니까 나의 하는 짓은 다아 글렀단 말이렷다. 그러니까 나도 자기처럼 그놈의 것 사회주의인지 급살맞을 것인지나 하다가 징역이나 살고 전과자나 되고 폐병이나 앓고 다아 그랬더라면 사람 버리지도 않고 아무 짝에도 못쓰게 길든 놈도 아니고 그럴 뻔했군 그래!

흥! 참……. 제 밑 구린 줄 모르고서 남더러 어쩌구저쩌구 한다는 게 꼭 우리 아저씨 그 양반을 두고 이른 말인가 봐.

그날도 실상 이랬더라우. 혼을 내주었더니 아주머니더러 그런 소리를 하더란 그날 말이오. 그날이 마침 내가 쉬는 날이길래 아주머니더러 할 이야기도 있고 해서 아침결에 좀 들렀더니 아주머니는 남의 혼인집으로 바느질을 해 주러 갔다고 없고, 아저씨 양반만 여전히 아랫목에 가서 드

러누웠어요. 그런데 보니깐 어디서 모두 뒤져 냈는지 머리맡에다가 헌 언
문 잡지를 수북이 쌓아 놓고는 그걸 뒤져요.

그래 나도 심심삼아 한 권 집어 들고 떠들어 보았더니 뭐 읽을 맛이 나
야지요. 대체 죄선 사람들은 잡지 하나를 해도 어찌 모두 그 꼬락서니로
해 놓는지.

사진도 없지요. 망가(漫畫)도 없지요. 그리구는 맨판 까달스런 한문
글자로다가 처박아 놓으니 그걸 누구더러 보란 말인고? 더구나 우리 같
은 놈은 언문도 그런대루 뜯어보기는 보아도 읽기에 여간만 폐롭지가 않
아요.

그러니 어려운 언문하고 까다로운 한문하고를 섞어서 쓴 글은 뜻을 몰
라 못 보지요. 언문으로만 쓴 것은 소설 나부랭이인데 읽기가 힘이 들 뿐
아니라 또 죄선 사람이 쓴 소설이란 건 재미가 있어야죠. 나는 죄선 신문
이나 죄선 잡지하구는 담 쌓고 남 된 지 오랜걸요.

잡지야 뭐 킹구나 쇼넹구라부 덮어먹을 잡지가 있나요. 참 좋아요. 한
문 글자마다 가나를 달아 놓았으니 어떤 대문을 척 펴 들어도 술술 내리
읽고 뜻을 횅하니 알 수 있지요. 그리고 어떤 대문을 읽어도 유익한 교훈
이나 재미나는 소설이지요.

소설 참 재미있어요. 그중에도 기꾸지 깡 소설…… 어쩌면 그렇게도
아기자기하고도 달콤하고도 재미가 있는지. 그리고 요시가와 에이지, 그
의 소설은 진찌바라바라 하는 지다이모노인데 마구 어깻바람이 나구요.

소설이 모두 그렇게 재미있지요, 망가가 많지요, 사진이 많지요. 그리
구도 값은 조음 헐하나요. 15전이면 바루 고 전달 치를 사 볼 수 있고 보
고 나서는 5전에 도루 파는데요.

잡지도 기왕 하려거든 그렇게나 해야지 죄선 사람들은 제엔장 큰소리는
곧잘 하더구만서두 잡지 하나 반반한 거 못 만들어 내니!

그날도 글쎄 잡지가 그 꼴이라 애여 글을 볼 멋도 없고 해서 혹시 망가
나 사진이라도 있을까 하고 책장을 후루루 넹기느라니깐 마침 아저씨 이

름이 있겠다요. 하두 신통해서 쓰윽 펴 들고 보았더니 제목이 첫 줄은 경제, 사회……. 무엇 어쩌구 잔 주를 달아 놨겠지요.

그것만 보아도 벌써 그럴 듯해요. 경제는 아저씨가 대학교에서 경제를 배웠다니까 경제 속은 잘 알 것이고, 또 사회는, 그것 역시 사회주의를 했으니까 그 속도 잘 알 것이고, 그러니까 경제하고 사회주의하고 어떻게 서로 관계가 되는 것이며 어느 편이 옳다는 것이며 그런 소리를 썼을 게 분명해요.

뭐, 보나 안 보나 빠안하지요. 대학교까지 가설랑 경제를 배우고도 돈 모을 생각은 않고서 사회주의만 하고 다닌 양반이라 경제가 그르고 사회주의가 옳다고 우겨 댔을 게니깐요.

아무렇든 아저씨가 쓴 글이라는 게 신기해서 좀 보아 볼 양으로 쓰윽 훑어봤지요. 그러나 웬걸 읽어 먹을 재주가 있나요. 글자는 아주 어려운 자만 아니면 대강 알기는 알겠는데 붙여 보아야 대체 무슨 뜻인지를 알 수가 있어야지요.

속이 상하길래 읽어 보자던 건 작파하고서 아저씨를 좀 따잡고 몰아셀 양으로 그 대목을 차악 펴 놨지요.

"아저씨?"

"왜 그러니?"

"아저씨가 여기다가 경제 무어라구 쓰구, 또 사회 무어라구 썼는데, 그러면 그게 경제를 하란 뜻이오 사회주의를 하란 뜻이오?"

"뭐?"

못 알아듣고 뚜렷뚜렷해요. 자기가 쓰고도 오래 돼서 다아 잊어버렸거나 혹시 내가 말을 너무 까다롭게 내기 때문에 섬뻑 대답이 안 나왔거나 그랬겠지요. 그래 다시 조곤조곤 따졌지요.

"아저씨! 경제라 껏은 돈 모아서 부자 되라는 거 아니오. 그런데 사회주의라 껏은 모아 둔 부자 사람의 돈을 뺏어 쓰는 거 아니오?"

"이 애가 시방!"

"아아니, 들어 보세요."

"너, 그런 경제학, 사회주의 어디서 배웠니?"

"배우나마나, 경제라 건 돈 많이 벌어서 애껴 쓰구 나머지 모아 두는 게 경제 아니오?"

"그건 보통 경제한다는 뜻으로 쓰는 경제고, 경제학이니 경제적이니 하는 건 또 다르다."

"다른 게 무어요? 경제는 돈 모으는 것이고, 그러니까 경제학이면 돈 모으는 학문이지요."

"아니란다. 혹시 이재학(理財學)이라면 돈 모으는 학문이라고 해도 근리(近理)할지 모르지만 경제학은 그런 게 아니란다."

"아아니 그렇다면 아저씨, 대학교 잘못 다녔소. 경제 못하는 경제학 공부를 5년이나 했으니 그저 무어란 말이오? 아저씨가 대학교까지 다니면서 경제 공부를 하구두 왜 돈을 못 모으나 했더니 이제 보니깐 공부를 잘 못해서 그랬군요!"

"공부를 잘 못했다? 허허. 그랬을는지도 모르겠다. 옳다, 네 말이 옳아!"

이거 봐요 글쎄, 담박 꼼짝 못하잖나. 암만 대학교를 다니고, 속에는 육조를 배포했어도 그렇다간 글쎄…….

"아저씨?"

"왜 그러니?"

"그러면 아저씨는 대학교를 다니면서 돈 모아 부자 되는 경제 공부를 한 게 아니라 모아 둔 부자 사람네 돈 뺏어 쓰는 사회주의 공부를 했으니 말이지요…….”

"너는 사회주의가 무얼루 알고서 그러냐?"

"내가 그까짓 걸 몰라요?"

한바탕 주욱 설명을 했지요. 내 얼굴만 물끄러미 올려다보고 누웠더니 피쓱 한 번 웃어요. 그리고는 그 양반이 하는 소리겠다요.

"그게 사회주의냐? 불한당이지."

"아아니, 그럼 아저씨두 사회주의가 불한당인 줄은 아시는구료?"

"내가 어째 사회주의가 불한당이랬니?"

"방금 그러잖았어요?"

"글쎄, 그건 사회주의가 아니라 불한당이란 그 말이다."

"거 보시우! 사회주의란 것은 그렇게 날불한당이에요. 아저씨두 그렇다구 하면서 아니시래요?"

"이 애가 시방 입심 겨룸을 하재나!"

이거 봐요. 또 꼼짝 못하지요? 다아 이래요 글쎄…….

"아저씨?"

"왜 그러니?"

"아저씨두 맘 달리 잡수시오."

"건 어떻게 하는 말이야?"

"걱정 안 되시우?"

"나 같은 사람이 걱정이 무슨 걱정이냐? 나는 네가 걱정이더라."

"나는 뭐 버젓하게 요랑이 있는걸요."

"어떻게?"

"이만저만한가요!"

또 한바탕 주욱 설명을 했지요. 이야기를 다아 듣더니 그 양반 한다는 소리 좀 보아요.

"너두 딱한 사람이다!"

"왜요?"

"……."

"아아니, 어째서 딱하다구 그러시우?"

"……."

"네? 아저씨."

"……."

"아저씨?"

"왜 그래?"

"내가 딱하다구 그러셨지요?"

"아니다, 나 혼자 한 말이다."

"그래두……."

"이 애!"

"네?"

"사람이란 것은 누구를 물론허구 말이다, 아첨하는 것같이 더러운 게 없느니라."

"아첨이오?"

"저……. 위로는 제왕, 밑으로는 걸인, 그 모든 사람이 위선 시방 이 제도의 이 세상에서 말이다, 제가끔 제 분수대루 살아가는 데 있어서 말이다, 제 개성을 속여 가면서꺼정 생활에다가 아첨하는 것같이 더러운 것이 없고 그런 사람같이 가련한 사람은 없느니라. 사람이라 껀 밥 두 그릇이 하필 밥 한 그릇보다 더 배가 부른 건 아니니까."

"그건 무슨 뜻인데요."

"네가 일본인 여자와 결혼을 해서 성명까지 갈고 모든 생활 법도를 일본화하겠다는 것이 말이다."

"네, 그게 좋잖아요?"

"그것이 말이다. 진실로 깊은 교양이나 어진 지혜의 판단에서 우러나온 것이라면 그도 모를 노릇이겠지. 그렇지만 나는 보매 네가 그런다는 건 다른 뜻으로 그러는 것 같다."

"다른 뜻이라니요?"

"네 주인의 비위를 맞추고 이웃의 비위를 맞추고 하자고……."

"그야 물론이지요! 다이쇼의 신용을 받아야 하고 이웃 내지인들하구두 좋게 지내야지요. 그래야 할 게 아니겠어요?"

"……."

"아저씨는 아직두 세상 물정을 모르시오. 나이는 나보담 많구 대학 공부까지 했어도 일찌감치 고생살이를 한 나만큼 세상 물정 모릅니다. 시방이 어느 세상인데 그러시우?"

"이 애!"

"네?"

"네가 방금 세상 물정이랬지?"

"네."

"앞길이 환하게 틔었다고 그랬지?"

"네."

"환갑까지 10만원 모은다구 그랬지?"

"네."

"네가 말하려는 세상 물정하구 내가 말하려는 세상 물정하구 내용이 다르기도 하지만 세상 물정이란 건 그야말로 그리 만만한 게 아니다."

"네."

"사람이라 껀 제아무리 날구 뛰어도 이 세상에 형적 없이 그러나 세차게 주욱 흘러가는 힘, 그게 말하자면 세상 물정이겠는데, 결국 그것의 지배하에서 그것을 따라가지, 별수가 없는 거다."

"네?"

"쉽게 말하면 계획이나 기회를 아무리 억지루 만들어 놓아도 결과가 뜻대루는 안 된단 말이다."

"젠장, 아저씨두⋯⋯. 요전 킹구라는 잡지에두 보니까, 나폴레옹이라는 서양 영웅이 그랬답디다. 기회는 제가 만든다구, 그리고 불가능이란 말은 바보의 사전에서나 찾을 글자라구요. 아 자꾸자꾸 계획하구 기회를 만들구 해서 분투 노력해 나가면 이 세상 일 안 되는 일이 어디 있나요? 한 번 실패하거든 갑절 용기를 내 가지구 다시 일어서지요. 칠전팔기 모르시오?"

"나폴레옹도 세상 물정에 순응할 때는 성공했어도 그것에 거슬리다가

실패를 했더란다. 너는 칠전팔기해서 성공한 몇 사람만 보았지, 여덟 번
일어섰다가 아홉 번째 가서 영영 쓰러지구는 다시 일지 못한 숱한 사람이
있는 건 모르는구나?"

"그래두 인제 두구 보시우. 나는 천하 없어두 성공하구 말 테니…….
아저씨는 그래서 더구나 못써요. 일해 보기두 전에 안 될 줄로 낙심 먼저
하구……."

"하늘은 꼭 올라가 보구래야만 높은 줄 아니?"

원 마지막 가서는 할 소리가 없으니깐 동에도 닿지 않는 비유를 가져다
돌려대는 걸 보아요. 그게 어디 당한 말인구? 안 올라가 보면 머 하늘 높
은 줄 모를 천하 멍텅구리도 있을까? 그만해 두려다가 심심하길래 또 말
을 시켰지요.

"아저씨?"

"왜 그래?"

"아저씨는 인제 몸 다아 충실해지면 어떡허실려우?"

"무얼?"

"장차……."

"장차?"

"어떡하실 작정이세요?"

"작정이 새삼스럽게 무슨 작정이냐?"

"그럼 아저씨는 아무 작정 없이 살아가시우?"

"없기는?"

"있어요?"

"있잖구."

"무언데요?"

"그새 지내 오던 대로……."

"그러면 저 거시기, 무엇이냐 도루 또 그걸?……."

"그렇겠지."

"아저씨?"

"……."

"아저씨?"

"왜 그래?"

"인제 그만두시우."

"그만두라구?"

"네."

"누가 심심소일루 그러는 줄 아느냐?"

"그렇잖구요?"

"……."

"아저씨?"

"……."

"아저씨?"

"왜 그래?"

"아저씨 올해 몇이지요?"

"서른셋."

"그러니 인제는 그만큼 해 두고 맘 잡아서 집안일 할 나이두 아니오?"

"집안일을 해서 무얼 하나?"

"그러기루 들면 그 짓은 해서 또 무얼 하나요?"

"무얼 하려고 하는 게 아니란다."

"그럼, 아무 희망이나 목적이 없으면서 그래요?"

"목적? 희망?"

"네."

"개인의 목적이나 희망은 문제가 다르니까……. 문제가 안 되니까……."

"원, 그런 법도 있나요?"

"법?"

"그럼요!"

"법이라……."

"아저씨?"

"……."

"아저씨?"

"왜 그래?"

"아주머니가 고맙잖습디까?"

"고맙지."

"불쌍하지요?"

"불쌍? 그렇지, 불쌍하다면 불쌍한 사람이지!"

"그런 줄은 아시누만?"

"알지."

"알면서 그러시우?"

"고생을 낙으로, 그 쓰라린 맛을 씹고씹고 하면서 그것에서 단맛을 알아내는 사람도 있느니라. 사람도 있는 게 아니라 사람마다 무슨 일에고 진정과 정신을 꼬박 거기다가만 쓰면 그렇게 되는 법이니라. 그러니까 그쯤 되면 그때는 고생이 낙이지. 너희 아주머니만 두고 보더라도 고생이 고생이면서도 고생이 아니고 고생하는 게 낙이란다."

"그렇다고 아저씨는 그걸 다행히만 여기시우?"

"아아니."

"그렇거들랑 아저씨두 아주머니한테 그 은공을 더러는 갚아야 옳을 게 아니오?"

"글쎄, 은공을 모르는 건 아니지만……."

"그러니 인제 병이나 확실히 다아 나신 뒤엘라컨……."

"바빠서 원……."

글쎄, 이 한다는 소리 좀 보지요? 시치미 뚜욱 떼고 누워서 바쁘다는군요! 사람 속 차릴 여망 없어요. 그저 어디루 대나 손톱만큼도 쓸모는 없고 남한테 사폐만 끼치고 세상에 해독만 끼칠 사람이니, 뭐 하루바삐 죽어야 해요. 죽어야 하고 또 죽어서 마땅해요. 그런데 글쎄 죽지를 않고 꼼지락꼼지락 도루 살아나니 성화라구는, 내…….

태평천하

윤 직원 영감 귀택지도

추석을 지나 이윽고, 짙어 가는 가을 해가 저물기 쉬운 어느 날 석양.

저 계동(桂洞)의 이름 난 장자(富者) 윤 직원(尹直員) 영감이 마침 어디 출입을 했다가 방금 인력거를 처억 잡숫고 돌아와 마악 댁의 대문 앞에서 내리는 참입니다.

간밤에 꿈을 잘못 꾸었던지, 오늘 아침에 마누라하고 다툼질을 하고 나왔던지, 아무튼 엔간치 일수 좋지 못한 인력꾼입니다.

여느 평탄한 길로 끌고 오기도 무던히 힘이 들었는데 골목으로 들어서서는 빗밋이 경사가 진 20여 칸을 끌어올리기야, 엄살이 아니라, 정말 혀가 나올 뻔했습니다.

이십팔 관하고도 육백 몸메!……

윤 직원 영감의 이 체중은, 그저께 춘심이년을 데리고 진고개로 산보를 갔다가, 경성 우편국 바로 뒷문 맞은편, 아따 무어라더냐 그 양약국 앞에 놓아 둔 앉은뱅이저울에 올라서 본 결과, 춘심이년이 발견을 했던 것입니다.

이 이십팔 관 육백 몸메를 그런데, 쌀쌀계급인 인력거꾼은 그래도 직업적 단련이란 위대한 것이어서, 젖먹던 힘까지 아끼잖고 겨우겨우 끌어올려, 마침내 남대문보다 조그만 작은 소슬대문 앞에 채장을 내려놓곤, 무릎에 들였던 담요를 걷기까지에 성공을 했습니다.

윤 직원 영감은 옹색한 좌관에서 가까스로 뒤를 쳐들고 자칫하면 넘어박힐 듯싶게 휘뜩하는 인력거에서 내려오자니 여간만 옹색하고 조심이 되는 게 아닙니다.

"야, 이사람아!……"

윤 직원 영감은 혼자서 내리다 못해 필경 인력거꾼더러 걱정을 합니다.

"……좀 부축을 하여 줄 것이지, 그냥 그러구 뻐언허니 섰어야 옳담 말잉가?"

실상인즉 뻔히 섰던 것이 아니라, 가쁜 숨을 돌리면서 땀을 씻고 있었던 것이나, 인력거꾼은 책망을 듣고 보니 미상불 일이 좀 죄송하게 되어, 그래 얼른 팔을 붙들어 부축을 해 드립니다.

내려선 것을 보니, 진실로 거판진 체집입니다.

허리를 안아 본다면, 아마 모르면 몰라도, 한 아름하고도 반은 실히 될까 봅니다. 그런데다가 키도 알맞게 다섯 자 아홉 치는 넉넉합니다. 얼핏 알아듣기 쉽게 빗대면, 지금 그가 타고 온 인력거가 장난감 같고, 그 큰 대문간이 들어서기도 전에 사뭇 그들막합니다.

얼굴도 좋습니다.

거금 삼십여 년 전에, 몇 해를 두고 부안변산(扶安邊山)을 드나들면서 많이 먹은 용(茸)이며 저혈 장혈(猪血獐血)이며, 또 요새도 장복을 하는 인삼 등속의 약효로 해서 얼굴은 불콰하니 동안(童顔)이요, 게다가 많지도 적지도 않고 꼬옥 알맞은 수염은 눈같이 희어, 과시 홍안 백발의 좋은 풍신입니다.

초리가 길게 째져 올라간 봉의 눈, 준수하니 복이 들어 보이는 코, 뿌리가 추욱 쳐진 귀와 큼직한 입모, 다아 수부귀다남자의 상입니다.

나이?…… 올해 일흔두 살입니다. 그러나 시뻐 여기진 마시오. 심장비대증으로 천식(喘息)기가 좀 있어 망정이지, 정정한 품이 서른 살 먹은 장정 여대친답니다. 무얼 가지고 겨루든지 말이지요.

그 차림새가 또한 혼란스럽습니다. 옷은 안팎으로 윤이 치르르 흐르는 모시 진솔것이요, 머리에는 탕건에 받쳐 죽영(竹纓) 달린 통영갓(統營 쏘)이 날아갈 듯 올라앉았습니다.

발에는 크막하니 솜을 한 근씩은 두었음직한 흰 버선에 운두 새까만 마른신을 조마맣게 신고, 바른손에는 은으로 개대가리를 만들어 붙인 화류개화장이요, 왼손에는 서른네 살박이 묵직한 합죽선입니다.

이 풍신이야말로 아까울사, 옛날 세상이었다면 일도(一道)의 방백(方伯)일시 분명합니다. 그런 것을 간혹 입이 삐뚤어진 친구는 광대로 인식착오를 일으키고, 동경 대판의 사탕장수들은 캐러멜대장감으로 침을 삼키니 통탄할 일입니다.

인력거에서 내려선 윤 직원 영감은, 저절로 떠억 벌어지는 두루마기 앞섶을 여미려고 하다가 도로 걷어젖히고서, 간드라지게 허리띠에 가 매달린 새파란 염낭끈을 풉니다.

"인력거 쌕이(삯이) 몇 푼이당가?"

이 이야기를 쓰고 있는 당자 역시 전라도 태생이기는 하지만, 그 전라도 말이라는 게 좀 경망스럽습니다.

"그저 처분해 줍시요!"

인력거꾼은 담요로 팔짱 낀 허리를 굽신합니다. 좀 점잖다는 손님한테는 항투로 쓰는 말이지만, 이 풍신 좋은 어른께는 진심으로 하는 소립니다. 후히 생각해 달란 뜻이지요.

"으응! 그리여 잉? 그럼, 그냥 가소!"

윤 직원 영감은, 인력거꾼을 짯짯이 바라다보다가 고개를 돌리더니 풀었던 염낭끈을 도로 비끄러맵니다.

인력거꾼은 어쩐 영문인지를 몰라, 뚜렛뚜렛하다가, 혹시 외상인가 하고 뒤통수를 긁적긁적하면서…….

"그럼, 내일 오랍쇼니까?"

"내일? 내일 무엇 하러 올랑가?"

윤 직원 영감은 지금 심정이 약간 좋지 못한 일이 있는데, 가뜩이나 긴찮이 잔말을 씹힌대서 적이 안색이 변합니다.

그러나 이편 인력거꾼으로 당하고 보면, 무엇 하러 오다니, 외상 준 인력거삯 받으러 오지요,라는 것이지만 어디 무엄스럽게 그런 말을 똑바로 대고 하는 수야 있나요. 그러니 말은 바른대로 하지 못하고, 그래 자못 난처한 판인데, 남의 그런 속도 몰라 주고, 윤 직원 영감은 이제는 내 할 말 다아 했다는 듯이 천천히 돌아서 버리자고 합니다.

인력거꾼은 이러다가는 여느때도 아니요, 허파가 터질 뻔한 오늘 벌이가 눈 멀뚱멀뚱 뜨고 고만 허사가 되싶어, 대체 이 어른이 어째서 이러는지는 모르겠어도, 그건 어찌되었든지간에, 좌우간 이렇게 병신스럽게 우물쭈물하고만 있을 일이 아니라고 크게 과단을 내지 않을 수가 없습니다.

"저어, 삯 말씀이올습니다. 헤……."

크게 과단을 낸다는 게 결국은 크게 조심을 하는 것뿐입니다.

"삯?"

"네에!"

"아아니 여보소, 이사람……."

윤 직원 영감은 더럭 역정을 내어, 하마 삿대질이라도 할 듯이 한 걸음 나섭니다.

"……자네가 아까 날더러, 처분대루 허라구 허잖힛넝가?"

"네에!"

"그렇지?…… 그런디, 거, 처분대루 허람 말은 맘대루 허람 말이 아닝가?……"

　인력거꾼은 비로소 속을 알았습니다.

　알고 보니 참 기가 막힙니다. 농도 할 사람이 따로 있지요. 웬만하면, 허허! 하고 한바탕 웃어젖힐 노릇이겠지만, 점잖은 어른 앞에서 그럴 수는 없고, 그래 히죽이 웃기만 합니다.

　"……그리서 나넌 그렇기 처분대루, 응? …… 맘대루 말이네! 맘대루 허라구 허길레, 아 인력거삯 안 주어두 갱기찮헌종 알구서, 그냥 가라구 히였지!……"

　인력거꾼은 이 어른이 끝끝내 농을 하느라고 이러는가 했지만, 윤 직원 영감의 안색이며 말씨며 조금도 그런 내색이 보이지 않습니다.

　"거참!…… 나는 벨 신통헌 인력거꾼두 다아 있다구, 퍽 얌전하게 부았지! 늙은 사람이 욕본다구, 공으루 인력거 태다 주구 허넝게 쟁히 기특허다구……. 이사람아, 사내대장부가 그렇기 그집말을 식은 죽 먹듯 헌단 말잉가? 일구이언(一口二言)은 이부지자(二父之者)라네. 암만 히여두 자네 어매(어머니)가 행실이 좀 궂었덩개비네!"

　인력거꾼쯤이니 일구이언은 이부지자라는 공자(孔子)님식의 욕이야 알아듣지 못했겠지만, 자네 어매가 행실이 궂었덩개비네, 하는 데는 슬며시 비위가 상하지 않을 수가 없습니다. 실상 그렇지 않아도 인력거삯을 주지 않으려고, 농인지 진정인지는 모르겠으되, 쓸데없는 승강을 하려 드는 게 심정이 좋지 않은 참인데, 게다가 한술 더 떠서, 이건 한다는 소리가 거짓말을 한다는 둥, 또 죽은 부모를 편산놈이 널(棺)머리 들먹거리듯 들먹거리는 데야, 누군들 좋아할 이치가 있다구요.

　사실 웬만한 내기가 인력거를 타고 와설랑, 납작한 초가집 앞에서 그따위 수작을 했다가는 인력거꾼한테 되잡혀 가지군, 뺨따귀나 한 대 넙죽하니 얻어맞기가 십상이지요.

　"점잖은 어른께서 괜히 쇤네 같은 걸 데리구 그리십니다! 어서 돈장이나 주어 보냅시오! 헤……."

　인력거꾼은 상하는 심정을 눅이고, 종시 공순합니다. 그러나 그 돈장이란 말이 윤 직원 영감한테는 저 '히틀러'라든지 하는 덕국 파락호(破落戶)의 폭탄선언이라는 것만큼이나 놀라운 말입니다.

"머어? 돈장?…… 돈장이 무어당가? 대체……."

"일 원 한 장 말씀입죠! 헤……."

남은 기가 막혀서 하는 말을, 속 없는 인력거꾼은 고지식하게 언해(諺解)를 달고 있습니다.

"헤헤— 나 참, 세상 났다가 벨일 다아 보겠네!…… 아아니 글씨, 안 받어두 좋 뜨으기 처분대루 허라던 사람이, 인재넌 마구 그냥 일 원을 달래여? 참 기가 맥히서 죽겠네, 그만두소. 용천배기 콧구녕으서 마널씨를 뽑아먹구 말지, 내가 칙살스럽게 인력거 공짜루 타겄당가!…… 을매(얼마) 받을랑가? 바른대루 말허소!"

인력거꾼은 괜히 돈 몇 십 전 더 얻어먹으려다가 짜장 얻어먹지도 못하고 다른 데 벌이까지 놓치기 싫어, 할 수 없이 오십 전을 불렀습니다. 그러나 윤 직원 영감은 여전합니다.

"아아니 이사람이 시방, 나허구 실갱이(승강이)를 허자구 이러넝가? 권연시리(괜스레) 자꾸 쓸디읍넌 소리를 허구 있어!…… 아, 이사람아 돈 오십 전이 뉘 애기 이름인종 아넝가?"

"많이 여쭙잖습니다. 부민관서 예꺼정 모시구 왔는뎁쇼!"

"그러닝개 말이네. 고까짓 것 엎어지면 코달닌의 디를 태다 주구서 오십 전씩이나 달라구 허닝개 말이여!"

"과하게 여쭙잖었습니다. 그리고 점잖은 어른께서 막걸리값이나 나우 주서야 허잖겠사와요?"

윤 직원 영감은 못 들은 체하고, 모로 비스듬히 돌아서서, 아까 풀렀다가 도로 비끄러맨 염낭끈을 다시 풀으더니, 이윽고 십 전박이 두 푼을 꺼내 가지고, 그것을 손톱으로 싸악싹 갓을 긁어 봅니다. 노상이 사람이란 실수를 하지 말란 법이 없는 법이라, 좀 일은 되더라도 이렇게 다시 한번 손질을 해 보면, 가사 십 전짜린 줄 알고 오십 전짜리를 잘못 꺼냈더

라도, 톱날이 있고 없는 것으로, 아주 적실하게 분별을 할 수가 있는 것
이니까요.

"옛네……. 꼭 십오 전만 줄 것이지만, 자네가 하두 그리싸닝개 이십
전을 주넝 것이니, 오 전을랑 자네 말대루 막걸리를 받어 먹든지, 탁배기
를 사 먹든지 맘대루 허소. 나넌 모르네!"

"건 너무 적습니다!"

"즉다니? 돈 이십 전이 즉단 말인가? 이사람아 촌에 가면 땅이 열 평
이네, 땅이 열 평이어!"

인력거꾼이, 그렇거들랑 그거 이십 전 가지고, 촌으로 가서 땅 열 평
사 놓고서 삼대 사대 벌어먹으라고, 쏘아던지고서 획 돌어서고 싶은 것
을, 그러나 겨우 참습니다.

"십 전 한 푼만 더 줍사요. 그리구 체두 퍽 무거우시구 허셨으니깐, 헤
……."

"아아니, 이사람이 인재넌, 벨트집을 다아 잡을라구 허네! 이사람아,
그럴 티먼 나넌 이 큰 몸집으루 자네 그 쬐외깐헌 인력거 타니라구 더 욕
을 부았다네. 자동차니 기차니, 몸 무겁다고 돈 더 받넌 디 부았넝가?"

"헤헤, 그렇지만……."

"어쩔 티어? 이것 받어 갈랑가? 안 받어 갈랑가? 안 받어 간다면 나
이놈으로 괴기 사다가 야긋야긋 다져서 저녁 반찬이나 히어 먹을라네."

"거저 십 전 한 푼만 더 쓰시면 허실걸, 점잖으신 터에 그렇십니다!"

"즘잖? 이사람아 그렇기 즘잖힐라다가넌 논 팔어먹겄네!…… 에잉,
그것 참! 그런 인력거꾼 두 번만 만났다가넌 마구 감수(減壽)허겄다!
……."

이 말에 인력거꾼이 바른대로 대답을 하자면, 그런 손님 두 번만 만났
다가는 기절하겠다고 하겠지요.

윤 직원 영감은 매었던 염낭끈을 또 도로 풀으더니, 오 전박이 한푼을
더 꺼냅니다. 이 오 전은 무단시리 더 주는 것이거니, 생각하면 다시금

역정이 나고 돈이 아까웠지만, 인력거꾼이 부둥부둥 떼를 쓰는 데는 배겨낼 수가 없다고, 진실로, 단념을 한 것입니다.

"거 참!…… 옜네 도통 이십오 전이네. 이재넌 자네가 내 허리띠에다가 목을 매달어두, 쇠천 한푼 막무가낼세!"

인력거꾼은 윤 직원 영감이 말도 다아 하기 전에 딸그랑 하는 대소 백통화 서 푼을 그 육중한 손바닥에다가 받어 쥐고는 고맙다고 하는지 무어라고 하는지, 분명찮게 입안의 소리로 두런거리면서, 놓았던 인력거 채장을 집어들고 씽하니 가 버립니다.

"에잉! 권연스리(괜스레) 그년의 디를 갔다가 그놈의 인력거꾼을 잘못 만나서 실갱이를 허구, 애맨 돈 오 전을 더 쓰구 히였구나! 고년 춘심이 년이 방정맞게 와서넌, 명창대횐(名唱大會)지 급살인지 헌다구, 쏘사악쏘삭 허기 때미 그년의 디를 갔다가……."

윤 직원 영감은 역정 끝에 춘심이더러 귀먹은 욕을 하던 것이나, 그렇지만 그건 애맨 탓입니다. 왜, 부민관의 명창대회를 무슨 춘심이가 가자고 해서 갔나요? 춘심이는 그저 부민관에서 명창대회를 하는데, 제 형 운심이도 연주에 나간다고 자랑삼아 재잘거리는 것을 윤 직원 영감 자기가 깜짝 반겨선, 되려 춘심이더러 가자가자 해서 꼬여 가지고 갔으면서…….

사실 말이지, 춘심이가 그런 귀띔을 안해 주었으면 윤 직원 영감은 오늘 명창대회는 영영 못 가고 말았을 것이고, 그래서 다음날이라도 그걸 알았으면 냅다 발을 굴렀을 것입니다.

무임승차 기행

윤 직원 영감은 명창대회를 무척 좋아합니다. 아마 이 세상에 돈만 빼놓고는 둘째 가게 그 명창대회란 것을 좋아할 것입니다.

윤 직원 영감은 본이 전라도 태생인 관계도 있겠지만, 그는 위낙 남도

소리며 음률 같은 것을 이만저만찮게 좋아합니다.

그렇게 좋아하는 깐으로는, 일 년 삼백예순 날을 밤낮으로라도 기생하며 광대며를 사랑으로 불러다가 듣고 놀고, 하고는 싶지만 그렇게 하자면 일왈 돈이 여간 많이 드나요!

아마 일 년을 붙박이로 그렇게 하기로 하고, 어느 권반이나 조선음악연구회 같은 데 교섭을 해서 특별할인을 한다더라도 하루에 소불하 십 원쯤은 쳐 주어야 할 테니 하루에 십 원이면 한 달이면 삼백 원이라, 그리고 일 년이면 삼천…… 아이구! 그건 직원 영감으로 앉아서는 도무지 생각할 수도 없겠시리 큰 돈입니다. 천문학적 숫자란 건 아마 이런 경우에 써야 할 문잘걸요.

한즉, 도저히 그건 아주 생심도 못할 일입니다.

그런데 그거야말로 사람 살 곳은 골골마다 있다든지, 윤 직원 영감의 그다지도 뜻 두고 이루지 못하는 대원을 적이나마 풀어 주는 게 있으니 라디오와 명창대회가 바로 그것입니다. 이완(李浣)이 대장으로 치면, 군산(群山)을 죄꼼은 깎고, 계수를 몇 가지 베인 만큼이나 하다 할는지요. 윤 직원 영감은 그래서, 바로 머리맡 연상(硯床) 위에 삼구(三球)짜리 라디오 한 세트를 매두고, 그걸 금이야 옥이야 하면서, 방송국의 마이크를 통해 오는 남도소리며, 음률가사 같은 것을 듣고는 합니다.

장죽을 기다랗게 물고는 보료 위에 편안히 드러누워, 좋다! 소리를 연해 쳐 가면서, 즐거운 그 음률소리를 듣노라면, 고년들의 예쁘게 생긴 얼굴이나 광대들의 거동이 눈에 보이지 않아서 유감은 유감이지만, 그래도 좋기야 참 좋습니다.

라디오를 프로그램대로 음악을 조종하는 소임은 윤 직원 영감의 차인 겸, 비서 겸, 무엇 겸 직함이 수두룩한 대복(大福)이가 맡아 합니다.

혹시 남도소리나 음률가사 같은 것이 없는 날이라 치면 대복이가 생으로 벼락을 맞아야 합니다.

"게, 밥은 남같이 하루에 시 그릇씩 먹으면서, 그래 어떻기 사람이 멍청허먼, 날마당 나오던 소리를 느닷읍시 못 나오게 헌담 말잉가?"

이러한 무정지책에 대복이는 유구무언, 머리만 긁적긁적합니다. 하기야 대복이도 처음 몇 번은 방송국에서 프로그램을 그렇게 정했으니까 집에 앉아서야 라디오를 아무리 주물러도 남도소리는 나오지 않는 법이라고 변명을 했더랍니다.

한다 치면, 윤 직원 영감은 더럭······.

"이라게? 그런 개× 같은 놈의 법이 어딨당가?······ 권연시리 시방 멍청허다구 그러닝개, 그 말은 그리두 고까워서 남한티다가 둘러씨니라구?······ 글시 어떤 놈의 소리가 금방 엊저녁까지 들리든 소리가 오널사 말구 시급스럽게 안 들리넝고? 지상(妓生)이랑 재인광대가 다아 급살맞어 죽었다덩가?"

이렇게 반찬 먹은 고양이 잡도리하듯 지청구를 하니, 실로 죽어나는 건 대복입니다. 방송국에서 한동안, 꼭 같은 글씨로 남도소리를 매일 **빼지** 말고 방송해 달라는 투서를 수십 장 받은 일이 있습니다.

그게 뉘 짓인고 하니, 대복이가 윤 직원 영감한테 지청구를 먹고는 홧김에 써 보내고, 핀잔을 듣고는 폭폭하여 써 보내고 하던, 그야말로 눈물의 투서였던 것입니다.

윤 직원 영감의 불평은 그러나 비단 그뿐이 아닙니다. 소리를 기왕 할테거든 두어 시간이고 서너 시간이고 붙박이로 하지를 않고서, 고까짓것 삼십 분, 눈 깜짝할 새 감질만 내다가 고만둔다고, 그래서 또 성합니다.

물론 투정이요, 실상인즉 혼잣속으로는, 그놈의 것 돈 십칠 원 들여서 사 놓고 한달에 일 원씩 내면서 그 재미를 다아 보니 미상불 헐키는 헐타고, 은근히 좋아하지 않는 것은 아닙니다.

그렇지만 또 막상 청취료 일 원야라를 현금으로 내주는 마당에 당해서는 라디오에 대한 불평 겸 돈 일 원이 못내 아까워서,

"그까짓 놈의 것이 무엇이라구 다달이 돈을 일 원씩이나 또박또박 받어 간다냐?"

"그럴 틔거든 새달버텀은 그만두래라!"

이렇게 끙짜를 마지않습니다.

라디오는 그리하여, 아무튼 그러하고, 그 다음이 명창대회입니다.

기생이며 광대가 가지각색이요, 그래서 노래도 여러 가지려니와 직접 눈으로 보면서 오래오래 들을 수가 있기 때문에, 감질나는 라디오보다는, 그것이 늘 있는 게 아니어 흠은 흠이지만, 그때그때만은 퍽 생광스럽습니다. 막이 윤 직원 영감의 소원 같아서는, 그런즉은 명창대회를 일 년두고 삼백예순 날 날마다 했으면 좋을 판입니다.

이렇듯 천하에 달가운 명창대흰지라, 서울 장안에서 언제고 명창대회를 하게 되면 윤 직원 영감은 세상 없어도 참예를 합니다. 만일 어느 명창대회에 윤 직원 영감이 참예를 못한 적이 있다면 그것은 대복이의 태만입니다.

대복이는 멀리 타관에를 심부름 가고 있지 않은 이상 매일같이 골목 밖 이발소에 나가서 라디오의 프로그램과 명창대회나 조선음악연구회 주최의 공연이 있는지를 신문에서 찾아 내야 합니다.

대복이가 만일 실수를 해서 윤 직원 영감한테 그것을 알려 드리지 못한 결과, 혹시 한 번이라도, 그 끔직한 굿(구경)에 참예를 못하고서 궐을 했다는 사실을, 윤 직원 영감이 추후라도 알게 되는 날이면, 그때에는 대복이가, 집안 가용을 지출하는 데 있어서 (가령 두 모만 사야 할 두부를 세 모를 사기 때문에) 돈을 오 전 가량 요외로 더 지출했을 때만큼이나 벼락 같은 꾸중을 듣게 됩니다.

아무튼 그만침이나 좋아하는 명창대회요, 그래 오늘만 하더라도 낮에는 한시부터 시작을 한다는 걸, 윤 직원 영감이 춘심이를 앞세우고 댁에서 나선 것이 열한시 반이 채 못 되어섭니다.

"글쎄 이렇게 일찍 가선 무얼 해요? 구경터에 일찍 가서 우두커니 앉었는 것두 꼴불견인데……."

앞서가던 춘심이가, 일껏 잘 가다가 말고 해뜩 돌아서더니, 한참 까부느라고 이렇게 쫑알거리던 것입니다.

윤 직원 영감은 허—연 수염을 한번 쓰다듬으면서 헤벌심 웃습니다.

"저년이 또 초란이치름 까분다!…… 그러지 말구, 어서 가자, 가아!"

윤 직원 영감이 살살 달래니까 춘심이는 다시 돌아서서 아장아장 걸어 갑니다.

아이가 얼굴이 남방 태생답잖게 갸로옴한 게 또, 토끼화상이 아니라도, 두 눈은 또렷, 코는 오뚝, 입술은 오뭇, 다아 이렇게 생겨 나서 대단히 야물집니다. 그렇게 야물지게 생긴 제 값을 하느라고 아이가 착실히 좀 까불구요.

나이가 아직 열다섯 살이라, 얼굴이 피지는 안했어도 보고 듣는 게 그런 탓으로, 몸매하며 제법 계집애 꼴이 박혔습니다.

머리를 늘쩡늘쩡 땋아내려, 자주댕기를 드린 머리채가 방뎅이에서 유난히 치렁치렁합니다. 그러나 이 머리는 알고 보면 중동을 몽땅 자른 단발머리에다가 다리를 드린 거랍니다.

앞머리는 좀 자르기도 하고 지져서 오그려 붙이기도 하고 군데군데 핀을 꽂았습니다.

빨아서 분홍물을 들인 홀기 빠진 생수 깨끼적삼에, 얼숭덜숭한 주리대 치마를 휘걷어, 넥타이로 질끈 동인 게 또한 제격입니다.

살결보다는 버짐이 더 많이 피고, 배냇털이 숭얼숭얼해서 분을 발랐다는 게 그루 먹지를 않고, 어루러기가 진 것 같습니다.

이만하면 어디다가 내어도, 대광교 천변갓으로 숱해 많이 지나다니는 그런 모습의 동기(童妓)지 갈데없습니다. (그러나 그렇다고 깔보지는 마십시오. 그래 보여도 그애가 요새 그 연애를 한답니다)

춘심이는 윤 직원 영감이 달래는 대로 한동안 앞을 서서 찰래찰래 가고 있다가, 무슨 생각이 났는지 또 해뜩 돌려다보면서,

"영감님!"

하고 뱅글뱅글 웃습니다. 이애는 잠시라도 까불지 못하면 정말 좀이 쑤십니다.

"무어라구 또, 촐랑거리구 싶어서 그러냐?"

"이렇게 일찍 가는 대신 자동차나 타구 갑시다, 네?"

"자—동차?"

"내애."

"그리라, 젠—장마질······."

춘심이는 윤 직원 영감이 섬뻑 그러라고 하는 게 되려 못 미더워서, 짯짯이 얼굴을 올려다봅니다. 아닌게아니라 하물하물 웃는 게 장히 미심쩍습니다.

"정말 타구 가세요?"

"그리어— 이년아."

"그럼, 전화 빌려서 자동차 불러예죠?"

"일부러 안 불러두, 죄꼼만 더 가면, 저기 있단다."

"어디가 있어요! 안국동 네거리까지 가야 있는걸."

"게까지 안 가두, 있어!"

"없어요!"

"있다!······ 뻔적뻔적허게 은칠헌 놈, 크—다란 자동차······."

"어이구 참! 누가 빼쓰 말인가, 뭐······."

춘심이는 고만 속은 것이 분해서 뾰롱해 가지고 쫑알댑니다.

"빼쓸 가지구, 아—주 자동차래요!"

"자동차두 그놈이 여니 자동차보담 더 비싸다, 이년아!"

"오 전씩인데 비싸요!"

"타는 차썄 말이간디? 그놈 사 올 때 값 말이지······."

윤 직원 영감은 재동 네거리 빼쓰 정류장에서 춘심이와 같이 빼쓰를 기다립니다. 때가 아침저녁의 러시아워도 아닌데 웬일인지 만원된 차가 두 대나 그냥 지나가 버립니다. 그리더니 세 대째만에, 그것도 여간 붐비지 않는 걸, 들이떠밀고 올라타니까 뻐쓰껄이 마구 울상을 합니다.

윤 직원 영감은 자기 혼자서 탔으면 꼬옥 알맞을 뻐스 한 채를 만원 이상의 승객과 같이 탔으니 남이야 어찌 되었든간에 윤 직원 영감 당자도 무척 고생입니다. 그럴 뿐 아니라, 갓을 뻐쓰 천장에다가 치받치지 않으려고 허리를 구부정하고 섰자니, 공간을 더 많이 차지해야 됩니다. 그 대신 춘심이는 윤 직원 영감의 겨드랑 밑에 가 박혀 있어, 만약 두루마기 자락으로 가리기만 하면 차삯은 안 물어도 될 성싶습니다.

겨우겨우 총독부 앞 종점에 당도하여 다아들 내리는데 섞여 윤 직원 영감도 춘심이로 더불어 내리는데, 뻐쓰에 탔던 사람들은 기념이라도 하고 싶은 듯이 제각기 한번씩 쳐다보고 갑니다.

윤 직원 영감은 뻐쓰에서 내려서 대견하게 숨을 돌린 뒤에, 비로소 염낭끈을 풀러, 천천히 돈을 꺼낸다는 것이 십 원짜리 지전입니다.

"그걸 어떻거라구 내놓세요? 거스를 돈 없어요!"

여차장은 고만 소갈머리가 나서 보풀떨이를 합니다.

"그럼 어떡허닝가? 이것두 돈은 돈인디……."

"누가 돈 아니래요? 잔돈 내세요!"

"잔돈 없어!"

"지금 주머니 속에서 잘랑잘랑 소리가 나든데 그리세요? 괘—니……."

"으응, 이거?……"

윤 직원 영감은 염낭을 흔들어 그 잘랑잘랑 소리를 들려 주면서,

"이건 못쓰넌 돈이여, 사전이여……. 정, 그렇다면 못쓰넌 돈이라두 그냥 받을 티여?"

하고 방금 끈을 풀으려고 하는 것을 여차장은 오만상을 찡그리고는,

"몰라요! 속상해 죽겠네!…… 어디꺼정 가세요?"

하면서, 참으로 구박이 자심합니다.

"정거장."

"그럼, 전차에 가서 바꾸세요!"

"그러까?"

잔돈을 두어 두고도 십 원짜리를 낸 것이며, 부청 앞에서 내릴 테면서 정거장까지 간다고 한 것이며가, 모두 요량이 있어서 한 짓입니다.

무사히 공차를 탄 윤 직원 영감은 총독부 앞에서부터는 춘심이를 앞세우고 부민관까지 천천히 걸어서 갑니다.

"좁은 뽀수 타니라구 고생헌 값을 이렇게 도로 찾는 법이다."

그는 이윽고 공차 타는 기술을 춘심이한테도 깨우쳐 주던 것인데, 그런 걸 보면 아마 청기와 장수는 아닌 모양입니다.

서양국 명창대회

종로에서 그렇듯 많이 충거리고 길이 터지고 했어도, 회장에 당도했을 때는 부민관 꼭대기의 큰 시계가 열두시밖에는 더 되지 않았습니다.

입장권을 사기 전에 윤 직원 영감과 춘심이 사이에는 또 한바탕 상지가 생겼습니다.

윤 직원 영감은 춘심이더러, 네 형이 출연을 한다면서 무대 뒷문으로 제 형을 찾아 들어가 공짜로 구경을 하라고 시키던 것입니다. 그러나 춘심이는, 암만 그렇더라도 저도 윤 직원 영감을 따라왔고, 그래서 버젓한 손님이니까 버젓하게 표를 사 가지고 들어가야 말이지 누가 치사하게 공구경을 하느냐고 우깁니다.

그래 한참이나 서로 고집을 세우고 양보를 않던 끝에 윤 직원 영감은 슬며시 십 전박이 두 푼을 꺼내서 춘심이 손에 쥐어 주면서 살살, 달랩니다.

"엣다. 이놈으루 군밤이나 사 먹구, 귀경(구경)은 공으로 들여 달라구 히여, 웅?…… 그렇게 허면 너두 좋구 나두 좋구 허지?"

한여름에도 아이들한테 돈을 주려면 군밤 값이라는 게 윤 직원 영감의 버캐뷸러리입니다.

춘심이는 군밤값 이십 전에 할 수 없이 매수가 되어 마침내 타협을 하고 면점 무대 뒤로 해서 들어갔습니다.

윤 직원 영감은 넌지시 오십 전을 내고 하등표를 달라고 해서 홍권(紅卷)을 한 장 샀습니다. 그래 가지고는 아래층 맨 앞자리의 맨 앞줄에 가서 처억 앉으니까, 미상불 아무도 아직 들어오지 않았고, 갈데없이 첫쨉니다.

조금 앉았노라니까, 아마 윤 직원 영감의 다음은 가게 날쌘 사람이었든지, 한 사십이나 되어 보이는 양복신사 하나가 비로소 들어오더니 역시 맨 앞줄을 골라 앉습니다.

그 양복신사는 웬일인지 처음 들어오면서부터 윤 직원 영감을 연해 흥미있게 보고 또 보고 해쌓더니, 차차로 호기심이 더하는 모양, 필경은 자리를 옮아 옆으로 바싹 와서 앉습니다. 그리고는 잠시 앉아서 윤 직원 영감에게 말없는 경의를 표한다고 할까, 아무튼 몹시 이야기를 붙여 보고 싶어하는 눈치더니 마침내,

"이번에 인기가 굉장헌 모양이지요?"

하고 은근 공순히 말을 청합니다. 그러나 윤 직원 영감으로 보면 인기란 말이 무슨 말인지도 모르거니와, 또 낯모를 사람과 쓰잘데없이 이야기를 할 맛도 또한 없는 것이라 거저,

"예에!"

하고 건성으로 대답을 할 뿐입니다.

양복신사 씨는 좀 싱거웠든지, 잠간 덤덤하더니 한참 만에 또,

"거 소릴 얼마나 공불 허면 그렇게 명창이 되시나요?"

하고 묻는 것입니다. 윤 직원 영감은 별 쑥스런 사람도 다아 보겠다고, 긴찮게 여기면서 아무렇게…….

"글시…… 나두 몰루."

"헤에엣다, 괘니 그리십니다!"

"무얼 귀녀언이 그런다구 그러우?…… 나넌 소리를 좋아넌 히여두 소리를 헐 좋은 모르넌 사람이요!"

"괘애니 그리세요! 명창 이동백 씨가 노랠 헐 줄 모르신다면 누가 압니까?"

온 이럴 데가 있습니까! 어쩌면 윤 직원 영감더러 광대 이동백이라고 하다니요!

윤 직원 영감은 단박, 분하고 괘씸하고 창피하고 뭐, 도무지 어떻다고 형용할 수가 없습니다. 아무리 예법이 없어진 오늘이라 하더라도 만일 그 자리가 아니고 계동 자기네 댁만 같았어도, 이놈 당장 잡아 내리라고 호령을 한바탕 했을 겝니다.

그러나 산전수전 다아 겪고 칼날 밑에서와 총부리 앞에서 목숨을 내걸어 보기 수없던 윤 직원 영감입니다. 또, 시속이 어떻다는 것이며 그래 아무 데서고 함부로 잘못 호령깨나 하는 체하다가는 괜히 되잡혀서 망신을 하는 수가 있다는 것도 잘 알고 있습니다.

윤 직원 영감은 속을 폭신 삭여 가지고, 자기 손에 쥔 표를 내보이면서, 나도 이렇게 구경을 왔노라고, 점잖이 깨우쳐 주었습니다. 그랬더니 양복신사 씨는 윤 직원 영감이 생각한 바와는 딴판으로 백배 사죄도 않고 그저, 아 그러냐고, 실례했다고, 고개만 한번 까댁합니다. 윤 직원 영감은 그게 다시 괘씸했으나 참던 길이라 그냥 눌러 참았습니다.

그럴 때 마침 또 다른 양복쟁이가 하나가 나타났습니다. 윤 직원 영감한 테는 갖추 불길한 날입니다.

그 양복쟁이는 옷깃에다가 가화(假花)를 꽂은 양이, 오늘 여기서 일 서둘이를 하는 사람인가 본데, 우연히 지나가다가 윤 직원 영감이 홍권을 사 가지고 어엿하게 백권석에 앉아 있는 것을 발견했던 것입니다. 그는 그 붉은 입장권을 보지 못했었다면 설마 이 풍신 좋은 양반이 홍권을 가지고 백권석에 들어 앉았으랴는 의심이야 내지도 않았겠지요.

"저어, 여긴 백권석입니다. 저 위칭으루 가시지요!"

　양복쟁이는 좋은 말로 이렇게 간섭을 합니다. 그러나 윤 직원 영감은 백권석이란 신식문자는 모르되 이층으로 가라는 데는 자못 의외였습니다.

　"왜 날더러 그리 가라구 허우?"

　"여긴 백권석인데요, 노인은 홍권을 사셨으니깐 저 위칭 홍권석으루 가셔야 합니다."

　"아아니……, 이건 하등표요! 나넌 돈 오십 전 주구 하등표 이놈 샀어! 자, 보시요."

　"그러니깐 말씀입니다. 노인 말씀대루 하면 여긴 상등이거든요. 그런데 노인께선 하등표 사 가지구 이 상등에 앉았으니깐, 저 하등석으루 올라가시란 말씀입니다."

　"예가 상등이라? 그러구 저 높은 디 이칭이 하등이라?"

　"네에."

　"아니, 여보? 그래, 그런 법이 어디가 있단 말요? 높은 디가 하등이구 나찬 디가 상등이라니! 나넌 칠십 평생에 그런 말은 첨 듣겠소!"

　"그래두 그렇잖습니다. 여기선 예가 상등이구, 저 이칭이 하등입니다."

　"거참! 그럼, 예는 우리 죄선(朝鮮) 아니구, 저어 서양국(西洋國)이요? 그렇길래 이렇기 모다 꺼꾸루 되지?"

　"허허허허. 그렇지만 신식은 다아 그렇답니다. 그러니 정녕 이 자리에서 구경을 허시겠거던 돈을 일 원 더 내시구 백권을 사시지요?"

　"나넌 그럴 수 없소! 암만 그리두, 나넌 예가 하등이닝개루, 예서 귀경헐라우!"

　우람스러운 몸집과 신선 같은 차림을 하고서 애기처럼 응석을 부리는 데는 서둘이꾼도 어리광을 받아 주는 양, 짐짓 지고 말아, 윤 직원 영감은 마침내 홍권으로 백권석에서 구경을 했습니다.

　실상 윤 직원 영감은 우정 그런 어거지를 쓴 것은 아닙니다. 꼭 극장만

여겨서 아래층이 하등인 줄 알았던 것입니다.

윤 직원 영감의 처음 몇 번의 경험에 의하면, 명창대회는 아래층(그러니까 하등이지요) 맨 앞자리의 맨 앞줄이 제일 좋은 자리였습니다. 기생과 광대들의 일동 일정이 바로 앞에서 잘 보이고 노래가 가까이 들리고 그리고 하등이라 값이 헐하고.

이러한 묘리를 터득한 윤 직원 영감이라, 오늘도 하등표를 산다고 사 가지고, 하등을 간다고 간 것이 삼곱이나 비싼 백권석이었던 것입니다.

그러나 뱃심이라고 할지 생억지라고 할지, 아무튼 서둘이꾼을 이겨 내고, 필경은 그대로 백권석에서 구경을 했습니다.

더욱 좋은 것은, 여느 극장 같으면 하등인 맨 앞자리는 고놈 깍쟁이 같은 조무래기 패가 옴닥, 옴닥, 들어박혀 윤 직원 영감의 육중한 체구가 처억 그 틈에 끼여 있을라치면, 들이 놀림감이 되고, 그래 좀 창피했는데, 오늘은 이 상등스런 하등이 모두 점잖은 어른들이나 이쁜 기생들뿐이요, 그따위 조무래기 떼가 없어서 실로 금상첨화라 할 수 있습니다.

구경을 아주 원만히 마치고 난 윤 직원 영감은 춘심이는 제 집이 청진 동이니까 걸어가라고 보내고, 자기 혼자만 전차 정류장까지 나왔습니다. 그러나 숱해 몰려나온 구경꾼들과 같이서 전차를 탈 일이며 또 뻐스를 탈 일이며, 그뿐 아니라 계동서 내려 경사진 계동길을 걸어 올라가자면 숨이 찰 일이며, 모두 생각만 해도 대견했습니다. 십 원짜리를 가지고 하면 또 공차를 탈 수도 있을 테지만, 에라 내가 돈을 아껴서는 무얼 하겠느냐고, 실로 하늘이 알까 무서운 변심을 먹고, 마침 지나가는 인력거를 불러 탔던 것이고, 결과는 돈 오 전을 가외에 더 뺏겼고 해서, 정히 역정이 났었고, 그리고 또, 대문이 말입니다.

대문은 언제든지 꽉 잠가 두거니와 옆으로 난 쪽문도 안으로 잠겼어야 할 것이어늘 그것이 훤하니 열려 있었던 것입니다.

윤 직원 영감은 큰대문을 열어 놓고 있노라면 어쩐지 집안엣것이 행적 없이 자꾸만 대문으로 해서 빠져나가는 것만 같고 그 대신 상서롭지 못한 것이 자꾸만 슬슬 들어오는 것만 같고 하여, 간혹 장작바리나 큰 짐이 들어올 때가 아니면 큰대문은 결단코 열어 놓는 법이 없습니다. 이것은 아주 이 집의 엄한 가헌(?)입니다.

큰대문은 그래서 항상 봉해 두고, 출입은 어른 아이, 상전 하인 할 것 없이 한옆으로 뚫어 놓은 쪽문으로 드나듭니다. 그거나마 꼭꼭 지쳐 두어야지, 만일 오늘처럼 이렇게 열어 놓곤 하면 거지 등속의 반갑잖은 손님이 들어올 위험이 다분히 있습니다.

물론 아무리 밑질긴 거지가 들어와서 목을 매고 늘어진댔자 동전 한푼 동냥을 주는 법은 없지만, 그러자니 졸리고 악다구니를 하고 하기가 성가신 노릇이니까요. 그러므로 만일 쪽문을 열어 놓는 것이 윤 직원 영감의 눈에 뜨이고 보면 기어코 한바탕 성화가 나고라야 마는데, 대체 식구 중에 누가 갈충머리없이 이런 해망을 부렸는지, 참말 딱한 노릇입니다.

역정이 난 윤 직원 영감이, 낙타가 바늘 구멍으로 나가는 만큼이나, 애를 써서 좁다란 그 쪽문으로 겨우겨우 비비 뚫고 들어서면서 쾅 소리가 나게 문을 닫는데, 마침 상노아이놈 삼남이가 그제야 뽀로로 달려나옵니다.

이놈이 썩 묘하게 생겼습니다. 우선 부룩송아지 대가리같이 머리가 곱슬곱슬하고 노랗기까지한 게 장관이요, 그런 대가리가 어쩌면 그렇게도 큰지, 남의 것 같습니다. 눈은 사팔이어서 얼굴을 모로 돌려야 똑바로 보이고 코는 비가 오면 고개를 숙여야 합니다.

나이는 스무 살인데 그것은 이애한테만 세월이 특별히 빨리 갔는지, 열 살은 에누리 없이 모자랍니다.

그러나 이애야말로 윤 직원 영감한테는 대단히 보배스러운 도구(道具)입니다. 윤 직원 영감은 상노아이놈을 똑똑한 놈을 두는 법이 없습니다. 똑똑한 놈이면 으레 흠치 흠치, 즉 태을도(太乙道＝도둑질)을 한대서 그러는 것입니다.

실상 전에 시골서 살 때는 똑똑한 상노놈을 더러 두어 본 적도 있었으나, 했다가 번번이 그 태을도를 하는 바람에 뜨거운 영검을 보았었습니다.

이 삼남이는 시골 산지기 자식으로 못난 이름이 근동에 널리 떨친 것을 시험삼아 데려다가 두고 보았더니 미상불 천하일품이었습니다.

너무 멍청해서 데리고 부리기가 매우 갑갑한 때도 있기는 하지만 그대신 일 년 삼백예순 날을 가도 동전 한 푼은커녕, 성냥 한 개비 몰래 축내는 법이 없습니다. 또 산지기의 자식이니 시속 아이놈들처럼 월급이니 무엇이니 하는 그런 아니꼬운 것도 달라고 않습니다. 해서 참말 둘도 구하기 어려운 보물인 것입니다.

그런지라 윤 직원 영감은 여느때 같으면 삼남이가 나와서 그렇게 허리를 굽신하면, 그저 오오냐 하고 좋게 대답을 했을 것이지만, 오늘은 그래저래 역정이 난 판이라, 누구든지 맨 처음에 눈에 띄는 대로 소리를 우선 버럭 질러 주어야 할 판입니다.

"야 이놈아! 어떤 손모가지가 문은 그렇기 버어언하게 열어 누왔냐? 응?"

"저는 안 그릿시라우! 아마 중마내님이 금방 들어오싯넌디 그렇기 열어 누왓넝개비라우?"

중마나님이란 건 윤 직원 영감의 며느리로, 지금 이 집의 형식상 주부(主婦)입니다.

"그릿스리라! 짝 찢을 년!……"

윤 직원 영감은 며느리더러 이렇게 욕을 하던 것입니다. 그는 며느리뿐만 아니라, 딸이고 손주며느리고 또, 지금은 죽고 없지만 자기 부인이고, 전에 데리고 살던 첩이고, 누구한테든지 욕을 하려면 우선 그 '짝 찢을 년'이라는 서양말의 관사(冠詞) 같은 것을 붙입니다. 남잘 것 같으면 '잡아 뽑을 놈'을 붙이고……

"짝 찢을 년!…… 아, 그년은 글시 무엇하러 밤낮 그렇기 싸—댕긴다냐?"

"모올라우!"

"옳다. 내가 모르넌디 늬가 알 것이냐!…… 짝 찢을 년! 그년이 서방이 안 돌아부아 주닝게 오두가 나서 그러지, 오두가 나서 그리여!"

"아마 그렁개비라우!"

관중이 없어서 웃어 주질 않으니 좀 섭섭한 장면입니다.

윤 직원 영감이 그렇게 상소리로, 며느리며 누구 할 것 없이, 아무한테고 욕을 하는 것은 그의 입이 험한 탓도 있겠지만, 그의 근지(根地)가 인조견이나 도금 비녀처럼 허울뿐이라, 그렇다고도 하겠습니다.

윤 직원 영감의 근지야 참 보잘 게 벼랑 없습니다.

우리만 **빼놓고** 어서 망해라!

얼굴이 말(馬面)처럼 길대서 말대가리라는 별명을 듣던, 윤 직원 영감의 선친 윤용규는 본이 시골 토반(土班)이더냐 하면 그렇지도 못하고, 그렇다고 아전이더냐 하면, 실상은 아전질도 제법 해먹지 못했었습니다.

아전질을 못해 먹은 것이, 시방 와서는 되려 자랑거리가 되었지만, 그때 당년에야 흔한 도서원(道書院)이나마 한자리 얻어 하고 싶은 생각이 굴안 같았어도, 도시에 그만한 밑천이며 문필이며가 없었더랍니다.

말대가리 윤용규 그는, 삼십이 넘도록 탈망바람으로 삿갓 하나를 의관 삼아, 촌 노름방으로 으실으실 돌아다니면서 개평푼이나 뜯으면 그걸로 되돌아앉아 투전장이나 뽑기, 방퉁이질이나 하기, 또 그도 저도 못하면 가난한 아내가 주린 배를 틀켜 쥐고서 바느질 품을 팔아 어린 자식(이 어린 자식이라는 게 그러니까 지금의 윤 직원 영감입니다)과 입에 풀칠을 하는 것을 얻어먹고는 밤이나 낮이나 질펀히 드러누워, 소대성이 여대치게 낮잠이나 자기……. 이 지경으로 반생을 살았습니다. 좀 호협한 구석이 있고, 담뽀가 클 뿐, 물론 판무식꾼이구요.

그런데, 그런 게 다아 운수라고 하는 건지, 어느 해 연분인가는, 난데

없는 돈 이백 냥이 생겼더랍니다. 시골 돈 이백 냥이면 서울 돈으로 이천 냥이요, 그때만 해도 웬만한 새끼부자 하나가 왔다갔다할 큰돈입니다.

노름을 해서 친 돈이라고 하기도 하고, 혹은 그 아내가 친정의 머언 일가집 백부한테 분재를 타 온 돈이라고 하기도 하고, 또 누구는 도깨비가 져다 준 돈이라고 하기도 하고, 하여 자못 출처가 모호했습니다.

시방이야 가난하던 사람이 불시로 큰돈이 생기면 경찰서 양반들이 우선 그 내력을 밝히려 들지만, 그때만 해도 육십 년 저짝 일이니, 누가 지낼 말로라도 시비 한마딘들 하나요. 그저 그야말로 도깨비가 져다 주었나 보다 하고, 한갓 부러워하기나 했지요.

아무튼 그래, 말대가리 윤용규는 그날부터 칼로 베인 듯 노름방 발을 끊고, 그 돈 이백 냥을 들여, 논을 산다, 대푼변 돈놀이를 한다, 곱장리를 놓는다, 해 가면서 일조에 착실한 살림꾼이 되었습니다. 그러느라니까 정말 인도깨비를 사귄 것처럼 살림이 불일듯 늘어서, 마침내 그의 당대에 삼천 석을 넘겨받게 되었던 것입니다.

윤 직원 영감(그때 당시는 두꺼비같이 생겼대서 윤 두꺼비로 불리어지던 윤 두섭), 그는 어려서부터 취리에 눈이 밝았고, 약관에는 벌써 그의 선친을 도와 가며 그 큰 살림을 곧잘 휘어 나갔습니다. 그리고 계유년(癸酉年)부터는 고스란히 물려받은 삼천 석 거리를 가지고 이래 삼십이 년 동안 착실히 가산을 늘려 왔습니다.

그래서 지금으로부터 십여 년 전, 가권을 거느리고 서울로 이사를 해 오던 그때의 집계(集計)를 보면, 벼를 실 만 석을 받았고, 요즘 와서는 현금이 십만 원 가까이 은행에 계금되어 있었습니다.

이런 걸 미루어 보면 그는 과시 승어부(勝於父)라 할 것입니다.

하기야 그 양대(兩代)가 그 어둔 시절에 그처럼 치산을 하느라고 (시절이 어두우니까 체계변이며 장리변의 이문이 숱하고, 또 공문서(空文書＝空土地)가 수두룩해서 가산 늘리기가 좋았던 한편으로 말입니다) 욕심 사나운 수령(守令)한테 걸려들어, 명색없이 잡혀 갇혀서는 형장(刑杖)을 맞아

가며 토색질을 당한 것도 한두 번이 아니요, 화적(火賊)의 총부리 앞에 목숨을 내걸고 서서 재물을 약탈당하기도 부지기수요, 그러다가 말대가리 윤용규는 마침내 한패의 화적의 손에 비명의 죽음까지 한 것인즉슨, 일변 생각하면, 피로 낙관(落款)을 친 치산이지 녹록한 재물이라고 할 수는 없을 것입니다.

윤 직원 영감은 그때 일을 생각하면 시방도 가슴이 뭉클하고, 그의 선친이 무참히 죽어 넘어진 시체하며, 곡식이 들이쌘 노적과 곳간이 불에 활활 타던 광경이, 눈앞에 선연히 밟히곤 합니다.

잊혀지지도 않는 계유년 삼월 보름입니다. 이 삼월 보름날이 말대가리 윤용규의 바로 제삿날이니까요.

온종일 체곗돈 받고 내주고 하기야, 춘궁에 모여드는 작인(小作人)들한테 장리벼 내주기야, 몸져 누운 부친 윤용규의 병 시중 들기야, 하느라고 큰 살림을 맡아 처리하는 사람의 일례로 두꺼비 윤두섭, 즉 젊은 날의 윤 직원 영감은 밤 늦게야 혼곤히 들었던 잠이, 옆에서 아내의 흔들며 깨우는 초급한 속삭임 소리에 놀라 후덕덕 몸을 일으켰습니다.

한두 번도 아니요, 화적을 치르기 이미 수십 차라, 그는 잠결에도 정신이 들기 전에 육체가 먼점, 위급함을 직각했던 것입니다. 장수가 전장에 나가면, 진중에선 정신은 잠을 자도 몸은 깨서 있다는 것이나 마찬가지 이치라고 할는지요.

실로 그때 당시 윤씨네 집안은 자나 깨나 전전긍긍, 불안과 긴장과 경계 속에서 일시라도 몸과 마음을 늦추지 못하고 마치 살얼음을 건너가는 것처럼 위태위태 지내던 판입니다.

젊은 윤 두꺼비는 캄캄 어둔 방 안이라도 바깥의 달빛이 희유고름한 옆문으로 향해 뛰쳐나갈 자세로, 고의춤을 걷어잡으면서 몸을 엉거주춤 일으켰습니다. 보이지는 않으나 아내의 황급한 숨결이 바투 들리고, 더듬어 들어오는 손끝이 바르르 떨리면서 팔에 닿습니다.

"어서! 얼른!"

아내의 짓짜는 재촉소리는, 마침 대문을, 총개머린지 몽둥인지로, 들이 쾅쾅 찧는 소리에 삼켜져 버립니다.

"아버님은?"

윤 두꺼비는 뛰쳐나가려고 꼬누었던 자세와 호흡을 잠간 멈추고서 아내더러 물어 보던 것입니다.

"몰라요……. 그렇지만……. 아이구 어서, 얼른!"

아내가 기색할 듯이 초초한 소리로 팔을 잡아훑는 힘이 아니라도 윤 두꺼비는 벌써 몸을 날려 옆문으로 박차고 나갑니다.

신발 여부도 없고, 버선도 없는 맨발로, 과녁 반바탕은 될 타작마당을 단숨에 달려 두 길이나 높은 울타리를 문턱 넘듯 뛰어넘어, 길같이 솟은 보리밭 고랑으로 몸을 착 엎드리어 핑 기듯 기기 시작하는 그 동안이 아내가 흔들어 깨울 때부터 쳐서, 겨우 오 분도 못 되는 순간입니다.

이렇게 윤 두꺼비가 울타리를 넘어, 그느라고 허리띠를 매지 않은 바지를 건사하지 못해서 홀라당 벗어 떨어뜨린 알몸뚱이로, 보리밭 고랑에서 엎드려 기기 시작을 하자, 그제서야 방금 저편 모퉁이로부터 두 그림자가 하나는 담총을 하고 하나는 몽둥이를 끌고 마침 돌아 나왔습니다.

뒤 울타리로 해서 도망가는 사람을 잡으려는 파순데 윤 두꺼비한테는 아슬아슬한 순간의 참이라 하겠습니다.

그들도 도망가는 윤 두꺼비를 못 보았거니와, 윤 두꺼비도 물론 그러한 위경이던 줄은 모르고 기기만 하던 것입니다.

만약 그들의 눈에 띄기만 했더라면 처음에는 쫓아갈 것이고 그러다가 못 잡으면, 대구불질을 했을 겝니다. 부지깽이 같은 그 화승총을 가지고 더구나 호미와 쇠스랑을 다루던 솜씨로 오심치무레한 달밤에 보리밭 사이로 죽자사자 내빼는 사람을 쏜다고 쏘았댔자 제법 올바로 가서 맞을 이치도 없기도 하지만.

그래 아무튼 발가벗은 윤 두꺼비는 무사히 보리밭을 서넛이나 지나, 다시 솔숲을 빠져나와, 나직한 비탈에 왜송이 둘러선 산허리에까지 단숨에 달려와서야 비로소 안심과 숨찬 걸 못 견디어 펄신 주저앉았습니다.

화적이 드는 눈치를 채면, 여느 일 젖혀 놓고, 집안 돌아 볼 것 없이 몸을 빼쳐 피하는 게 제일 상책입니다.

화적이 인가를 쳐들어와서 잡아족치는 건 그집 대주(戶主)와 셈든 남자들입니다. 그래서 그들의 손에 붙잡히기만 하고 보면 우선……, 반죽음은 되게 매를 맞아야 합니다.

그렇게 얻어맞고도 마침내는 재물은 재물대로 뺏겨야 하고 그 서슬에 자칫 잘못하면 목숨이 왔다갔다합니다. 둘이 잡히면 둘이 다, 셋이 잡히면 셋이 다, 그 지경을 당합니다.

그러므로 제각기 먼저 기수를 채는 당장으로, 아비를 염려해서 주춤거리거나 자식을 생각하여 머뭇거리거나 할 것이 없이 그저 먼저 몸을 피해놓고 보는 게 당연한 일로 되어 있었습니다. 그럴 것이, 가령 자식이 아비의 위태로움을 알고, 그냥 버틴다거나 덤벼든다거나 했자, 저편은 수효가 많은데다가 병장기를 가진, 그리고 사람의 목숨쯤 파리 한 마리만큼도 여기잖는 패들이니까요.

이날 밤 윤 두꺼비도 그리하여, 일변 몸져 누운 부친이 마음에 걸려, 선뜻 망설이기는 하면서도, 사리가 그러했기 때문에 이내 제몸을 우선 피해 놓고 보던 것입니다.

말대가리 윤용규는 나이 이미 육십에 또, 어제까지, 등이며 볼기며 모진 매를 맞다가 겨우 옥에서 놓여 나온 몸이라, 도저히 피할 생각은 내지도 못하고, 그 대신 침착하게 일어나 앉아 등잔에 불까지 켰습니다.

기위 당하는 일이래서 또 있는 담뽀겠다, 악으로 한바탕 싸워 보자는 것입니다.

화적패들은 이윽고 하나가, 울타리를 넘어 들어와 빗장을 벗기는 대문으로 우! 몰려들었습니다.

"개미새끼 하나라도 놓치지 말렷다!……"

그중 두목이, 대문 지키는 두 자와 옆으로 비어져 가는 파수 둘더러 호령을 하는 것입니다.

"영 놓치겠거던, 대구 쏘아라!"

재우쳐 이른 뒤에 두목이 앞장을 서서 사랑채로 가고 한패는 안으로 갈려 들어갑니다. 그렇게도 사납고, 짖기를 극성으로 하는 이 집 개들이, 처음부터 끽소리도 못 내고 낑낑거리면서, 도리어 주인네의 보호를 청하는 걸 보면 당시, 화적들의 기세가 얼마나 기승스러웠음을 족히 알 수가 있는 것입니다.

"계집이나 어린것들은 손대지 말렸다!"

두목이 잠깐 돌아다보면서 신칙을 하는 데 응하여, 안으로 들어가던 패가 몇이,

"예—이!"

하고 한꺼번에 대답을 합니다.

이것은 참으로 이상스러운, 그네들의 엄한 풍도입니다. 이 밤에 이 집을 쳐들어온 이 패들만 보아도, 패랭이 쓴 놈, 테머리 한 놈, 머리 딴 총각, 늙은이 해서, 차림새나 생김새가 가지각색이듯이 모두 무질서하고 무지한 잡색 인물들이기는 하나, 일반으로 그들은 어느 때 어디를 쳐서 갖은 참상을 다아 저지르곤 할 값에, 좀체로 부녀와 어린아이들한테만은 손을 대는 법이 없습니다.

만일 그걸 범했다가는 그는 당장에 두목 앞에서 목이 달아나고라야 맙니다.

사랑채로 들어간 두목이, 한 수하를 시켜 웃미닫이를 열어제치고서, 성큼 마루로 올라설 때에, 그는 뜻밖에도 이편을 앙연히 노려보고 있는 말대가리 윤용규와 눈이 딱 마주쳤습니다.

두목은 주춤하지 않지 못했습니다. 그는 윤용규가 이 위급한 판에 한 발자국이라도 도망질을 치려고 서둘렀지, 이다지도 대담하게 오냐 어서 오란 듯이 버티고 있을 줄은 천만 생각 밖이었던 것입니다.

더욱, 핏기 없는 수척한 얼굴에 병색을 띠우고서도 일변 악이 잔뜩 올

라 이편을 무섭게 노려보는, 그 머리 센 늙은이의 살기스런 양자가 희미한 쇠기름불에 어른거리는 양이라니 찬바람이 도는 것 같았습니다.

두목은 만약 제 등뒤에 수하들이 겨루고 있는 십여 대의 총부리와, 녹슬었으나마 칼들과 도끼들이 없었으면, 그는 가슴이 서늘한 대로, 물심물심 뒤로 물러섰을지도 모릅니다.

"으응, 너 잘 기대리구 있다!"

두목은 하마 꺾이려던 기운을 돋우어, 한마디 지릅니다. 실상 이 두목(그러니까 오늘 밤의 이 패들)과, 말대가리 윤용규와는 처음 만나는 게 아니고, 바로 구면입니다. 달포 전에 쳐들어와서, 삼백 냥을 빼앗고, 그밖에 소 한 마리와 패물과 어음 몇 쪽을 털어 간 그패들입니다. 그래서 화적패들도 주인을 알려니와 주인되는 윤용규도 두목의 얼굴만은 익히 알고 있고, 그리고 또 달리, 뼈에 사무치는 원혐이 한 가지 있는 터이라 윤용규는 무서운 것보다도(이미 피치 못할 살판이어니) 차차로 옳게 뱃속으로부터 분노와 악이 치받쳐 올랐습니다.

"이놈, 윤가야, 네 들어 보아라!⋯⋯"

두목은 종시 말이 없이 앙연히 앉아 있는 윤용규를 마주 노려보면서, 그 역시 분이 찬 음성으로 꾸짖는 것입니다.

"네가 이놈 관가에다가 찔러서, 내 수하를 잡히게 했단 말이지?⋯⋯ 이놈 그러구두, 네가, 성할 줄 알었드냐, 이놈 네가 분명코 찔렀지?⋯⋯"

"오냐, 내가 관가에 들어가서 내 입으로 찔렀다, 그래?"

퀼퀼하게 대답을 하면서도 사리고 앉은 윤용규의 눈에서는 불이 이는 듯합니다.

"내가 찔렀으니 어쩔 테란 말이냐?⋯⋯ 흥! 이놈들 멀쩡허게 도당 모아 갖구 댕기면서, 양민들 노략질이나 하여 먹구, 네가 그러구두 성할 줄 알었더냐? 이놈아!⋯⋯"

치받치는 악에, 소리를 버럭 높이면서 다시,

"괴수놈, 너두 오래 안 가서 잽힐 테니 두구 보아라! 네 모가지에 작두날이 내릴 때가 머잖었느니라, 이노옴!"

하고는 부두둑 이를 갈아붙입니다.

목전의 사실에 대한 일종의 발악임은 틀림없을 것입니다. 그러나 그것은 일변 깊이 생각을 하면, 하나의 웅장한 선언일 것입니다

핍박하는 자에게 대한, 일후의 보복과 승리를 보류하는 자신있는 선언…….

사실로 윤용규는 무식하고 소박하나마 시대가 차차로 금권(金權)이 유세해 감을 막연히 인식을 했던 것입니다.

그것은 그러므로 비단 화적패들에게만 대한 선언인 것이 아니라, 그 야속하고 토색질을 방자히 하는 수령(守令)까지도 넣어, 전압박에게 대고 부르짖는 선전의 포고이었을 것입니다.

가령 그 자신이 그것을 의식하고 못하고는 고만두고라도……말입니다.

"이놈들! 밤이 어둡다구, 백 년 가두 날이 안 샐 줄 아느냐? 두구 보자, 이놈들!"

윤용규는 연하여 이렇게 살기등등하니 악을 쓰는 것입니다.

"하, 이놈, 희떠운 소리헌다! 허."

두목은 서글퍼서 이렇게 헛웃음을 치는데, 마침 윗목에서 이제껏 자고 있던 차인꾼이, 그제서야 잠이 깨어 푸시시 일어나다가, 한참 두릿거리더니, 겨우 정신이 나는지 별안간 버얼벌 떨면서 방구석으로 꽁무니 걸음을 해 들어갑니다.

그리자 또, 안으로 들어갔던 패 중에 하나가 총끝에 흰 무명 고의 하나를 꿰어 들고 두목 앞으로 나옵니다.

"두령, 자식놈을 풍겼습니다."

"풍겼다? 그럼, 그건 무어란 말이냐?"

"그놈이 울타리를 뛰어넘어가다가 벗어 버린 껍데기올시다. 자다가 허

리띠두 못 매구서 달아나느라구, 울타리 밑에서 홀라당 벗어졌나 봅니다."

벌거벗고 도망질을 치는 광경을 연상함인지, 몇이 킥킥하고 소리를 죽여 웃습니다.

"으젓잖은 놈들! 어쩌다가 놓친단 말이냐!……"

두목은 혀를 차다가, 방 윗목에서 떨고 있는 차인꾼을 턱으로 가리킵니다.

"아아니 그런 게 아니라, 혹시 저놈이 자식이 아니냐?"

윤 두꺼비는 전번에도 잡히지 않았기 때문에 두목은 그의 얼굴을 몰랐던 것입니다.

두목의 말을 받아 수하 하나가 끼웃이 들여다보더니…….

"아니올시다. 저놈은 차인꾼이올시다."

"쯧! 그렇다면 헐 수 없고……. 잘 지키기나 해라. 그리고, 아직 몽당 숟갈 한 매라도 손대지 말렷다?"

"에에이……. 그런데 술이 좋은 놈 한 독 있습니다. 두목, 닭허고 돼지두 마침 먹을 감이구요……."

전전해 신축(辛丑)년의 큰 흉년이 아니라도 화적된 자치고, 민가를 털을 제 술이며 고기를 눈여겨보지 않는 법은 없는 법입니다.

"이놈 윤가야, 들어라……. 오늘 저녁에 우리가 네 집에를 온 것은 ……."

두목은 다시 윤용규에게로 얼굴을 돌리고 을러댑니다.

"네놈의 재물보담두 너를 쓸 디가 있어서 온 것이다……. 허니, 어쩔 테냐? 내 말을 순순히 들을 테냐? 안 들을 테냐?"

윤용규는 두목을 마주 거들떠보고 있다가, 말이 끝나자 고개를 홱 돌려 버립니다.

"어쩔 테냐? 말을 못 듣겠단 말이지?"

"불한당놈의 말 들을 수 없다!…… 내가 생각허면 네놈들을 갈아먹구 싶은디 게다가 청을 들어? 흥!"

윤용규는 그새 여러 해 두고 화적을 치러 내던 경험에 비추어 보면, 그들 앞에서 서얼설 기고 네—네 살려 줍시사고 굽신거리나, 마주 대구 네 놈 내놈 하면서 악다구니를 하거나, 필경 매를 맞고 재물을 뺏기기는 일반이던 것을 잘 알고 있습니다.

그러나 어차피 당하는 마당에, 그처럼 굽실거릴 생각은 애초부터 없었을 뿐 아니라, 일변 그, 이 패에게 대하여 그야말로 갈아먹고 싶은 원혐입니다.

달포 전인데, 이 패에게 노략질을 당하던 날 밤, 그중에 한 놈 잘 알 수 있는 자가 섞여 있는 것을 윤용규는 보아 두었었습니다. 그자는 박가라고, 머지않은 근동에 사는 바로 그의 작인(小作人)이었습니다.

"오 이놈 네가!"

윤용규는 제 자신, 작인에게 어떠한 원한 받을 짓을 해 왔다는 것을 경위에 칠 줄은 모릅니다. 다만 내 땅을 부쳐먹고 사는 놈이, 이 도당에 참예를 하여 내 집을 털러 들어오다니 눈에서 불이 나고 가슴이 터질 듯 분한 노릇이었습니다.

이튿날 새벽같이, 윤용규는 몸소 읍으로 달려 들어가서, 당시 그 고을 원(守令)이요, 수차 토색질을 당한 덕에 안면(?)은 있는 백영규(白永圭)더러, 사분이 이만저만하고 이러저러한데 그중에 박아무개라는 놈도 섞여 있었다고, 그러니 그놈만 잡아다가 족치거드면 그 일당을 다아 잡을 수가 있으리라고, 아뢰바쳤습니다.

백영규는 그러나 말대가리 윤용규보다 수가 한길 윗수였습니다.

그는 자초지종 이야기를 다아 듣더니, 아 그러냐고 그러면 박가라는지 그놈을 잡아오기는 올 것이로되 그러나 화적패에 투신한 놈을 그처럼 잘 알진댄 윤용규 너도 미심쩍어, 그러니 같이 문초를 해야 하겠은즉 그리 알라고 우선 윤용규부터 때려 가두었습니다.

약은 수령이 백성의 재물을 먹자고 트집을 잡는 데 무슨 사리와 경위나 있나요? 루이 십사 센지 하는 서양 임금은 짐이 바로 국가(朕卽國家)라고 호통을 했고, 조선서도 어느 종실세도(宗室勢道) 한 분은 반대파의 죄수를 국문하는데, 참새가 찍 한다고 해도 죽이고, 짹 합니다 해도 죽이고 필경은 찍 짹 합니다 해도 죽였다고 하지 않습니까.

당시 일읍(一邑)의 수령이면, 그 고장에서는 왕이요, 그의 덮어놓고 하는 공사는 바로 법과 다를 바 없던 것입니다. 항차 그는, 화적을 잡기보다는, 부자를 토색하기가 더 긴하고, 재미가 있는 데야?

그래, 말대가리 윤용규는 혹을 또 한 개 덜럼 붙이고서, 옥에 갇히고, 박가도 그날로 잡혀 들어왔습니다.

문초는 그러나 각각 달랐습니다. 박가더러는 그들 일당의 성명과 구혈과 두목을 대라고 족쳤습니다.

박가는 제가 그 도당에 참예한 것은 불었어도, 그외 것은 입을 꽉 다물고서 실토를 안했습니다. 주리를 틀어, 앞 정강이의 살이 문드러지고 허연 뼈가 비어져도 그는 불지를 않았습니다.

일변 윤용규더러는, 네가 그 도당과 기맥을 통하고 있고, 그 패들에게 재물과 주식을 대접했다는 걸 자백하라고 문초를 합니다. 박가의 실토를 들으면 과시 네가 적당과 연맥이 있다고 하니, 정 자백을 안하면 않는 대로 그냥 감영으로 넘겨 목을 베이게 하겠다는 것이었습니다.

이것이, 좀 먹자는 트집인 것은 두말할 것도 없는 속이었고, 그래 누가 이러라저러라 시킬 것도 없이 벌써 줄맞은 병정이 되어서, 젊은 윤 두꺼비는 뒷줄로 뇌물을 쓰느라고 침식을 잊고 분주했습니다.

오백 냥씩 두 번 해서 천 냥은 수령 백영규가 고스란히 먹고, 또 천 냥을 가지고 이방 이하, 호장이야, 형방이야, 옥사장이야, 사령이야, 심지어 통인 급창이까지 고루 풀어 먹였습니다.

이천 냥 돈을 그렇게 들이고서야, 어제 아침 달포 만에 말대가리 윤용규는, 장독(杖毒)으로 꼼짝 못하는 몸을 보교에 실려, 옥으로부터 집으로 놓여 나왔던 것입니다.

사맥이 이쯤 되었으니, 윤용규로 앉아서 본다면 수령 백영규한테와 화적패에게 원한이 자못 깊습니다. 그러나 아무리 원한이 깊었자 저편은 감히 건드리지도 못할 수령이라, 그 만만하달까, 화적패에게 잔뜩 보복을 벼르고 있었고, 그런 참인데, 마침 그 도당이 또다시 달려들어서는, 이러니저러니 그야말로 갈아먹고 싶을 것은 인간의 옹색한 속이 아니라도 당연한 근경이라 하겠지요.

일은 피장파장이어서, 화적패도 또한 말대가리 윤용규에게 원한이 있습니다. 동료 박가를 찔러서 잡히게 했다는 것입니다.

박가가 잡혀가서 그 모진 혹형을 당하면서도 구혈이나 두목이나 도당의 성명을 불지 않는 것은 불행 중 다행입니다. 그러니 그런 만침 의리가 가슴에 사무치지 않을 수가 없었던 것입니다.

그래 윤용규한테 대한 원한은 우선 접어 놓고, 어디 일을 좀 무사히 피이게 하도록 해 볼까 하는 것이, 그들의 첫 꾀였습니다. 만약 그런 꾀가 아니라면야 들어서던 길로 지딱지딱 해 버리고 돌아섰을 것이지요.

두목은 용규가, 전번과는 달라, 악이 바싹 올라 가지고 처음부터 발딱거리면서 뻣뻣이 말을 못 듣겠노라고 버티는 데는 물큰 화가 치밀어오르지 않을 수가 없었습니다.

"진정이냐?"

그는 눈을 부라리면서 딱 을러댑니다. 그러나 윤용규는 종시 까딱 않고 대답입니다.

"다시 더 물을 것 없너니라!"

"너, 그리 고집 세지 말아!……"

두목은 잠간 식식거리면서 윤용규를 노리고 보다가, 이윽고 음성을 눅여 타이르듯 합니다.

"그러다가는 네게 이로울 게 없다. 잔말 말구, 네가 뒤로 나서서 삼천냥만 뇌물을 써라. 너두 뇌물을 쓰구서 뇌여 나왔지? 그럴 테면 네가 옳아넣은 내 수하도 풀어 놓아 주어야 옳을 게 아니냐?…… 허기야 너를

시키느니 내가 내 손으루 함직한 일이기는 하지만 나는 당장 삼천 냥이
없고, 그걸 장만하자면, 너 같은 놈 열 놈의 집은 더 털어야 하니 시급스
럽게 안 될 말이고, 또오 내가 나서서 뇌물을 쓰다가는 됩다 위태할 것이
고, 허니 불가불 일은 네가 할 수밖에 없다. 허되 급히 서둘러야지, 며칠
안 있으면 감영으로 넹긴다더구나?"

두목은 끝에 가서는 거진 사정하듯 목마른 소리로 말을 맺고서 윤용규
의 대답을 기다립니다.

윤용규는 그러나 싸늘하게 외면을 하고 앉아서, 두목이 하는 소리는 들
리지도 않는 체합니다.

"어쩔 테냐? 한다든 못한다든 대답을······."

두목은 맥이 풀리는 대신 다시 울화가 치받쳐 버럭 소리를 지르다 말
고, 입술을 부르르 떱니다.

"못한다!······"

윤용규는 지지 않고 소리를 지릅니다.

"네놈들이 죄다 잽혀가서, 목이 쓸리기를 축원하구 있는 내가 됩다 한
놈이라도 뇌여 나오라구 내 재물을 들여서, 뇌물을 써? 흥! 하늘이 무너
져도 못한다!"

"진정이냐?"

"오오냐!"

윤용규는 아주 각오를 했습니다. 행악은 어차피 당해 둔 것, 또 재물도
약간 뺏기는 둔 것, 그렇다고 저희가 내 땅에다가 네 귀퉁이에 말뚝을 박
고, 전답을 떠 가지는 못할 것, 그러니 저희의 청을 들어, 삼천 냥을 들
여서 박가를 빼놓아 주느니보다는 월등 낫겠다고, 이렇게 이해까지 따진
끝의 각오이던 것입니다.

"진정?"

두목은 한번 더 힘을 주어 다집니다.

"오오냐. 날 죽이기밖에 더할 테야?"

"저놈 잡아 내랏!"

윤용규의 말이 미처 떨어지기 전에, 두목이 뒤를 돌아다보면서 호령을 합니다.

등뒤에 모여섰던 수하 중에 서넛이 나가, 우르르 방으로 몰려 들어가더니, 왁진왁진 윤용규를 잡아끕니다. 그러자 마침 안채로 난 뒷문이 와락 열리더니, 흰 머리채를 풀어 흩뜨린 윤용규의 노처가, 아이구머니 이 일을 어쩌느냐고, 울어 외치면서 달려들어, 뒤엎으려져 매달립니다. 화적패들은 윤용규를 앞뒤에서 끌고 떠밀고 하고, 윤용규는 안 나가려고 버둥대면서 그래도 할 수 없이 문께로 밀려나옵니다. 그러다가 어찌어찌 부스대는 윤용규의 손에 총대 하나가 잡혔습니다.

총을 흩뜨려 쥔 그는 장독으로 고롱거리는 육십 객답지 않게, 불끈 기운을 내어, 총대를 가로, 빗장 대듯 문지방에다가 밀어 대면서 발로 문턱을 디디고는 꽉 버팅깁니다. 그리고 나니까, 아무리 상투를 잡아끌고, 몽둥이로 직신거리고 해도, 으응 소리만 치지, 꿈쩍 않고 그대로 버팁니다. 수령이 그걸 보다 못해, 옆에 섰는 수하의 몽둥이를 채어 가지고 윤용규가 총대에다가 버틴 바른편 팔을 겨누어 으깨져라고 한번 내리칩니다. 한 것이 상거는 밭고 또 문지방이며 수하의 어깨하며 걸리적거리는 것이 많아, 겨냥은 삐뚜로 나가고 말았습니다.

"따악!"

빗나간 겨냥의 옆으로 비껴, 이마를 바스러지게 얻어맞은 윤용규는,

"어이쿠우!"

소리와 한가지로 피를 좌르르 흘리며 털신 주저앉습니다.

동시에 윤용규의 노처가, 고만 눈이 뒤집혀,

"아이구우! 인제는 사람까지 죽이는구나. 아! 나두 죽여라, 이놈들아!"

하고 외치면서, 죽을 둥 살 둥, 어느 겨를에 달려들었는지, 두목의 팔을 덥신 물고 늘어집니다. 윤용규는 주저앉은 채 정신이 아찔하다가 번쩍 깨

났습니다. 그는 화적패들이 무슨 내평으로 밖으로 끌어 내려고 하는지 그
건 몰라도, 아무러나 이롭지 못할 것 같으나 되나 안 되나 버팅겨 보았던
것인데, 한번 얻어맞고 정신이 오리소리한 판에 마침 그의 아내가 별안
간,

"……인제는 사람까지 죽이는구나!"

하고, 왜장치는 이 소리에, 정말로 죽음이 박두한 줄로만 알았습니다.

그러면 인제는 옳게 이놈들의 손에 죽는구나, 그렇다면 죽어도 그냥은
안 죽는다, 이렇게 악이 복받치자, 그는 벌떡 일어서면서 눈앞에 보이는
대로, 칼 하나를 채어 가지고는 마구 대구 휘저었습니다.

더욱이 눈이 뒤집히기는, 아무리 화적이라도 결단코 하지 않던 것인데,
여인을 하물며 늙은 여인을 치는 걸 본 것입니다. 그는 그의 아내가 두목
의 팔을 물고 늘어진 줄은 몰랐고 다만 두목이 아내의 머리끄덩이를 잡아
동댕이를 쳐서 물린 팔을 놓게 하는 그 광경만 보았던 것입니다.

아무리 죽자사자, 악이 받쳐 칼을 휘두른다지만, 죽어가는 늙은인걸,
십여 개나 덤비는 총개머리야 몽둥이야 칼이야 도끼야를 당해 낼 수야 없
던 것입니다.

윤용규는 마지막, 목덜미에 도끼를 맞고 엎드러지자 피를 본 두목은 두
눈이 불덩이같이 벌컥 뒤집혀졌습니다. 그는 실상 윤용규를 죽일 생각은
없었습니다.

그렇다고 윤용규 하나쯤 죽이기를 차마 못해서 그런 것은 아니고, 제
구혈로 잡아가쟀던 것입니다. 한때 만주에서 마적들이 하던 그 짓이지요.
비밀로 잡아다 두고서 가족들로 하여금 이편의 요구를 듣게 하쟀던 것입
니다.

"노적(露積)허구 곳간에다가 불 질러랏!"

두목은 뒤집힌 눈으로, 피투성이가 되어 쓰러진 윤용규를 노려보다가,
수하를 사납게 호통하던 것입니다.

이윽고 노적과 곳간에서 하늘을 찌를 듯 불길이 솟아오르고 동네 사람

들이 그제서야 여남은 모여들어, 부질없이 물을 끼얹고 하는 판에 발가벗은 윤 두꺼비가 비로소 돌아왔습니다. 화적은 물론 벌써 물러갔고요.

윤 두꺼비는 피에 물들어 참혹히 죽어 넘어진 부친의 시체를 안고서, 땅을 치면서,

"이놈의 세상이 어느 날에 망하려느냐?"

고 통곡을 했습니다.

그리고 울음을 진정하고는, 불끈 일어서 이를 부드득 갈면서,

"오오냐, 우리만 **빼놓고** 어서 망해라!"

고 부르짖었습니다. 이 또한 웅장한 절규이었습니다. 아울러, 위대한 선언이었구요.

윤 직원 영감이, 젊은 윤 두꺼비 적에 겪던 격난의 한 토막이 대개 그러했습니다.

그러니 그러한 고난과 풍파 속에서 모아, 마침내는 피까지 적신 재물이니, 그런 일을 생각해서라도 오늘날 윤 직원 영감이, 단 한푼을 쓰재도 벌벌 떠는 것도 일변 무리가 아닐 것입니다.

돈을 모으는 데 무얼 어떻게 해서 모았다는 거야 윤 직원 영감으로는 상관할 바 아닙니다. 사실 착취라는 문자를 갖다가 붙이려고 하면, 윤 직원 영감은 거 웬 소리냐고 훌훌 뛸 겝니다.

다아 참, 내가 부지런하고 또, 시운이 뻗쳐서 부자가 되었지, 작인이며 체계돈 쓴 사람이며 장리변 얻어다 먹은 사람이며가 무슨 관계가 있느냐서, 말입니다.

바스티유 함락과는 항렬이 스스로 다르기는 하지만, 아무튼 윤 직원 영감은, 그처럼 육친의 피로써 물들인 재산더미 위에 올라앉아 옛날 그다지도 수난 많던 시절과는 딴판이요, 도무지 태평한 이 시절을 생각하면 안심되고 만족한 웃음이 절로 솟아날 때가 많습니다.

허나, 말을 타면 경마도 잡히고 싶은 게 인정이라고 합니다.

시대가 바뀌면서 소란한 세상이 지나가고 재산과 몸이 안전한 세태를 당하자, 윤 두꺼비는 돈으로 남부러울 게 없어도 문벌이 변변찮은 게 섭섭한 걸 비로소 느끼게 되었습니다.

하기야 중년에 또다시 양복청년, 혹은 권총청년이라는 것 때문에, 가끔 혼땜이 나곤 하지 않은 것은 아니더랍니다.

이런 일이 있었습니다.

기미 경신(己未庚申) 바로, 경신년 섣달입니다. 논이 마침 욕심나는 게 한 오천 평 수중에 들어오게 되어서 그 땅값을 치르려고 사천 원을 집에다가 두어 두고 땅 팔 사람이 오기를 기다리던 날입니다.

그런데 그게 귀신이 곡을 할 일이라고, 윤 두꺼비는 두고두고 기막혀했었지마는, 그걸 어떻게 염탐했는지, 벌건 대낮에 쏙 빠진 양복쟁이 둘이 들어 덤벼 가지고는 그 돈 사천 원을 몽땅 뺏어 갔던 것입니다.

머, 꿀꺽 소리 못하고 고스란히 내다가 내바쳤지요. 고, 싸늘한 쇠끝에 새까만 구멍이 똑바로 가슴패기를 겨누고서 코앞에다가 들이댄 걸, 그러니 염라대왕이 지켜선 맥이었지요.

옛날 화적들은, 밤중에나 들어와서 대문이나 짓바수고 하지요. 그 덕에 잘 하면 도망이나 할 수 있지요.

한데 이건, 바로 대낮에 귀한 손님 행차하듯이 어엿이 찾아와서는, 한다는 것이 그 짓이니, 꼼짝인들 할 수가 있었나요.

그래, 사천 원을 도무지 허망하게 내주고는, 윤 두꺼비는 망연자실해서 우두커니 한식경이나 앉았다가, 비로소 방바닥에 떨어진 종잇장으로 눈이 갔습니다. 돈을 받았다는 영수증을 써 놓고 갔던 것입니다.

"허! 세상이 개명을 허닝개루, 불한당놈들두 개명을 허여서 영수증 써 주구 돈 뺏어 간다?"

윤 두꺼비는 뺏긴 돈 사천 원이 아까워서 꼬박 이틀 동안, 그리고 세상에 또다시 옛날 화적이 횡행하던 그런 시절이나 되고 보면, 그 일을 장차 어찌하나 하는 걱정으로 꼬박 나흘 동안, 도합 엿새를 두고 밥맛과 단

잠을 잃었습니다.

그런 뒤로도 다시 두어 번이나 그런 긴찮은 손님네도 치렀습니다. 돈은 그러나 한 푼도 뺏기지 않았습니다. 처음 겪은 일로 미루어, 그뒤로는 단 돈 십 원도 집에다가 두어 두지를 않았으니까요.

시골서 돈을 많이 가지고 살면, 여러 가지 공과금이야, 기부금이야, 또 가난한 일가 푸내기들한테 뜯기는 것이야, 그런 것 때문에 성가시기도 하고 또 제일왈 그 양복 입은 그런 나그네가 종시 마음 뇌이지 않기도 하고 해서, 윤 두꺼비는 마침내 가권을 거느리고 서울로 이사를 했던 것입니다.

윤 두꺼비가 이윽고, 세상이 평안한 뒤엔, 집안의 문벌 없음을 섭섭히 여겨 가문을 빛나게 할 평생의 사업으로 네 가지 방책을 추렸습니다.

맨 처음은 족보에다가 도금(鍍金)을 했습니다. 그럼직한 일가들을 추려 가지고 보소(譜所)를 내놓고는, 윤두섭의 제 몇 대 윤 아무개는 무슨 정승이요, 제 몇 대 윤 아무개는 무슨 판서요, 제 몇 대 아무는 효자요, 제 몇 대 아무 부인은 열녀요, 이렇게 그럴싸하니 족보(族譜)를 새로 꾸몄습니다. 땅 짚고 헤엄치기지요.

그러느라고 한 이천 원 돈이 들었습니다. 그렇지만 일이 순화로운 만큼, 그러한 족보도 금이야 조상 치레나 되었지, 그리 신통할 건 없었습니다.

아무 데 내놓아도, 말대가리 윤용규 자식 윤 두꺼비요, 노름꾼 윤용규의 자식 윤두섭인걸요. 자연, 허천들린 뱃속처럼 항상 뒤가 헛헛하던 것입니다.

신씨(申氏)성 가진 친구를 잔나비라고 육장 놀려 주면 그래 그러던 끝에 그 신씨가 동물원엘 가서 잔나비를 보면 어찌 생각이 이상하고, 내가 정말 잔나비거니 여겨지는 수가 있답니다.

그 푼수로, 누구 사음이나 한 자리 얻어 할 양으로, 보비위나 해 주려는 사람이, 윤 두꺼비네의 그 신편 족보(新編族譜)를 외어 가지고 다니면서, 매일 몇 번씩, 윤 정승 아무개 씨의 제에 몇 대손 윤두섭 씨, 윤 판서 아무개 씨의 제에 몇 대손 윤두섭 씨, 이렇게 대구 불러 주었으면, 가족보 (假族譜)나마 적이 실감이 나서 듣는 당자도 좋아하고 하겠지만, 어디 그런 영리하고도 실없는 사람이야 있나요. 혹은 작곡(作曲)을 해 가지고 그놈을 시체 유행가수를 시켜 소리판에다가 넣어서 육장 틀어 놓고 듣는다면 모르지요마는.

족보는 아무튼 그래서 득실이 상반이었고, 그 다음은 윤 두꺼비 자신이 처억 벼슬을 한자리 했습니다.

시골은 향교(鄕校)라는 게 있어서, 공자님 맹자님을 비롯하여 옛날 상국(上國)의 여러 성현을 모시는 공청이 있습니다.

춘추로 소를 잡고 도야지를 잡고 해서 제사를 지내고 하지요. 들이켜서는 그게 바로 학교더랍니다.

이 향교는 맨 우두머리 가는 어른을 직원(直員)이라고 합니다.

직원을 옛날에는, 그 골에서 학문과 덕망이 높은 선비가 여러 사람의 촉망으로 뽑혀서 지내곤 했었는데, 근년 향교의 재정이며 모든 범백을 군청에서 맡아 보게 된 뒤부터는, 전과는 기맥이 좀 달라졌는지, 장의(掌儀)라고, 바로 직원의 아랫길 가는 역원들이 있는데, 그 사람들한테 사음이며 농토 같은 것을 줄 수 있는 다액 납세자(多額納稅者)라면 직원 하나쯤 수월한 모양입니다.

윤 두꺼비로서야 과거를 보아 벼슬을 해서 양반이 되겠습니까? 능참봉을 하겠습니까? 아쉰 대로 향교의 직원이 만만했겠지요.

그래 그는 직원이 되었습니다. 그래서 윤두섭이란 석 자 위에 무어나 직함이 붙기를 자타가 갈망하던 끝이라 윤 두꺼비는 넙죽 뛰어 윤 직원 영감이 되었던 것입니다.

그뒤로 삼 년 동안, 윤 두꺼비(—가 아니라—) 윤 직원 영감은 직원으로 지내면서, 춘추 두 차례씩 향교에 올라가,

"홍—"

"바이—"

소리에 맞추어, 누가 기운이 더 세었던지 모르는 공자님과 맹자님을 비롯하여, 여러 성현께 절을 하는 양반이요, 선비 노릇을 착실히 했습니다.

공자님과 맹자님이 누가 기운이 더 세었던지 모르겠다는 말은, 윤 직원 영감이 창조해 낸 억만고의 수수께끼랍니다.

다른 게 아니라, 어느 해 여름인데, 윤 직원 영감이 향교엘 처억 올라오더니, 마침 풍월(風月)을 하느라고 흥얼흥얼 하고 앉았는 여러 장의와 선비들더러 밑도끝도 없이,

"대체 거, 공자님허구 맹자님허구 팔씨름을 하였으면 누가 이겼으꼬?"

하고 물었더랍니다.

장의와 선비들은, 웃어야 할지, 울어야 할지 분간 못해서 입만 떠억 벌렸고, 아무도 직원 영감의 궁금증은, 풀어 주지는 못했답니다.

삼 년 동안 직원을 지내다가 서울로 이사를 해 오는 계제에 그 직책을 내놓았습니다. 그러나 직원이라는 영광스런 직함은, 공자님과 맹자님의 팔씨름을 했으면 누가 이겼을까? 하는 수수께끼와 더불어, 영원히 처졌던 것입니다.

그 다음, 윤 직원 영감이 집안 문벌을 닦는 데 또 한 가지의 방책은 무어냐 하면, 양반 혼인이라고 좀더 빛나는 사업이었습니다.

외아들(서자 하나가 있기는 하니까 외아들이랄 수는 없지만 아무튼) 창식은 나이 근 오십 세요, 벌써 옛날에 시골서 아전집과 혼인을 했던 터이라, 치지도외하고, 딸은 서울 어느 양반집으로 시집을 보냈습니다. 오막살이에 가랑이가 찢어지게 가난한 집인데, 그나마 방정맞게시리 혼인한 지 일 년 만에 사위가 전차에 치여 죽고, 딸은 새파란 과부가 되어 지금은 친정살이를 하지만, 아무러나 양반 혼인은 양반 혼인이었습니다.

또 맏손주며느리는 충청도의 박씨네 문중에서 얻어 왔습니다. 역시 친정이 가난은 해도 패를 찬 양반의 씹니다.

둘째손주며느리는 서울 태생인데, 시구문 밖 조씨네 집안이나, 그렇다고 배추장수네 딸은 아니고, 파계를 따지면 조대비(趙大妃)와 서른일곱 촌인지 아홉촌인지 된다고 합니다.

이렇게 해서 버젓하게 양반 사돈을 세 집이나 두게 된 것은 윤 직원 영감으로 가히 한바탕 큰 기침을 할 만도 합니다.

그 다음 마지막 또 한 가지는 무엇이냐 하면, 이게 가장 요긴하고 값나가는 품목(品目)입니다.

집안에서 정말 권세 있고, 실속 있는 양반을 내어놓자는 것입니다.

군수 하나와 경찰서장 하나…….

게다가 마침맞게 손자가 둘이지요.

하기야 군수보다는 도장관(道知事)이 좋겠고, 경찰서장보다는 경찰부장이 좋기는 하겠지만, 그건 너무 첫술에 배불러지는 욕심이라 해서, 알맞게 우선 군수와 경찰서장을 양성하던 것입니다.

마음의 빈민굴

윤 직원 영감은 그처럼 부민관의 명창대회로부터 돌아와서 대문 안에 들어서던 길로 이 분풀이 저 화풀이를 한데 얹어, 그 알뜰한 삼남이 녀석을 데리고 며느리 고씨더러, 짝 찢을 년이니 오두가 나서 그러느니 한바탕 귀먹은 욕을 걸쭉하게 해 주고 나서야 적이 직성이 풀려, 마침 또 시장도 한 판이라, 의관을 벗고 안방으로 들어갔습니다.

아랫목으로 펴 놓은 돗자리 위에 방 안이 온통 그들막하게시리 발을 젖히고 앉아 있는 윤 직원 영감 앞에다가 올망졸망 사기 반상기가 그득 박힌 저녁상을 조심스러이 가져다 놓는 게 둘째손주며느리 조씹니다. 방금, 경찰서장감으로 동경 가서 어느 사립대학의 법과에 다니는 종학(鍾學)의 아낙입니다.

서울 태생이요 조대비의 서른일곱 촌인지 아홉 촌인지 되는 양반집 규수요, 시구문 밖이 친정이기는 하지만 배추장수 딸은 아니라도 학교라곤 근처에도 못 가 보았고, 얼굴은 얇디얇은 납작 바탕에 주근깨가 다닥다닥 박혀서, 그닥 출 수는 없는 인물입니다.

그런 중에도 더욱 안된 건, 잡아 뽑아 놓은 듯이 뚜우하니 나온 위아래 입술입니다. 이 쑤욱 나온 입술로, 그 값을 하느라고 그러는지, 새수 빠진 소리를 그도 퍽도 잘 합니다. 새서방 종학이한테 눈의 밖에 나서 소박을 맞는 것도 죄의 절반은 그 입술과 새수 빠진 소리 잘 하는 것일 겝니다.

종학은 동경으로 유학을 가면서부터는 아주 털어 내놓고서 이혼을 해 달라고 줄창치듯 편지로, 집안 어른들을 졸라 대지만, 윤 직원 영감으로 앉아서 본다면 천하 불측한 놈의 소리지요.

아무튼 그래서 생과부가 하나…….

밥상 뒤에 따라 쟁반에다가 양은 주전자에 술잔을 받쳐들고 들어서는 게 맏손주며느리 박씹니다.

이 집안의 업덩어립니다. 얌전하고 바즈런해서 그 크나큰 안살림을 곧잘 휘어나가고, 게다가 시할아버니의 보비위까지 잘 하니 더할 나위 없습니다.

인물도 얼굴이 동그름하고 눈이 시원스럽게 생겨서 올해 나이 서른이로 되 되려 스물다섯 살 먹은 동서보다도 젊어 보입니다.

다만 한 가지, 맏아들 경손(慶孫)이가 금년 열다섯 살인걸, 아직도 아우를 못 보는 게 흠이라면 흠이라고 하겠지만 하기야 손(孫)이 귀한 건 이 집안의 내림이니까요.

한데 이 여인 역시 신세가 고단한 편입니다. 무슨 소박이니 공방이니 하는 문자까지 갖다가 붙일 것은 없어도, 남편이요 이 집안의 장손인 종수(鍾秀)가 시골로 내려가서 첩살림을 하기 때문에 할 수 없이 생과부축에 끼이지 않을 수가 없던 것입니다.

종수는 윤 직원 영감의 가문(家門) 빛내기 위한 네 가지 사업 가운데 군수나 경찰서장을 만들어 내려는 품목 중에 편입된 그 군수 재목입니다. 그래 오륙 년 전부터 고향의 군(郡)에서 군서기(郡雇員) 노릇을 하느라고, 서울서 따들인 기생첩을 데리고 치가를 하는 참이랍니다.

　이래서 생과부가 둘…….

　맏손주며느리 박씨가 들고 들어오는 술반을 받아 가지고 윗목 화로 옆으로 다가앉아 술을 데우는 게 윤 직원 영감의 딸 서울아가씨라는 진짜 과붑니다. 양반 혼인을 하느라고 서울 어느 가랑이가 째어지게 가난한 집으로 시집을 갔다가 새서방이 일 년 만에 전차에 치여 죽어서 과부가 된 그 여인입니다.

　이마가 좁고 양미간이 넓고 콧잔등은 푹신 가라앉고 온 얼굴에 검은 깨를 끼얹어 놓았고 목이 옴츠라지고, 이런 생김새가 아닌게아니라 청승맞게는 생겼습니다.

　"네가 소갈머리가 고따우루 생겼으닝개루, 저 나이에 서방을 잡어먹었지!"

　윤 직원 영감은 딸더러 이렇게 미운 소리를 곧잘 하곤 합니다. 그러나 그런 말을 할 때면, 소갈머리뿐 아니라 생김새도 그렇게 생겨 먹었느라고, 으레 생각을 합니다.

　젊은 과부다운 오뇌는 없지 않지만 자라기를 호강으로 자랐고, 또 이내 포태(胞胎)도 해 보지 못했기 때문에, 스물여덟이라는 제 나이보다 훨씬 앳되기는 합니다.

　이래서, 생과부 통과부 통 합하여 과부가 셋…….

　그러나 과부가 셋뿐인 건 아닙니다.

　시방 건넌방에서 잔뜩 도사리고 앉아, 무어라고 트집거리가 생기기만 하면 시아버니되는 윤 직원 영감과 한바탕 맞다대기를 할 양으로 벼르고 있는 이 집의 맏며느리 고씨, 이 여인 또한 생과붑니다.

　그리고 또 아까 안중문께로 나갔다가 마침 윤 직원 영감이 삼남이 녀석을 데리고 서서 며느리 고씨더러 건욕질을 하는 걸 듣고 들어와서는 그놈을 댓발이나 더 잡아늘여 고씨한테 일러바친 침모 전주댁, 이 여인이 또 진짜 과붑니다.

이래서 이 집안에 과부가 도합 다섯입니다. 도합이고 무엇이고 명색 여인네치고는 행랑어멈과 시비 사월이만 빼놓고는 죄다 과부니 계산이야 순편합니다.

이렇게 생과부, 통과부, 떼과부로 과부 모를 부어 놓았으니 꽃모종이나 같았으면 춘삼월 제철을 기다려 이웃집에 갈라 주기나 하지요, 이건 모는 부어 놓고도 모종으로 갈라 줄 수도 없는 인간 모종이니 딱한 노릇입니다.

밥상을 받은 윤 직원 영감은 방 안을 한 바퀴 휘휘 둘러보더니,

"태식이는 어디 갔느냐?"

하고 누구한테라 없이 띄워 놓고 묻습니다. 윤 직원 영감이, 인간 생긴 것치고 세상에서 제일 귀여하는 게 누구냐 하면 시방 어디 갔느냐고 찾는 태식입니다.

지금 열다섯 살이고 나이로는 증손주 경손이와 동갑이지만 아들은 아들입니다. 그러나 본실 소생은 아니고 시골서 술에미(酒女)를 상관한 것이 그걸 하나 보았던 것입니다.

배야 뉘 배를 빌려 생겨났든간에 환갑이 가까워서 본 막내둥이니 아버니로 앉아서야 이뻐할 건 당연한 노릇이겠지요. 하물며 낳은 지 삼칠 일 만에 에미한테서 데려다가 유모를 두고, 집안의 뭇 눈치 속에서 길러 낸 천덕꾸러기니, 여느 자식보다 불쌍히 여겨서라도 한결 귀여할 게 아니겠다구요.

윤 직원 영감은 밥을 먹어도 꼭 태식이를 데리고 같이 먹곤 하는데, 오늘 저녁에는 마침 눈에 띄지 않으니까 숟갈도 들려고 않고서 그애를 먼저 찾던 것입니다.

윗목께서 공손히 서서 있던 두 손주며느리는 이거 또 걱정을 한바탕 단단히 들어 두었나 보다고 송구해하는 기색만 얼굴에 드러내고 있고, 그러

나 딸 서울아가씨는 친정아버니의 성화쯤 그다지 겁나지 않는 터라,

"방금 마당에서 놀았는걸!……"

하고, 심상히 대답을 하면서, 술주전자를 들고 밥상 옆으로 내려옵니다.

"방금 있었넌디 어디루 갔단 말이냐? 눈에 안 뵈거덜랑 늬가 통촉히여서 찾어보구 좀 그리야지……."

아니나다를까 윤 직원 영감은 딸더러 하는 소리는 소리지만, 온 집안식구들한테다 대고 나무람을 하던 것입니다.

"통촉이구 무엇이구, 제멋대루 나가 돌아다니는 걸 어떻게 일일이 참견허라구 그러시우?…… 이전 나이 열다섯 살이나 먹었으니 아버니두 제발 얼뚱애기 거천허듯키 그리시지 좀 마시우!"

"흥! 내가 그렇게라두 안 돌아부아 부아라?…… 늬들이 작히 그걸 불쌍히 여겨서 조석이라두 제때 챙겨 멕이구 헐 뜻싶으냐?"

"아버니가 너무 역정이나 두시구 떠받아 주시구 그리시니깐 집안 식구는 다아 믿거라구 모른 체헌다우!"

"말은 잘 헌다만, 인제 나 하나 발 뻗어 부아라? 그것이 박적(바가지)들구 고샅 담박질헐티닝개."

"제 몫으루 천 석거리나 전장해 주실 테믄서 그리시우? 천석꾼이가 거치가 되믄 사백 석거리밖엔 못 탄 년은 금시루 기절을 해 죽겠수!"

서자요 병신인 태식이한테는 천 석거리를 뭉 지어 놓고, 서울아씨 제한테는 사백 석거리밖엔 주지 않았대서 그걸 물고 뜯는 수작입니다. 서울아씨로는 육장 계제만 있으면 내놓는 불평이지요.

이렇게 부녀가 태각태각하려고 하는 판인데 방 윗미닫이가 사르르 열리더니 문제의 장본인 태식이가 가만히 고개를 들여밀고는 방 안을 휘휘 둘러봅니다. 그러다가 윤 직원 영감이 눈에 띄니까는 들이 천둥한 것처럼 우당퉁탕 뛰어들어 윤 직원 영감의 커다란 무릎 위에 펄신 주저앉습니다.

그 서슬에 서울아씨는 손에 들고 있던 술주전자를 채고서 이맛살을 찌푸리고, 윤 직원 영감은 턱을 치받쳤으나 헤벌심 웃으면서,

"허허허 이자식아, 원!"

하고, 귀엽다고 정수리를 만져 줍니다. 아이가 사랑에 있는 상노아이놈 삼남이와 동기간이랬으면 꼭 맞게 생겼습니다. 열다섯 살이라면서 몸뚱이는 네댓 살박이만큼도 발육이 안 되고 그렇게 가냘픈 몸 위에 가서 깜짝 놀라게 큰 머리가 올라앉은 게 하릴없이 콩나물 형국입니다.

"이자식아, 좀 죄용죄용허지 못하구, 그게 무슨 놈의 시선이야? 응? ······ 이 코! 이 코 좀 부아라!······"

엿가래 같은 누—런 코줄기가 들어 가지고는 숨을 쉴 때마다 이건 바로 피스톤처럼 바쁘게 들락날락합니다.

"코가 나오거덜랑 횅 풀든지, 좀 씻어 달라구 허든지 않구서 이게 무어란 말이냐? 응? 태식아······."

윤 직원 영감은 힐끔, 딸과 손주며느리들을 건너다보면서 손수 두 손가락으로 태식의 코가래를 잡아 뽑아 냅니다. 맏손주며느리가 재치있게 걸레를 집어들고 옆으로 대령을 합니다.

"앱배!"

태식은 코를 풀리고 나서 고개를 되들고 앱배를 부릅니다.

"오—냐?"

"나, 된······."

돈이란 말인데, 어리광으로 입을 가래 비쌔고 말을 하니까 된이 됩니다.

"돈? 돈은 또 무엇허게? 아까 즘심때두 주었지? 그놈은 갓다가 무엇하였간듸?"

"아탕 사 먹었지."

"밤낮 그렇게 사탕만 사 먹어?"

"나, 된 주엉!"

"그리라······. 그렇지만 이놈은 잘 두었다가 내일 사 먹어라? 응?"

"응."

　윤 직원 영감이 염낭에서 십 전박이 한푼을 꺼내 주니까 아이는 히히 하고 그의 독특한 기성을 지르면서 무릎으로부터 밥상 앞으로 내려앉습니다.

　윤 직원 영감은 이렇게 한바탕 막내동이의 재롱을 보고 나서야 서울아씨가 부어 주는 석잔 반주를 받아 마십니다. 그 동안에 태식은 씨근버근 넘싯거리면서 밥상에 있는 반찬들을 들이 손가락으로 거덤거덤 집어다 먹느라고 정신이 없습니다. 집어다 먹고는 옷에다가 손을 쓱쓱 씻고 집어먹다가 질질 흘리고 해도 서울아씨는 아버니 앞에서라 지청구는 차마 못하고 혼자 이맛살만 찌푸립니다.

　반주 석잔이 끝난 뒤에 윤 직원 영감은 비로소 금으로 봉을 박은 은숟갈을 뽑아들고 마악 밥을 뜨려다가 고개를 쳐들더니 심상찮게 두 손주며느리를 건너다봅니다.

　“아—니, 야덜아…….”

　내는 말쪼가 과연 졸연찮습니다.

　“늬들, 왜 내가 시키넌 대루 안냐? 응?……”

　두 손주며느리는 벌써 거니를 채고서 고개를 떨어뜨립니다.

　윤 직원 영감은 밥이 새하얀 쌀밥인 걸 보고서 보리를 두지 않았다고 그걸 탄하던 것입니다.

　“……보리, 벌써 다아 먹었냐?”

　“아직 있어요!”

　맏손주며느리가 겨우 대답을 합니다.

　“워너니 아직 있을 터지……. 그런디, 그러먼 왜 이렇게 맨 쌀만 히여 먹냐? 응?”

　조져도 아무도 대답이 없습니다.

　“그래, 내가 허던 말은 동네 개 짖넌 소리만두 못 여기넝구나? 어찌서 보리넌 조깨씩 누아 먹으라닝개 쥑여라구 안 듣구서, 이렇게 허—연 쌀만 삶어 먹으러 드냐?……”

"그 궁상스런 소리 작작 허시우, 아버니두……."

서울아씨가 듣다 못해, 아버니를 핀잔을 주는 것입니다.

"쌀밥 좀 먹기로서니 만석꾼이 집안이 당장 망헐까 바서 그리시우? 마침 보리쌀을 삶은 게 없어서 그랬대요……. 고만두시구, 진지나 잡수시오!"

"아—니, 보리쌀은 쌈잖구 그냥 누아 두먼 머 제절루 삶어진다더냐? 쌀문 놈이 읍거던 다아 요량을 히여서, 미리미리 조깨씩 삶어 두구 끄니 때먼 누아 먹어야지!…… 그게 늬덜이 모다 호강스러서 보리밥이 먹기 싫으닝개루 핑계대넌 소리여. 공동뫼지를 가 부아라, 핑계 없는 무덤이 하나 있대야?……"

윤 직원 영감은 아까운 듯이 밥을 한술 떠 넣고 씹으면서, 씹으면서 생각하니 더욱 아깝든지, 또다시 뇌사립니다. 자기 자신이 부연 쌀밥만 먹기가 아깝거든, 이 아까운 쌀밥을 온 집안 식구와, 심지어 종년이며 행랑것들까지 다아들 먹을 것이고, 솥글겅이와 밥티가 쌀밥인 채로 수쳇구멍으로 흘러나갈 일을 생각하면 그야 소중하고 아깝기도 했을 겝니다.

"글시 야덜아, 그 보리밥이랑 게 사람의 몸에 무척 좋단다. 또오, 먹기루 말허더래두 볼깡볼깡 씹히넝게 맨 쌀밥만 먹기보다는 훨씬 입맛이 나구……. 그런디 늬덜은 왜 그걸 안 먹으러 드냐?……"

태식이 밥을 먹느라고 쩨금쩨금 시근버근 요란을 떨 뿐이지, 아무도 대답이 없고 두 손주며느리는, 그저 지당하신 말씀이십니다고, 순종하겠다는 빛을 얼굴에 드러내기에 애가 쓰입니다.

"그러나마 늬덜더러 구찮헌 보리방애를 찌여 먹을랬세 말이지, 아시골서 작인덜 시켜서 대껴서, 그리서 올려 온 것이니 흔헌 물에다가 북북 씨쳐서 있는 나무에 푹신 삶어 두구 조깨씩 누아 먹기가 그리 심이 들게 무어람 말이냐?…… 허허, 참 딱헌 노릇이다……."

말을 잠간 멈추더니, 그 다음엔 아주 썩 구수우하게, 음성도 부드럽게…….

"……야덜아, 그러구 말이다. 거, 보리밥이 그런 성불러두, 그걸 노
—상 먹느라면 글시, 애기 못 낳던 여인네가 포태를 헌단다! 포태를 헌
대여! 웅?"

과부나 생과부나 남편이 없이 공규는 지켜도 보리밥만 노상 먹느라면
애기를 밴단 말이겠다요.

그러나 그 말의 반응은 실로 유효 적절했습니다. 한 것이 맏손주며느리
는, 그렇다면 내일 아침부터 꼭꼭 보리밥을 먹어야 하겠다고 좋아했고,
둘째손주며느리는 아무려나 나두 먹어는 보겠다고 유념을 했고, 서울아
씨는 나두 먹었으면 좋겠는데, 하는 생각을 했으니 말입니다.

다만, 이편 건넌방에서 시방 싸움을 잔뜩 벼르고 앉아 있는 며느리 고
씨만은, 저 영감태기가 또 능청맞게 애들을 속여먹는다고, 안방으로 대고
눈을 흘깁니다.

참말이지, 조금만 무엇했으면, 우르르 쫓아와서, 그 허연 수염을 움켜
쥐고 쌀쌀 들이 잡아 동댕이를 쳐 주고 싶게, 하는 짓이 일일이 밉광머리
스럽습니다.

이, 고씨는 말하자면 이 세상 며느리의 썩 좋은 견본이라고 하겠습니
다.

——암캐 같은 시어머니 여우나 꽁꽁 물어 가면 안방 차지도 내 차지,
곰방조대도 내 차지——

대체 그 시어머니라는 종족이 며느리라는 종족한테 얼마나 야속스러운
생물이거드면 이다지 박절한 속담까지 생겼습니까.

열여섯 살에 시집을 온 고씨는 올해 마흔일곱이니, 작년 정월 시어머니
오씨가 죽는 날까지 꼬박 삼십일 년 동안 단단히 그 시집살이라는 걸 해
왔습니다.

사납대서 살쾡이라는 별명을 듣고, 인색하대서 진지꼼쩍이라는 별명을
듣고, 잔말이 많대서 담배씨라는 별명을 듣고, 하던 시어머니 오씨(그러
니까 바로 윤 직원 영감의 부인이지요) 그 손밑에서 삼십일 년 동안 설운 눈

물 많이 흘리고 고씨는 시집살이를 해 오다가, 작년 정월에서야 비로소 그 압제 밑에서 해방이 되었습니다. 남의 집 종으로 치면 속량이나 된 셈이지요.

그러나 막상, 이 고씨라는 여인이 하 그리 현부(賢婦)이었더냐 하면 그런 것도 아닙니다. 하기야 아무리 흠잡을 데 없이 얌전스럽고 덕이 있고 한 며느리라도 야속한 시어머니한테 걸리고 보면 반찬 먹은 개요 고양이 앞에 쥐요 하지 별수가 없는 것이지만, 고씨로 말하면 사람이 몸집 생김새와 같이 둥실둥실한 게 후덕하기는 하나, 대단 이퉁이 세어, 한번 코를 휘어붙이면 지렛대로 떠다밀어도 꿈쩍을 않고 또, 몹시 거만진 성품까지 없지 않습니다. 사상의(四象醫)더러 보라면 태음인(太陰人)이라고 하겠지요.

그래 아무튼 고씨는 그 말썽 많은 시집살이 삼십일 년을 유난히 큰 가대를 휘어잡아 가면서 그래도 쫓겨난다는 큰 파탈은 없이 오늘날까지 살아왔습니다. 그러는 동안에 종수와 종학 두 아들을 낳아서 윤 직원 영감으로 하여금 군수와 경찰서장을 양성할 동량도 제공했고, 그리고 인제는 나이 마흔일곱에 근 오십이요, 머리가 반백에 손자 경손이가 중학교 이년급을 다니게까지 되었던 것입니다.

그러자 계제에, 작년 정월에는 암캐 같은 시어머니었든지 테리어 같은 시어머니었든지간에 좌우간 그 시어머니 오씨, 여우가 꽁꽁 물어 간 것은 아니나 당뇨병으로 세상을 떠났고, 그러므로 주부(主婦)인 자리가 비었은즉 제일 첫째로 며느리 뻘인 고씨가 곰방조대야 피종을 피우는 터이니 차지를 안해도 상관없겠지만, 안방 차지는 응당히 했어야 할 게 아니겠다구요?

장모는 사위가 곰보라도 이뻐하고, 시아버니는 며느리가 뻐드렁니에 애꾸라도 이뻐는 하는 법인데, 윤 직원 영감은 어떻게 된 셈인지 며느리 고씨를 미워하기를 그의 부인 오씨 못잖게 미워했습니다. 노마나님 오씨의 초종 범절을 치르고 나서, 서울아씨가 올케되는 고씨한테 안방을(섭섭

하나마) 내주어야 하게 된 차인데, 윤 직원 영감이 떠억 간섭을 하는 말이…….

"야—야! 너두 아다시피, 내가 조석을 꼭꼭 안방으 들와서 먹는다, 아 늬가 안방을 네 방이라구 이름지어 각구 있으랸이면 내가 편찬히여서 어디 쓰겠냐? 그러니 나 죽넌 날까지나 그냥저냥 윗방(건넌방)을 쓰구 지내라."

핑계야 물론 그럴 듯합니다. 그래서 안방은 노마나님 오씨의 시체만 나 갔을 뿐이지 전대로 서울아씨가 태식을 데리고 거처를 하고 고씨는 건넌 방에 눌러 있게 되었던 것입니다.

"흥! 만만한 년은 제 서방 굿도 못 본다더니, 나는 두 다리 뻗는 날까지 겹방살이(곁방살이=행랑살이) 못 면헐걸."

고씨는 방 때문에 비위가 상할 때면 으레 이런 구느름을 잊지 않고 하곤 합니다. 그러나 고씨의 억울한 건 약간 방 차지를 못하는 것 따위만이 아닙니다.

시어머니 오씨는 마지막 숨이 지는, 고 시각까지도 며느리 고씨를 못 먹어했습니다.

"오—냐, 인제넌 지긋지긋허던 내가 급살맞어 죽으닝개 시언허구 좋아서 춤 출 사람 있을 것이다!"

이건 물론 며느리 고씨를 물고 뜯는 말이요, 인제 자기가 죽고 나면 며느리 고씨가 집안의 한 어른이 되어 가지고 마음대로 휘둘러 가면서 지낼 터라서, 그 일을 생각하면 안타깝고 밉고 하여, 숨이 넘어가는 마당에서까지 그대도록 야속한 소리를 했던 것입니다.

미상불 고씨는 시어머니의 거상을 입으면서부터 기를 탁 폈습니다. 예를 들자면 들이 없지만 가령 밤 늦게까지 건넌방에서 아무리 성냥 긋는 소리가 나도 이튿날 새벽같이,

"밤새두룩 댐배질만 허니라구 성냥 열일곱 번 그신(그은) 년이 어떤 년이냐?"

하고 야단을 치는 사람이 없어, 잠 못 이루는 밤을 담배로 동무삼아 밝히기도 무척 임의로웠습니다.

또 나들이를 한 사이에 건넌방 문에다가 못질을 해서 철가를 하는 꼴을 안 당하게 된 것도 다아 좋은 일입니다.

그러나 그렇게 기만 조금 펴고 지내게 되었을 뿐이지, 실상 아무 실속도 없고 말았습니다. 시아버지 윤 직원 영감이 처결하기를, 집안의 살림살이 전권(全權)을 마땅히 물려받아야 할 주부 고씨는 젖혀 놓고서, 한 대(一代)를 껑충 건너뛰어 손주대(孫子代)로 내려가게 했던 것입니다. 고씨의 며느리되는 종수의 아낙인 박씨 즉, 윤 직원 영감의 맏손주며느리가 시할머니의 뒤를 바로 이어서, 집안의 안살림을 도맡아 하게 되었던 것입니다.

그러고 보니 묻지 않아도, 내가 주부로 들어앉아 며느리를 거느리고 집안 살림을 해 가는 어른이 되겠거니 했던 고씨는 고만 개밥의 도토리가 되어 버리고, 도리어 시어머니 오씨 대신에 며느리 박씨한테 또다시 시집살이(?)를 하게끔 된 셈평이었습니다.

선왕(先王)의 뒤를 이어 즉위는 했으나 권력은 왕자가 쥐게 된 그런 판국과 같다고 할는지요.

그런데다가 시아버지 윤 직원 영감은, 죽고 없는 마누라 몫까지 해서, 갈수록 더 못 먹어서 으릉으릉 뜯지요. 시뉘되는 서울아씨는, 내가 주장입네 하는 듯이 안방을 차지하고 누워서 사사에 할퀴려 들지요. 그런데 또 더 큰 불평과 심화거리가 있으니…….

고씨는, 시방 동경엘 가서 경찰서장감으로 공부를 하고 있는 둘째아들 종학이 낳은 뒤로부터 스물네 해 이짝, 남편 윤 주사 창식과 금슬이 뚝 끊겨, 생과부로 좋은 청춘을 늙혀 버렸습니다.

윤 주사는 시골서부터 첩장가를 들어 딴 살림을 했었고, 서울로 올라올 때도 그 첩을 데리고 와서 지금 동대문 밖에다가 치가를 하고 있습니다.

그리고 요새는 그새까지는 별로 않던 짓인데, 새차비로 기생첩 하나를 더 얻어서 관철동에다 살림을 차려 놓고는, 이 집으로 가서 놀다가, 저 집으로 가서 누웠다 하며 지냅니다.

그리고는 본집에는, 돈이나 쓸 일이 있든지, 또 부친 윤 직원 영감이 두 번 세 번 불러야만 마지못해 오곤 하는데, 오기는 와도 사랑방에서 부친이나 만나보고 그대로 횡하게 돌아가지, 안에는 도무지 발걸음도 않습니다.

이 윤 주사라는 사람은 성미가 그의 부친 윤 직원 영감과는 딴판이요, 좀 호협한 푼수로는 그의 조부 말대가리 윤용규를 닮았다고나 할는지, 그리고 살쾡이요, 진지꼼쩍이요 담배씨라던 그의 모친 오씨와는 아주 딴 세상 사람입니다.

도무지 철을 안 이후로 나이 마흔여섯이 되는 이날 이때까지 남과 언성을 높여 시비 한 번인들 해 본 적이 없습니다.

남이 아무리 낮게 해야, 그저 그런가 보다고 모른 체할 따름이지, 마주 대고 궂은 소리라도 하는 법이 없습니다. 본시 사람이 이렇게 용하기 때문에 그를 낮아하는 사람도 별반 없지만……

가산이고 살림 같은 것은 전혀 남의 일같이 불고하고 또, 거두잡아서 제법 살림살이를 할 줄도 모릅니다.

부친 윤 직원 영감의 말대로 하면, 위인이 농판이요, 오십이 되도록 철이 들지를 않아서 세상 일이 죽이 끓는지 밥이 넘는지, 통히 모르고 지내는 사람입니다.

미워서 꼬집자면 그렇게 말도 할 수가 없는 건 아니겠지요. 그러나 또, 좋게 보자면, 세상 물욕(物慾)을 초탈한 사람이라고도 하겠지요.

누구 어려운 친척이나 친구가 찾아와서, 아쉰 소리를 할라치면 차마 잡아뗴지를 못하고서 있는 대로 털어 줍니다.

남이 빚 얻어쓰는 데 뒷도장 눌러 주고는 그것이 뒤집혀 집행을 맞기가 일쑵니다.

윤 직원 영감은 몇 번 그런 억울한 연대 채무란 것에 몇 만 원 돈 손을 보던 끝에 이래서는 못쓰겠다고 윤 주사를 처억 준금치산 선고를 시켜 버렸습니다.

그렇지만 그랬다고 쓸 돈 못 쓸 이는 없는 것이어서, 윤 주사는 준금치산 선고를 받은 다음부터는 윤두섭이라는 부친의 도장을 새겨서 쓰곤 합니다.

윤두섭의 아들 윤창식이가 찍은 도장이면 그것이 위조 도장인 줄 알고서도 몇 천 원 몇 만 원의 수형을 받아 주는 사람이 수두룩하고, 차용증서도 그 도장으로 통용이 되니까요.

나중에 일이 뒤집혀지면 윤 직원 영감은 그래도 자식을 인장 위조죄로 징역은 보낼 수가 없으니까, 그런 걸 울며 겨자먹기라더니, 할 수 없이 그 수형이면 수형, 차용증서면 차용증서를 물어 주곤 합니다.

윤 주사 창식 그는 아무튼 그러한 사람으로서, 밤이고 낮이고 하는 일이라고는, 상스럽지 않은 친구 사귀어 두고 술 먹으러 다니기, 활쏘기, 제철따라 승지(勝地)로 유람다니기, 옛 한서(漢書) 모아 놓고 뒤지기, 한시(漢詩) 지어서 신문사에 투고하기, 이 첩의 집에서 술 먹다 심심하면 저 첩의 집으로 가서 마작하기, 그래 도무지 유유자적한 게 어떻게 보면 신선인 것처럼이나 탈속이 되어 보입니다.

물론 첩질이나 하고 마작이나 하고 요정으로 밤을 도와 드나드는 걸 보면 갈데없는 불량자고요.

사람마다 이상한 괴벽은 다아 한 가지씩 있게 마련인지, 윤 주사 창식도 야릇한 편성이 하나 있습니다.

그가 마음이 그렇듯 활협하고, 남의 청을 거절 못하는 인정 있는 구석이 있다는 소문을 듣고서 어느 교육계의 명망 유지 한 사람이 그의 문을 두드린 일이 있었습니다.

소간은 그 명망 유지씨가 후원을 하고 있는 사학(私學) 하나가 있는데, 근자 재정이 어렵게 되어 계제에 돈을 한 일이십만 원 내는 특지가 있으면, 그 나머지는 달리 수합을 해서 재단의 기초를 완성시키겠다는 것이고, 그러니 윤 주사더러 다아 좋은 사업인즉 십만 원이고 이십만 원이고 내는 게 어떠냐고, 참 여러 가지 말과 구변을 다해 일장 설교를 했습니다.

윤 주사는 자초지종 그러냐고, 아 그러다뿐이겠느냐고, 연해 맞장구를 쳐 주어 가면서 듣고 있다가 급기야 대답할 차례에 가서는 한닷소리가,

"학교가 없어서 공부를 못하기보다는 돈이 없어서 있는 학교도 못 다니는 사람이 많지 않습니까?"

하고, 엉뚱한 반문을 하더라나요. 그래 명망 유지씨는 신명이 풀려, 두어 마디 더 이야기를 하다가 돌아갔습니다.

아닌게아니라, 윤 주사는 남의 사정을 쏠쏠히 보아 주는 사람이면서도 공공사업이나 자선사업 같은 데는 죽여라고 일전 한푼 쓰지를 않습니다.

부친 윤 직원 영감은 그래도 곧잘 기부는 하는 셈이지요. 시골서 살 때엔 경찰서의 무도장(武道場)을 독담으로 지어 놓았고, 소방대에다가 백 원씩 오십 원씩 두어 번이나 기부를 했고, 보통학교 학급 증설 비용으로 이백 원 내논 일이 있었고, 또 연전 경남 수재 때에는, 벙어리를 새로 사다가 동전으로 일 원 칠십이 전을 넣어서, 태식이를 주어서, 신문사로 보내서 사진까지 신문에 난 일이 있는 걸요. 그 위대한 사진 말입니다.

그러나 윤 주사 창식은 도무지 그런 법이 없습니다. 영 졸리다 졸리다 못하면, 온 사람을 부친 윤 직원 영감한테로 슬그머니 따보내 버릴망정 기부 같은 건 막무가내로 하지를 않습니다.

속담에, 부자라는 건 한정이 있다고 합니다. 가령 천석꾼이 부자면 천석까지 멱이 찬 뒤엔, 만석꾼이 부자면 만 석까지 멱이 찬 뒤엔, 그런 뒤에는 항상 그 근처에서 오르고 내리고 하지, 껑충 뛰어넘어서 한정없이 불어나가지는 못한다는 그 뜻입니다.

미상불 그렇습니다. 가령 윤 직원 영감만 놓고 보더라도 일 년에 벼로 다가 꼭 만 석을 받은 지가 벌써 십 년이 넘습니다. 그러니 그게 매년 십

만 원씩 아닙니까?

또 현금을 가지고 수형장사(手形割引業)을 해서 일 년이면 이삼만 원씩 새끼를 칩니다.

그래서 매년 수입이 십 수만 원이니 그게 어딥니까? 가령, 세납이야 무엇이야 해서 일반 공과금과 가용을 다아 쳐도 그 절반 오륙만 원이 다아 못 될 겝니다.

그렇다면 그 나머지 오륙만은 해마다 처져서, 십 년 전에 만 석을 받은 백만 원짜리 부자랄 것 같으면, 십 년 후 시방은 일백 오십만 원의 일만 오천 석짜리 부자가 되었어야 할 게 아니겠습니까? 그런데 글쎄, 그다지도 가산 늘리기에 이골이 된 윤 직원 영감이건만 십 년 전에도 만 석, 십 년 후 시방도 만 석……. 그렇습니다그려.

그렇다고 윤 직원 영감이 무슨 취리에 범연해서 그랬겠습니까? 결국 아들 창식이 그런 낭비를 하고 또, 맏손자 종수가 난봉을 부리고, 군수를 목표한 관등의 승차에 관한 운동비를 쓰고 그러는 통에, 재산이 그놈 만 석에서 더 분지를 못하고 답보로——웃을 한 거랍니다.

윤 직원 영감은 가끔 창식의 그런 빚을 물어 주느라고 사뭇 날뛰면서, 단박 물고라도 낼 듯이 호령호령 그를 잡으러 보냅니다. 그러나 창식은 부친이 한 번쯤 불러서는 냉큼 와 보는 법이 없고 세 번 네 번 만에야 겨우, 대령을 합니다.

"야, 이 수언 잡어 뽑을 놈아, 이놈아!……"

윤 직원 영감은 혼자서 실컨 속을 볶다가, 아들이 처억 들어와서 시침을 뚜욱 따고 앉는 양을 보면 마구 속이 지레 터질 것 같아, 냅다 욕이 먼저 쏟아져 나옵니다.

그럴라치면 창식은 아주아주 점잖게,

"아버니두 무슨 말씀을 그렇게 허십니까!……"

하고, 되려 부친을 나무랍(?)니다.

"아, 손자놈들이 다아 장성을 허구, 경손이놈두 전 같으면 벌써 가숙

을 볼 나인데, 그것들이 번연히 듣구 보구 하는 걸 아버니는 노오 말씀
그렇게……."

"아—니, 무엇이 어찌여?"

윤 직원 영감은 고만 더 말을 못합니다. 노상이 아들한테 입 더럽게 놀
린다고 핀잔을 먹은 그것을 부끄러워할 윤 직원 영감이 아니건만 어쩐 일
인지 그는 아들 창식이한테만은 기를 펴지를 못합니다.

혼자서야, 이놈이 오거던 인제 어쩌구저쩌구 단단히 닦달을 하려니 하
고, 꽹장히 벼르지요. 그렇지만 딱 마주쳐서는 첫마디에 기가 죽어 버리
고 되려 꼼짝을 못합니다.

"그놈이 호랭이나 화적보담두 더 무선 놈이라닝개! 천하 무서운 놈이
여!"

윤 직원 영감은 늘 이렇게 아들을 무서운 놈으로 칩니다. 그러니 세상
에 겁할 것이 없이 지내는 윤 직원 영감은 힘으로도 아니요, 아귓심도 아
니요, 총으로 아니면서, 다만 압기(壓氣)로다가 그러나마 극히 유순한
것인데, 그것 하나로다가 그저 꼼짝 못하게 할 수 있는 창식은 미상불 호
랑이나 화적보다 더 무서운 사람일밖에 없는 것입니다.

번번이 그렇게 윤 직원 영감은 꼼짝도 못하고서는 할 수 없이, 한닷소
리가…….

"돈 내누아라, 이놈아!…… 네 빚 물어준 돈 내누아!"

"제게 분재시켜 주실 놈에서 잡아 까시지요!"

창식은 종시 시치미를 떼고 앉아서 이렇게 대답을 합니다.

윤 직원 영감은 그제는 아주 기가 탁 막혀서 씨근버근하다가,

"뵈기 싫다, 이 잡어 뽑을 놈아!"

하고 고함을 치고는 돌아앉아 버립니다.

이래서 결국 윤 직원 영감이 지고 마는 싸움이라도 한 달에 많으면 두
세 번 적어도 한 번쯤은 으레 싸움을 해야 합니다.

이런 빚 조건으로 생긴 싸움이, 아들 창식하고만이 아니라 맏손자 종수

하고도 종종 해야 하니 엔간히 성가실 노릇이긴 합니다.

또 그런 빚을 물어주는 싸움은 아니라도, 윤 직원 영감은 가끔 딸 서울아씨와도 싸움을 해야 합니다. 작은손주며느리와도 싸움을 해야 하고, 방학에 돌아오는 작은손자 종학과도 싸움을 해야 합니다.

며느리 고씨하고는 말할 것도 없고 사랑밭에 있는 대복이나 삼남이와도 싸움을 해야 합니다.

맨 윗어른되는 윤 직원 영감이 그렇게 싸움을 줄창치듯 하는가 하면 일변 경손이는 태식이와 싸움을 합니다.

서울아씨는 올케 고씨와 싸움을 하고, 친정 조카며느리들과 싸움을 하고 태식이와 싸움을 하고, 친정 아버니와 싸움을 합니다.

고씨는 시아버니와 싸움을 하고, 며느리들과 싸움을 하고, 시누이와 싸움을 하고, 다니러 오는 아들과 싸움을 하고, 동대문 밖과 관철동의 시앗집엘 가끔 쫓아가서는 들부수고 싸움을 합니다.

그래서 싸움 싸움 싸움, 사뭇 이 집안은 싸움을 근저당(根抵當)해 놓고 씁니다. 그리고 그런 숱한 여러 싸움 가운데 오늘은 시아버니 윤 직원 영감과 며느리 고씨와의 싸움이 방금 벌어질 켯속입니다.

관전기

고씨는 그리하여, 그처럼 오랫동안 생수절을 하고 살아오다가, 마침내 단산(斷産)할 나이에 이르렀습니다. 여자 아닌 여자로 변하는 때지요.

이때를 당하면 항용 의좋은 부부 생활을 해 오던 여자라도 히스테리라든지 하는 이상야릇한 병증이 생기는 수가 많답니다. 그런 걸 고씨로 말하면, 이십오 년 청춘을 호올로 늙히다가, 이제 바야흐로 여자로서의 인생을 오늘 내일이면 작별하게 되었은즉, 가령 히스테리를 젖혀 놓고 보더라도, 마음이 안존할 리가 없을 건 당연한 노릇이겠지요. 윤 직원 영감의 걸쭉한 입잣대로 하면, 오두가 나는 것도 그러므로 무리가 아닐 겝니다.

그러한데다가 자아, 집안 살림을 맡아서 하니 그 재미를 봅니까. 자식들이래야 다아 장성해서 뿔뿔이 흩어져 살고, 어미는 생각도 않지요.

손자 경손이놈은 귀엽기는커녕, 까불고 앙똥해서 얄밉지요. 남편이래야 남이 아니면 원수지요. 시아버니라는 영감은 패니 못 먹어서 으르렁으르렁 하고, 걸핏하면 짝 찢을 년이네 오두가 나서 그러네 하고 그 욕질이지요.

그러니 고씨도 앉아서 당하고 보면 심술에다가 악밖에 날 게 더 있겠습니까.

그래도 작년 정월 시어머니 오씨가 살아 있을 때까지는 삼십 년 눌러서 살아온 타성으로, 고양이 앞에 쥐같이 찍소리도 못하고 마음으로만 앓고 살았지만, 이제는 그 폭군이 하루 아침에 없고 보매 기는 탁 펴지는데, 그러나 세상은 여전히 뜻과 같지 않으니 불평은 할 수 없이 악으로 변해버리게만 되었던 것입니다.

시어머니가 죽고 없는 뒤로는 집안에서 어른이라면 시아버니 윤 직원 영감 하나뿐이요, 그밖에는 죄다 재하자들입니다.

한데, 그는 윤 직원 영감쯤 망령난 동네 영감태기 푼수로나 보이지, 결단코 시아버니요 위하고 어려워할 생각은 털끝만치도 없습니다.

그러니까 그는 집안의 어른이고 아이고간에 트집거리만 있으면 상관없이 들이대도 싸웁니다.

시방 오늘 저녁만 하더라도, 아까 쪽대문을 열어 놓았다고 윤 직원 영감이 근욕질을 했대서 그 원혐으로다가 기어코 한바탕 화룽도를 내고라야 말 작정으로 그렇게 벼르고 있는 참입니다.

하기야 쪽대문을 열어 놓은 것도 실상 알고 보면, 우정 그런 것이지요. 윤 직원 영감이 보고서 속 좀 상하라구. 그리고 그 끝에 무어라고 욕이나 하게 되면 싸움거리나 장만할 양으로……. 용 못된 이무기 심술만 남더라고, 앉아서 심술이나 부려야 속이나 시원하지요.

어쨌든, 그러나 속이 후련하도록 싸움을 대판거리로 한바탕 해대야만 할 텐데, 이건 암만 도사리고 앉아 들어야, 영감태기가 음충맞게시리 어린 손주며느리더러, 보리밥을 먹으면 애기 밴다는 소리나 하고 있지, 종시 이리로 대고는 무어라고 그 더러운 구습을 놀리는 것 같지가 않습니다.

그렇다고 그냥 참고 말잔즉, 더 부아가 나기도 할뿐더러, 대체 무엇이 대끼며 누가 무서운 사람이 있다고, 그 부아를 참거나 조심을 할 며느리도 없는 것이고 해서, 시방 두 볼이 아무튼 상말로 오뉴월 무엇처럼 추욱 처져 가지고는, 숨결이 시근버근, 코가 벌심벌심, 입이 삐쭉삐쭉 깍지손으로 무르팍을 안았다 놓았다 담배를 비벼 껐다 도로 붙였다 사뭇 부지를 못합니다. 미상불 사람이란 건 싸우고 싶은 때 못 싸우면 더 부아가 나는 법이니까요.

집 안은 안방에서 윤 직원 영감이 태식을 데리고 앉아서 저녁을 먹으면서, 잔소리를 씹느라고 웅얼거리는 소리, 태식이 따그락따그락 째금째금 하는 소리, 그 외에는 누구 하나 기침 한번 크게 하는 사람 없고, 모두 조심을 하느라, 죽은 듯 조용합니다.

바같은 황혼이 또한 소리없이 짙어 가고, 으심치레하던 방 안에는 깜박 생각이 난 듯이 전등이 반짝 켜집니다.

마침 이 전등불을 신호 삼듯, 집 안의 조심스런 침정을 깨뜨리고 별안간, 투덕투덕 구둣발 소리가 안중문께서 요란하더니, 경손이가 안마당으로 들어섭니다.

교복 정모에 책가방을 걸멘 것이, 학교로부터 지금에야 돌아오는 길인가 본데, 이애가 설뺵 그렇게 들어서다 말고 대뜰에 저의 증조부의 신발이 놓인 걸 힐끔 넘겨다보더니, 고개를 움칠 혓바닥을 날름하면서, 발길을 돌려 살금살금 뒤채께로 피해 가고 있습니다.

눈에 띄었자 상 탈 리 없고, 잘못하면 사날 전에 태식을 골탕먹여 울린 죄상으로, 욕이나 먹기 십상일 테라 아예 몸조심을 하던 것입니다.

저는 아무도 안 보거니 했는데 그러나 조모 고씨가 빤히 내다보고 있었습니다. 실상 고씨가 본댔자 영감태기한테 혓바닥을 내미는 건말고 그보다 더한, 주먹질을 해도 상관할 바 아니지만 그러니까 그걸 가려 어쩌자는 게 아닙니다. 그애를 통해 생트집을 잡자는 모양이지요.

"네 이놈 경손아!"

유리쪽으로 내다보고 있던 미닫이를 냅다 벼락치듯 와르르 따악 열어제치면서 집 안이 온통 떠나가게 왜장을 칩니다. 집 안이 모두 놀란 건 물론이지만, 경손은 고만 질겁을 했습니다. 그애는, 증조부 윤 직원 영감이 아니고 아무 상관도 없는 조모가 그렇게 내닫는 게 뜻밖이어서 더욱 놀랐습니다.

그러나 놀란 것은 순간이요, 이내 침착하여, 천천히 돌아서면서,

"네에?"

하고 어엿이 마주 올려다봅니다.

이편은 살기가 사뭇 뚝뚝 듣는데, 저는 아무렇지도 않은 듯이 시침을 뚜욱 따고 서서 도무지 눈도 한번 깜짝 않는 양이라니, 앙똥하기 아닐말로 까죽이고 싶게 밉살머리스럽습니다.

고씨는 영영 시아버니와 싸움거리가 생기지를 않으니까, 아무고 걸리는 대로 붙잡고 큰 소리를 내서, 시아버니의 비위를 건드려서, 그래서 욕이 나오면 어디고야 트집을 잡아 가지고 싸움을 하렸던 것인데, 고놈 경손이놈이 하는 양이 우선 비위에 거슬리고 본즉, 가뜩이나 부아가 더 치밀고, 그렇지만 이판에 부아를 돋우어 주는 거라면 차라리 해롭잖을 판속입니다.

이편, 경손더러 그러나 바른대로 말을 하라면, 집 안이 제한테는 모두 어른이건만, 하나도 사람 같은 것 없고, 그래서 누가 무어라고 하건 조금도 무섭지가 않습니다. 증조부 윤 직원 영감이 그렇고, 대고모 서울아씨가 그렇고, 대부 태식이는 문제도 안 되고, 제 부친 종수나 숙모 조씨가 그렇고, 조부 윤 주사의 첩들이 그렇고, 해서 열이면 아홉은 다아 시쁘고 깔보이기만 합니다.

그래 시방도 속으로는,

'흥! 누구 말마따나, 오두가 났나? 왜 저 모양이구? 암만 그래 보지? 내가 애먼 화풀이를 받아 주나……'

하면서, 제 염낭 다아 수습하고 있습니다.

고씨는 당장 무슨 거조를 낼 듯이, 연하여 높은 소리로,

"네, 이놈!"

하고 한번 더 얼러 댑니다. 그러나 이놈 이놈, 두 번이나 고함만 쳤지, 그 다음은 무어라고 나무랄 건덕지가 없습니다.

허기야 시아버지가 진짓상을 받고 계신데, 며느리된 게, 어디라고 무엄스럽게 문소리 목소리를 크게 내서, 어른을 불안케 했은즉, 응당 영감태기로부터, 어허 그 며느리 대단 괘씸쿠나! 하여, 필연 응전 포고가 올 것이고 그 응전 포고만 오고 보면 목적한 바는 올바로 들어맞는 켯속이니, 고만일 텁니다. 그러나 지금 당장은 저기 저놈, 경손이놈이 사람 여남은 집어삼킨 능청맞은 얼굴을 얄밉살스럽게시리 되들고 서서, 그래 무엇이 어쨌다고 소리나 꽥꽥 지르구 저 모양인구! 할말 있거던 해 보아요? 내 참 별꼴 다아 보겠네!…… 이렇게 속으로 빈정대는 게 아주 번연하니, 썩 발칙스럽기도 하려니 일변 어제 그랬던 한번 개두를 한 이상 뒷갈머리를 못해서야 어른의 위신과 체모가 아니던 것입니다.

"이놈, 너넌 어디 가서 무얼 허니라구 인자사 이러구 오냐?"

고씨는 겨우 꾸짖는다는 게 이겁니다.

거상에 손자놈이 학교를 잘 다니건 말건 공부를 착실히 하건 말건 통히 알은 체도 안해 오던 터에, 오늘 밤이야말고서 갑작스레 그런 소리를 하는 게, 다아 속 알 짓이기는 하지만 다급한 판이니 옹색한 대로 둘러댈 수밖에 없던 것입니다.

"전람회 준비했어요! 그러느라고 학교서 늦었어요!"

경손은 고씨의 말이 떨어지기가 무섭게, 다뿍 시뻐하는 소리로 대답을 해 줍니다. 그때 마침, 그애의 모친 박씨가 당황히 안방에서 나오더니,

조용조용,

"너는 학교서 파하거든 일찍일찍 오지는 않구서, 무슨 해망을 허느라구 이렇게 저물구……. 할머니 걱정허시게 허구 그래!"

하고, 며느리답게 시어머니를 대접하느라, 아들놈을 나무랍니다.

"어머닌 또 무얼 안다구 그래요?"

경손은 버럭, 미어다 붙이듯 제 모친을 지천을 하는데 그야 물론 조모 고씨더러 배채란 속이지요.

"……전람회 준비 때문에 학교서 늦었단밖에 어쩌라구 그래요? 왜 속두 몰라 가지구들 그래요?"

"아, 저놈이!"

"가만 있어요, 어머닐랑……. 대체 집에 들앉인 부인네들이 무얼 안다구 그래요?…… 내가 이 집에선 제일 어리니깐 만만헌 줄 알구, 그저 속 상한 일만 있으믄 내게다가 화풀일 허러 들어! 왜 그래요? 왜?…… 괘—니 나인 어려두 인제 이 집안에선 매앤 어른될 사람이라우, 나두……, 왜 걸핏하면 날 잡두리우? 잡두리가……, 어림없이!……"

한마디 거칠 것 없이, 굽힐 것 없이, 쾰쾰히 멋스려 댑니다.

"아, 이녀석아!……"

저의 모친 박씨가 목소리를 짓눌러 가면서 나무라다 못해 때려라두 주려고 달려 내려올 듯이 벼르는 것을, 그러나 경손은 본 체 만 체, 쾅당쾅당 요란스럽게 발을 구르면서 뒤꼍으로 들어갑니다.

"흥! 잘은 되야 먹는다, 이놈의 집구석……."

고씨는 차라리 어처구니가 없다고 혀를 끌끄을 차다가 미닫이를 도로 타악 닫치면서 구느름이 나오기 시작합니다.

"잘 되야 먹어! 이마빡으 피두 안 마른 것두 으런이 무어라구 나무래 먼 천장만장 떠받구 나서기버틈 허구!…… 흥! 뉘놈의 집구석 씨알머리라구, 워너니 사람 같은 종자가 생길라더냐!"

이 쓸어넣고 들먹거려 하는 욕이 고씨의 입으로부터 떨어지자마자, 마

침내 농성(籠城)코 나지 않던 적(敵)은 드디어 성문을 좌우로 크게 열고
(—가 아니라) 안방 미닫이를 벼락치듯 열어제치고, 일원 대장이 투구철
갑에 장창을 비껴들고(—가 아니라—) 성이 치다른 윤 직원 영감이 필경
싸움을 걸어 맡고 나서는 것입니다.

실상 윤 직원 영감은 저편이 싸움을 돕는 줄을 몰랐던 건 아닙니다. 다
아 알고서도, 얼마나 하나 보자고 넌지시 늦추 잡도리를 하느라, 고씨가
처음 꽥 소리를 칠 때도 손주며느리와 딸을 건너다보면서,

"저 짝 찢을 년은 왜 또 지랄이 나서 저런다냐?"
하고 입만 삐죽거렸습니다.

서울아씨는 친정 아버니를 따라 입을 삐죽거리고 두 손주며느리는 고개
를 숙이고 있다가 박씨만 조심조심, 경손을 나무라느라고 마루로 나오고
경손이가 온 줄 안 태식은 미닫이의 유리로 밖을 내다보다가 도로 오더
니,

"압바, 압바, 저 경존이 잉? 깍쟁이 자직야, 잉? 아주 엠병헐 자식이
야!"
하고 떠듬떠듬 말재주를 부리고 했습니다.

"아서라! 어디서 그런……."

"잉? 압바. 경손이 깍쟁이 자직야. 도족놈의 자식야, 잉? 압바, 그
치?"

"아서어! 그런 욕허먼 못 쓴다!"

윤 직원 영감은 이 유중한 막내둥이를 나무란다고 하기보다도 말재주가
늘어가는 게 신통하서 빙그레니 웃고 있었습니다.

두 번째 건너방에서 고씨의 목소리가 들렸을 때도 윤 직원 영감은 딸과
작은손주며느리를 번갈아 건너다보면서 혼잣말을 하듯이, 저년이 또 오
두가 나서 저러느니, 서방한테 소박을 맞고 지랄이 나서 저러느니, 원체
쌍놈 아전의 자식이요, 보고 배운 데가 없어 저러느니 하고, 고씨더러 노
상 두고 하는 욕을 장하듯 내씹고 있었습니다.

하다가 필경 전기(戰機)는 익어, 마침내 고씨의 입으로부터 집안이 어떻다는 둥, 뉘놈의 씨알머리가 어떻다는 둥, 가로로는 온집안을 세로로는 신주 밑구멍까지 들먹거리면서, 근욕질이 쏟아져 나왔고, 그리하여 윤 직원 영감은 기왕 받아 주는 싸움에, 이런 고패를 그대로 넘길 묘리가 없는 것이라, 드디어 결전을 각오했던 것입니다.

"아—니, 야—야?……"

미닫이를 타앙 열어제치고 다가앉은 윤 직원 영감은 그러기 전에 벌써 밥 먹던 숟갈은 밥상 귀퉁이에다가 내동댕이를 쳤고요.

"너, 잘 허녕 건 무엇이냐? 너, 잘 허녕 건 대체 무엇이여? 어디 입이 꽝지리(광주리) 구녁 같거던 말 좀 히여 부아라? 말 좀 히여 부아?"

집 안이 떠나 가게 소리가 큽니다. 몸집이 크니까 소리도 클 거야 당연하지요.

이렇게 되고 보면 고씨야 기다리고 있던 판이니 어련하겠습니까.

"나넌 아무껏두 잘못한 것 읍서라우! 파리 족통만치두 잘못한 것 읍서라우! 팔짜가 기구히여서 이런 징글징글헌 집으루 시집 온 죄백게넌 아무 죄두 읍서라우! 왜, 걸신허먼 날 못 잡어먹어서 응을거리여? 삼십 년 두구 종질히여 준 보가품으루 그런대여? 머 내가 살이 이렇게 쪘으닝개루 소찡(素症)이 나서, 괴기라두 뜯어먹을라구? 에이! 지긋지긋히라! 에이 숭악히라."

신사(또는 숙녀)적으로 하는 파인 플레이라 그런지 어쩐지 몰라도, 하나가 말을 하는 동안 하나가 나서서 가로막는 법이 없고, 한바탕 끝이 난 뒤라야 하나가 나서곤 합니다.

"옳아! 참 잘 헌다! 참 잘 히여. 워너니 그게 명색 며누리 체껏이 시애비더러 허넌 소리구먼? 저두 그래, 메누리자식을 둘씩이나 얻어다 놓구, 손자자식이 쉬염이 나게 생겼으면서, 그래, 그게 잘 허넌 짓이여?"

"그러닝개루 징손주까지 본 이가 그래, 손자까지 본 메누리넌더러 육장, 짝 찢을 년이래, 오두가 나서 싸—돌아댕기네 허구, 구십을 놀리너만? 그건 잘 허넌 짓이구만? 똥 묻은 개가 저 (겨) 묻은 개 나무래지!"

"쌍년이라 헐수웂서! 천하 쌍놈, 우리게 판떡이 아전 고중평이 자식이 워너니 그렇지 별 수 있것냐!"

"아이구! 그, 드럽구 밉살스런 양반! 그런 알량한 양반허구넌 안 바꾸어…… 양반, 흥!…… 양반이 어디 가서 모다 급살맞어 죽구 읍덩감만…… 대체 은제쩍버텀 그렇게 도도한 양반인고? 읍내 아전덜한티 잽혀가서 볼기 맞으면서 소인 살려 줍시사! 허던 건 누군고? 그게 양반이여? 그 밑구녁 들칠수록 구린내만 나너만."

아무리 아귓심이 세다 해도 본시 남자란 여자의 입심을 못 당하는 법인데, 가뜩이나 이렇게 맹렬한 육탄(―아닌 언탄―)을 맞고 보니, 윤 직원 영감으로는 총퇴각이 아니면, 달리 기습이나 게릴라 전술을 쓸 수밖엔 별 도리가 없습니다.

사실, 오늘의 이 싸움에 한하면, 자기따나 입이 광주리 구멍 같아도, 고씨가 그쯤 들이 폭로를 시키는 데야 꼼짝 못하고 되잡히게만 경위가 되어 먹었습니다.

그러니 가장 좋은 도리는, 전자에 그의 부인 오씨가 하던 법식으로 냅다 달려들어 며느리의 머리끄덩이를 잡지르고 방망치 같은 걸로 능장질을 했으면야 효과가 훌륭하겠지요.

그러나 그놈 시어머니라는 머자와 시아버지라는 버자와 획 하나 덜하고 더하고 한 걸로, 시아버지는 시어머니처럼 며느리를 때려 주지는 못하게 마련이니, 그 법을 그다지 야속스럽게 구별해 논 자, 삼대를 빌어먹을지라고, 윤 직원 영감으로는 저주하지 않을 수가 없습니다.

"야, 이놈, 경손아!"

육집이 큰 보람도 없이 뾰족하니 몰린 윤 직원 영감은 마침내 마루로 쿵하고 나서면서 뒤채로 대고 소리를 지릅니다.

경손은 제 방에서 감감하게 대답을 하나, 윤 직원 영감은 들었는지 못 들었는지, 연해 소리소리 외칩니다.

한참 만에야 경손이가 양복고읫바람으로 가만가만 나와서 한옆으로 비켜섭니다.

"너 이놈, 시방 당장 가서, 네 하래비 불러 오니라. 당장 불러 와!"

"네에."

"요새 시체넌 거, 이혼이란 것 잘덜 헌다더라, 이혼……, 이놈 오널 저녁으루 담박 제 지집을 이혼을 안 히였다 부아라! 이놈을 내가……."

과부댁 종놈은 왕방울로 행세한다더니, 윤 직원 영감은 며느리 고씨와 싸우다가 몰리면 이혼하라고 할 테라고, 아들 창식을 불러 오라는 게 유세통입니다.

그러나 부르러 간 놈한테 미리 소식 다아 듣는 윤 주사는 따고 안 오기가 일쑤요, 몇 번만에 한 번 불려와선, 네에 내일 수속하지요, 하고 시원히 대답은 해도, 그 자리만 일어서면 죄다 잊어버려 버립니다. 그래도 좋게시리 윤 직원 영감은 그 이튿날이고 이혼수속 재촉을 하는 법이 없으니까요.

"아, 이눔, 방금 가서 불러 오던 않구, 무얼 뻐언허구 섰어?"

윤 직원 영감은 주춤거리고 섰는 경손이더러 호통을 합니다.

경손은 그제서야 대답을 하고 옷을 입으러 가는 체, 뒤꼍으로 들어갑니다. 눈치 보아 가면서 밖으로 나갔다가 들어오는지, 무엇하면 그냥 잠자코 있다가 넌지시 입을 씻고 말든지, 없어서 못 데리고 왔다고 하든지, 할 요량만 대고 있으니까 별로 힘드잘 것도 없는 노릇입니다.

"두구 보자!……"

윤 직원 영감은 마루가 꺼져라고 굴러 디디면서 대뜰로 내려섭니다.

"두구 부아, 어디……, 내가 그새까지넌 말루만 그릿지만, 인지 두구 부아라. 저허구 나허구 애비자식 천륜을 끊든지, 지집을 이혼을 허든지 좌우양단간 오널 저녁 안으루 요정을 내구래야 말 터닝개루……, 두구 부아!"

윤 직원 영감은 얼르면서 구르면서 사랑으로 나가고 고씨는 그 뒤꼭지에다 대구, 제―발 좀 그럽시사고, 이혼을 한다면 누가 무서워서 서얼설기고 어엉엉 울 줄 아느냐고 퀼퀼스럽게 받아넘깁니다.

이래서 시초 없는 싸움은 또한 끝도 없이 휴전이 되고, 각기 장수가 진지(陣地)로부터 퇴각을 하자, 집 안은 다시 평화가 회복되었습니다.

모두들 태평합니다.

계집종인 삼월이는 부엌에서 행랑어멈과 같이서 얼추 설거지를 하고 있고, 행랑아범은 안팎 아궁이를 찾아다니면서 군불을 조금씩 지피고 그 나머지 식구들은 고씨만 빼놓고 다아 안방으로 모여 저녁밥을 시작합니다.

서울아씨, 두 동서, 경손이, 태식이, 전주댁, 이렇습니다. 그들은 아무도 금방 일어났던 풍파를 심려한다든가 윤 직원 영감이 저녁밥을 중판멘 것을 걱정한다든가, 고씨가 밥상을 도로 쫓은 걸 민망히 여긴다든가 할 사람은 하나도 없고, 따라서 아무도 입맛이 없어 밥 생각이 안 날 사람도 없습니다.

다만 먼저의 싸움의 입가심같이 그 다음엔 조그마한 싸움 하나가 벌어집니다.

태식이가 구경에 세마리가 팔렸다가 싸움이 끝이 나니까 다시 밥 시작을 하는데, 마침 경손이가 툭 튀어들더니 윤 직원 영감이 앉았던 자리에 털썩 주저앉아서는, 두말 않고 그 숟갈로 그 밥을 퍼먹습니다.

태식은 이 깍정이요 도둑놈인 경손이가 아빠의 숟갈로 아빠의 밥을 먹어 대는 게 밉기도 하려니와 또, 맛있는 반찬을 뺏길 테니 그래저래 심술이 나지 않을 수가 없습니다.

"히잉, 우리 압바 밥야!"

태식은 밥숟갈을 둘러메는 것이나, 경손은 거들떠보지도 않고서,

"왜 이 모양야! 밥그릇에다가 문패 써 붙였나?"

하고 놀려 줍니다.

"히잉, 깍쟁이!"

"무어 어째?…… 잠자쿠 있어. 괘―니……."

"히잉, 도족놈!"

"아, 요게! 병신이 지랄해요! 대갈쟁이가……."

"깍쟁이! 도족놈!"

"가만 둬 두니깐!…… 저거 봐요! 수깔을 들러메믄 제가 누굴 때릴 텐가? 요것 하나 먹구 싶어? 요것……."

"저애가……, 경손아……."

경손이가 주먹을 쥐어 밥상 너머로 얼러대는 걸, 마침 저의 모친 박씨가 들어서다가 보고 깜짝 놀래던 것입니다.

"병신이 패—니 지랄허니깐 나두 그러지!…… 내 이름이 깍쟁이구 도독놈이구, 그런가? 머……."

"아따, 그런 소리 좀 들으믄 어떠냐? 잠자쿠 밥이나 먹으려무나."

"이 병신, 다시 그따위 소릴 해 봐? 죽여 놀 테니깐……."

"저 녀석이 말래두, 안 듣구서……. 너 그러다간 큰사랑 할아버지께 또 꾸중 듣는다."

"피이! 무섭잖아."

"하는 소리마다 너 그렇게 버릇없이 굴믄 귀양 간다!…… 귀양 ……."

"곤충 채집하구, 수영하구, 등산하구, 실컷 놀다가 도루 오지, 무슨 걱정이우?"

서울아씨가 손을 씻으면서 방으로 들어오다가 태식이가 여태 밥상을 차고 앉아, 그러나마 먹지도 않고 이증이 나서 엿가래 같은 코를 훌쩍거리고 있는 것을 보고는 상을 잔뜩 찌푸립니다.

"누나!"

"왜 그래?"

역성이나 들어 줄 줄 알고 불러 본 것이, 대구 쏘아 버리는 이제는 울기라도 해서 아빠를 불러 내는 수밖에 없습니다.

과연 태식은 입이 비죽비죽 얼굴이 움질움질하는 게 방금 아앙하고 울음이 터질 시초를 잡습니다.

만약 태식을 울려 놓고 보면 큰일입니다. 약간 아까 고씨와 싸우던 그따위 풍파가 아니고, 온통 집 한 귀퉁이가 무너나게시리 벼락이 내릴 판이니까요. 윤 직원 영감은 다른 잘못도 잘 용서를 않지만 그중에도 누구든지 태식을 울린다든가 하는 죄는 단연 용서를 하지 않던 것입니다.

"어서 밥 먹어라. 밥 먹다가 이짐 쓰구 그러면 못써요!"

서울아씨는 할 수 없이 목소리를 눅혀 살살 달랩니다. 박씨도 코를 씻어 주면서 경손이더러 눈을 끔적끔적 합니다.

"대부 할아버지!……"

경손은 눈치를 채고서 빈들빈들 버엉떼엥, 엎어 삶느라고…….

"……어서 진지 잡수! 그리구 대부 덕분에 손자두 이런 존 반찬 좀 얻어먹어예지 응? 할아버지……, 우리 대부가 참 착해, 그렇지 대부……."

파계를 따지자면 열다섯 살 먹은 경손은 같은 열다섯 살 먹은 태식의 손자요, 태식은 경손의 할아버지. 갈 데 없습니다. 일가 망한 건 항렬만 높단 말로, 눙치고 넘기자니, 차라리 이 조손 관계(祖孫關係)는 비극이라 함이 옳겠습니다.

쇠가 쇠를 낳고

사랑방에는 언제 왔는지 올창이 석서방이, 과시 올창이같이 토옹통한 배를 안고 웃목께로 오도카니 앉아 있습니다.

시쳇말로는 뿌로커요 윤 직원 영감 밑에서 거간을 해 먹는 사람입니다.

돈도 잡기 전에 배 먼저 나왔으니 갈 데 없이 근천스런 ×배요 납작한 체격에 형적도 없는 모가지에, 다아 올창이 별명 타자고 나온 배지 별게 아닐 겝니다.

"진지 잡수셨습니까?"

올창이는 오꼼 일어서면서 공순히, 그러나 친숙히 인사를 합니다.

윤 직원 영감은 속으로야, 이 사람이 저녁에 다시 온 것이 반가울 일이 있어서, 느긋하기는 해도 짐짓,

"안 먹었으면 자네가 설넝탱이라두 한 툭배기 사 줄라간디, 밥 먹었냐구 뭇넝가?"

하면서, 탐탁찮아하는 낯꽃으로 전접스런 소리를 합니다.

"아, 잡수시기만 하신다면야, 사 드리다뿐이겠습니까……."

생김새야 아무리 못생겼다 하기로서니, 남의 그런 낯꽃 하나 여새겨볼 줄 모르며 그런 보비위 하나 할 줄 모르고서, 몇 천 원 더러는 몇 만 원 거간을 서 먹노라 할 위인은 아닙니다.

옳지, 방금 큰 소리가 들리더니 정녕, 안에서 무슨 일로 역정이 난 끝에 밥도 안 먹고 나오다가 그 화풀이를 걸리는 대로 나한테 하는 속이로구나, 이렇게 단박 눈치를 채고는 선뜻 흠선을 피우면서, 마침 윤 직원 영감이 발이나 넘는 장죽에 담배를 재어 무니까 냉큼 성냥을 그어 댑니다.

"그렇지만 어디 지가 설마한들 설렁탕이야 사 드리겠어요! 참 하다못해 식교자라두 한상……."

"체에! 시에미가 오래 살먼 구정물통으(개숫물통에) 빠져 죽넌다더니, 내가 오래 사닝개루 벨일 다아 만헌랑개비네! 인재 넌 오래간만으 목구녁의 때 좀 벳기넝개 비다!"

윤 직원 영감 입에서는 담배연기가 피어 올라 자욱하니 연막을 치고, 올창이는 팽팽한 양복가랑이를 펴면서, 도사렸던 다리를 퍼근히 하고 저도 마코를 꺼내서 붙입니다.

"온 영감두!…… 지가 영감 식교자 한상 채려 드리기루서니 그게 대단하다구, 그런 말씀을……."

"글시 이사람아, 말만 그렇지, 어따 저어 상말루, 줄 뜻 줄 뜻허면서 안 주더라구, 말만 그렇게 하지 말구서 한상 처억 좀 시켜다 주어 보소?

늙은이 괄세넌 하여두 아덜 괄세넌 안 넌다데마넌, 늙은이 대접두 더러 히여야 젊은 사람이 복을 받구 하넌 법이네. 그렇잖잉가? 이사람…….”

윤 직원 영감은 히죽이 웃기까지 하는 것이, 방금, 그다지 등등하던 기승은 그새 죄다 잊어버린 모양으로 아주 태평입니다. 워낙 그도 그래야 할 것이, 만약 그 숱해 싸움을 싸움하는 족족 오래 두고 화가 풀리지 않을래서야, 사람이 지레 늙을 노릇이지요.

“아—니 머 빈 말씀이 아니라…….”

올창이는, 금세 일어나서 밖으로 나갈 듯이 뒤를 들먹들먹합니다.

“시방이라두 나가서 무어 약주 안주나 될 걸루 좀 시켜 가지구 오지요. 전화루 시키면 곧 될 테니깐두루……. 정녕 저녁진질 안 잡수셨어요? 그러시다면 그 요량을 해서…….”

“헤헤 엣다! 참, 옆 질러 절 받기라더니, 야 이사람 그런 하넌 첼랑 그만히여 두소. 자네가 암만 히여두 딴 요량쨍이 있어 각구서 시방 그러넌 속, 나두 알구 있네!”

“네? 딴 요량요? 온, 천만에!”

“아까 아참나잘에 와서 이애기하던 그 조간 때미 그러지 응?”

“아니올시다, 온!…… 그건 그거구 이건 이거지, 어쩌면 절 그런 놈으루만 치질 하십니까! 허허허.”

“그러구저러구 간으, 그건 아침에 말한 대루 이화리(二割引) 아니구넌 안 되니 그렇게 알소 잉?”

윤 직원 영감은 정색을 하느라고 담뱃대를 입에서 뽑고 올창이도 다가앉을 듯이 앉음새를 도사립니다.

“그렇잖아두 허긴 그 사람 강쐴 방금 또 만나구 오는 길인데요……, 그래 그 말씀두 요정을 내구 허기는 해야겠습니다마는…….”

“그럼 이화리 히여서라두 쓴다구 그러덩가?”

“그런데 거, 이번 일은 제 얼굴을 보시구서라두 좀 생각해 주셔야 하겠습니다!”

"생각이라 께 별것 있넝가? 돈 취히여 주넝 것이지."

"물론 주시긴 주시는데, 일 할(一割)만 해 주세요!"

"건, 안 될 말이래두!"

"온, 자꾸만 그리십니다! 칠천 원짜리 삼십 일 수형에 일 할이라두 자아, 보십시오. 선변을 제하시니간 육천삼백 원 주시구서 한달 만에 칠백 원을 얹어서 칠천 원으루 받으시니 그만해두 그게 어딥니까?…… 아무리 급한 돈이래두 쓰는 사람이 생각하면 하늘이 내려볼까 무섭잖겠어요?…… 그런 걸 글쎄 이 할이나, 허자시니!"

"허! 사람두!…… 이사람아, 돈이 급허먼 급할수록 다아 요긴허구, 그만침 갭이 나갈 께 아닝가? 그러닝개루 변두 더 내구서 써야지?"

"그렇더래두 영감 말씀대루 허자면 칠천 원 액면에 오천육백 원을 쓰구서 한달 만에 일천사백 원 이자를 갚게 되니, 돈 쓰는 사람이 억울하잖겠습니까?"

"억울허거던 안 쓰면 구만이지?…… 머, 내가 쓰시요오 쓰시요 허구 쫓아아 댕김서 억지루 처매긴다덩가? 그사람 참!"

윤 직원 영감은 이렇게 배부른 홍정으로 비스듬히 드러누우려고는 하지만, 올창이의 말이 아니라도, 육천삼백 원에 한달 이자 칠백 원이 어디라고, 이 거리를 놓치고 싶지는 않습니다.

에누리를 하는 셈이지요. 해서 이 할을 뗄 수 있으면 더할 나위 없고, 눈치 보아서 일 할 오 부로 해 주어도 괜찮고, 저엉 무엇하면 일 할이라도 그리 해롭지는 않고……. 그게 그러나마 달리 융통을 시켜야 할 자본일세 말이지, 은행의 예금장에서 녹이 슬고 있는 돈인걸, 두고 놀리느니 보담이야 이문이 아니냔 말입니다.

"영감이 무가내루 이 할만 떼신다면, 아마 그 사람두 안 쓰기 쉽습니다……."

올창이는 역시 윤 직원 영감의 배짱을 아는 터라, 마침내 이렇게 슬그머니 한번 덜미를 눌러 놓습니다. 그리고는 한참 있다가, 다시……

"그러니 자아 영감, 그러구저러구 하실 것 없이, 일 할 오 부만 하시지요……. 일 할 오 부라두 일칠은 칠, 오칠 삼십오허구, 일천오십 원입니다!"

"아—니 이사람, 자네는 내 밑에서 거간 서구 내 덕에 사넌 사람이 육장 그저 내게다가 해만 뵐라구 드넝가?"

"온 참! 그게 손해 끼쳐 디리는 게 아닙니다! 일을 다아, 되도록 마련하자니깐 그리지요. 상말루, 싸움은 말리구 홍정은 붙이라구 않습니까? 그런데 그게 남의 일이라두 모를 텐데 항차 영감의 일인걸……."

"아따, 시방 허넌 소리가!…… 야 이사람아, 구문이 안 생겨두 자네가 시방 이러구 댕길 팅가?"

"허허, 그야……, 허허허. 허 그런데 참 구문이라니 말씀이지, 저두 구문만 많이 먹기루 들자면 할이가 많은 게 좋답니다. 그렇지만 세상 일을 어디 그렇게 제 욕심대루만 할래서야 됩니까?"

"이사람아, 그런 소리 말소. 욕심 없이 세상 살라다가넌 제 창사구(창자) 뽑아서 남 주어야 허네!"

"것두 옳은 말씀은 옳은 말씀입니다……. 그런데 자아, 어떻게 하실렵니까? 제 말씀대루 일 할 오 부만 해서 주시요? 네?"

"아이 모르것네! 자네 쇠견대루 허소!"

"허허허허. 진즉 그리실 껄 가지구……. 그럼 내일 당자 강썰 데리구 올 텐데, 어느만 때가 좋을는지?…… 내일 은행 시간까진 돈을 써야 할 테니깐요."

"글시……, 대복이가 와야 헐 턴디. 오늘 저녁에 온댔으닝개 오기넌 올 것이구, 오머넌 내일 아무 때라두 돈이사 주것지만 자리넌 실수 없을 자리것다?"

"그야 지가 범연하겠습니까? 아따, 만창 상점이라구, 바루 저 철물교 다리 옆입니다. 머 그 사람이 부량자루 주색잡기 하느라구 쓰는 돈이 아니구, 내일 해전으루다가 은행에 입금을 시켜야만 부도가 안 나게 생겼다

군요!…… 글쎄 은행에서들 돈을 딱 가두어 놓군 돌려 주질 않기 때문에, 너나 할 것 없이 모두 죽는 소립니다!…… 그러나저러나간에 이 사람 강씬 아무 염려 없구요. 다아 조사해 보시면 아시겠지만…….”

“내사 무얼 알 것녕가마는…….”

윤 직원 영감은 담뱃대를 놓고 일어서더니, 벽장 속에서 조선 백지로 맨 술 두꺼운 장부(?) 한 권을 찾아 냅니다.

이것이 대복이의 주변으로, 종로 일대와 창안 배오개 등지와 그밖에 서울 장안의 들믓들믓한 상고들을 뽑아 신용 정도를 조사해 둔 블랙리스트입니다.

신용이라도 우리네가 보통 말하는 신용이 아니라, 가산은 통 얼마나 되는데 갚을 빚은 얼마나 되느냐는 그 신용입니다.

이걸 만들어 놓고, 대복이는 날마다 신문이며 홍신내보(興信內報)며 또는 소식 같은 걸 참고해 가면서 그들의 신용의 변동에 잔주(註解)를 달아 놓습니다.

그러니까 생기기는 아무렇게나 백지로 맨 한 권의 문서책이지만, 척 한 번 떠들어만 보면, 어디서 무슨 장사를 하는 아무개는 암만까지는 돈을 주어도 좋다는 것을 휑하니 알 수가 있는 것입니다.

윤 직원 영감은 시골 사람, 그중에도 부랑자가 돈을 쓴다면, 으레 매도 계약까지 첨부한 부동산을 저당 잡고래야 돈을 주지만, 시내에서 장사하는 사람들한테는 대개 수형을 받고서 거래를 합니다. 그는 수형의 효험과 위력을 잘 알고 있으니까 안심을 합니다.

세상에 수형처럼 빚 쓴 사람한테는 무섭고 빚 준 사람한테는 편리한 것이 없답니다. 기한이 지나기만 하면 거저 불문곡직하고 수형 액면에 쓰인 만큼 차압을 해서 집행 딱지를 붙여 놓고는 경매를 한다나요.

가령 그게 사기에 걸린 돈이라고 하더라도 수형이고 보면 안 갚고는 못 배긴다니 무섭잖고 어쩌겠습니까.

윤 직원 영감은 이 편리하고도 만능한 수형장사를 해서 매삭 이삼만 원씩 융통을 시키고 그 이문이 적어도 삼천 원으로부터 사천 원은 됩니다.

일 할 이상 이 할까지나 새끼를 치는 셈이지요.

송도 말년(松都末年)에는 쇠가 쇠를 먹었다고 합니다. 그러던 게 지금은 다아 세태가 바뀌고 을축 갑자(乙丑甲子)로 되는 세상이래서 그런 것도 아니겠지만, 쇠가 쇠를 낳기로 마련이니, 그건 무슨 징조일는지요.

아무튼 그놈 돈이란 물건이 저희끼리 목족(睦族)은 무섭게 잘 하는 놈인 모양입니다. 그렇길래 자꾸만 있는 데로만 모이지요?

윤 직원 영감은 허리에 찬 풍안집에서 풍안을 꺼내더니, 그걸 코허리에다가 처억 걸치고는 그 육중한 자가용 홍신록을 뒤적거립니다.

올창이는 인제 일이 거진 성사가 되었대서 엔간치 마음이 뇌는지, 담배를 피워 물고 앉아서는 하회를 기다립니다.

윤 직원 영감은 만창상회의 강 무엇이를 찾아 내어 대강 입구구를 따져본 결과, 빚이 더러 있기는 해도, 아직 칠팔천 원은 말고 이삼만 원쯤 돌려 주어도 한 달 기간에 낭패가 생기지는 않을 만큼 저엉정한 걸 알았습니다.

"거 원, 우선 내가 뵈기는 괜찮얼 상부루네마는……."

윤 직원 영감은 이쯤 반승낙을 하고는 장부를 도로 벽장에다가 건사하고 풍안을 코끝에서 떼어 내고, 그리고서 담뱃대를 집어 물면서, 자리에 앉습니다. 아까 먼젓번에 한 승낙은 말은 없어도 신용 조사에 낙방이 안 돼야만 돈을 준다는 얼승낙이요, 이번 것이 진짜 승낙한 보람이 날 승낙이던 것입니다.

그러나 이러이러하네마는 하고 그 마는이 붙었으니 온승낙이 아니고 반승낙인 것입니다. 대복이가 없으니까 그와 다시 한 번 상의를 할 요량이지요. 그래서 혹시 대복이가 불가하다고 한다든지 하면, 말로만 반승낙을 했지 무슨 계약서라도 쓴 게 아니고 한즉 이편 맘대로 자빠져 버리면 고만일 테니까요.

"그러면……."

올창이는 윤 직원 영감의 그 마는이라는 말끝을 덮어씌우느라고 다시금 다지러 듭니다.

"내일 은행 시간 안으루는 실수 없겠죠?"

"글시, 우선은 그러기루 히여 두지."

"그래서야 어디 저편이 안심을 하나요? 영감이 주장이시니깐 영감이 아주 귀정을 지어서 말씀을 해 주서야, 저 사람두 맘놓구 있지요!"

"그렇기두 허지만, 실상 이사람아, 자네두 늘 두구 보지만 내사 무얼 아넝가?…… 대복이가 다아 알아서 이러라구 하먼 이러구, 저러라구 하먼 저러구 하지. 괜스레 속두 잘 모르구서 돈 그까짓껏 일천오십 원 얻어 먹을라다가, 웬걸 일천오십 원이나마나 혼자 죄다 먹간디? 자네 구문 일 백오 원 주구 나먼 천 원두 채 못 되닝 것 그것 먹자구 잘못 허다가 내 생 돈 육천 원 업어다 난장 마치게?"

"글쎄 영감! 자리가 부실한 자리면 지가 애초에 새에 들질 않는답니 다. 그새 사오 년 지간이나 두구 보시구서두 그리십니까? 언제 머 지가 천거한 자리루 동전 한푼 허실한 일이 있습니까?"

"아는 질두 물어서 가랬다네. 눈 뜨구서 남의 눈 빼 먹넌 세상인 종 자네두 알면서 그러넝가?"

"허허허허. 영감은 참 만 년 가두 실수라구는 없으시겠다! 다아 그렇게 전후를 꼭꼭 재 가면서 일을 하서야 실수가 없긴 하지요……. 그럼 아무튼지 대복이가 오늘루 오긴 오죠?"

"늦더래두 올 것이네."

"그럼, 대복이만 가한 양으로 말씀하면 돈은 내일루 실수 없으시죠?"

"그럴 터지."

"그러면 아무려나 내일 오정때쯤 해서 당자 강씰 데리구 오지요……. 좌우간 그만해두 한시름 놓았습니다. 허허……."

"자네넌 시언한가 부네마넌 나는 돈천이나 더 먹을 껄 못 먹은 것 같아서 섭섭허네!"

"허허허허, 그럼 이담에나 들무웃한 걸 한자리 해 오지요……. 가만히 계십시오. 수두룩합니다. 은행에서 돈을 안 내주기 때문에 거얼걸들 합니다. 제일 죽어 나는 게 은행돈 빚 얻어다가는 땅장수니 집장수니 하던 치들인데, 머 일 보 사오십 전이라두 못 써서 쩔 맵니다!"

"이 판에 누가 일 보 오십 전 받구 빚을 준다덩가? 소불하 일 원은 받어야지……. 주넌 놈이 아순가? 쓰넌 놈이 아수닝개로 그거라두 걷어쓰지……."

윤 직원 영감은 요새 새로 발령된 폭리 취체 속을 도무지 모릅니다. 그러나 안다고 하더라도 이미 십 년 전부터 벌써 법이 금하는 고패를 넘어서 해 먹는 돈장사니까, 시방 새삼스럽게 폭리 취체쯤 무서울 것도 없으려니와, 좀 까다랍겠으면 다아 달리 이러쿵저러쿵하는 수가 얼마든지 있은즉 만날 떵그렁입니다.

"그러면 그 일은 그렇게 허기루 허구……."

올창이는 볼일 다아 보았으니, 선뜻 일어설 것이로되, 그러나 두고 두고 뒷일을 좋도록 하자면, 이런 기회에 듭신 보비위를 해야 하는 것인 줄을 자알 알고 있습니다.

"……그런데, 정녕 저녁진질 아니 잡수셨습니까?"

"먹다가 말았네! 속상히여서……."

윤 직원 영감은 그새 잊었던 화가 그 시장기로 해서 새차비로 비어지던 것이고, 그래 재떨이에 담배 터는 소리도 절로 모집니다.

"거 온, 그래서 어떡허십니까! 더구나 연만하신 노인이!"

"그러닝개 그게 다아 팔짜라네!"

또 역정을 낼 줄 알았더니 그런 게 아니고 방금 아무 근심기 없던 얼굴이 졸지에 해질 무렵같이 흐려들면서, 음성은 풀기 없이 가라앉습니다.

"내가 이사람아, 나락으루 해마닥 만 석을 추수를 받고, 돈으루두 몇만 원씩을 차구 앉았던 사람인디, 아 그런 부자루 앉어서 글시, 가끔 이렇기 끄니를 굶네그려! 으응?……"

과연 일 년 추수하는 쌀만 가지고도 밥을 해 먹자면 백 년 천 년을 배불리 먹고도 남을 테면서, 그러나 이렇게 배 고픈 때가 있으니, 곰곰이 생각을 하면 한심하여 팔자 탄식이 나오기도 할 겝니다.

"여보게 이사람아!…… 아 자네버텀두 날더러 팔짜 좋다구 그러지? 그렇게 다아 날더러 호팔짜라구 그러더니……. 그렇지만 이사람아, 팔짜가 존 게 다아 무엇잉가! 속 모르구서 괜스레 허는 소리지……. 그저 날 같언 사람은 말이네, 그저 도둑놈이 노적(露積)가리 짊어져 가까버서 밤새두룩 짖구 댕기는 개, 개 신세여! 허릴없이 개 신세여……."

윤 직원 영감은 잠잠히 말을 그치고, 담배연기째 후루루 한숨을 내쉬면서 어디라 없이 한눈을 팝니다.

거상에 짜증난 얼굴이 아니면 불콰아하니 마음 편안한 얼굴, 호리를 다투는 뜩뜩한 얼굴이 아니면 남을 꼬집어뜯는 전접스런 얼굴, 그러한 낯꽃만 하고 지내는 이 영감한테 이렇듯 추렷하니 침통한 기색이 드러날 적이 있다는 것도 자못 심외라 않을 수 없습니다.

돈을 흥정하는 저자에서 오고가고 하는 속한 일뿐이지, 올창이로서야 어디 그러한 방면으로 들어서야 제법 깊은 인정의 기미를 통찰할 재목이 되나요. 그저 백만금의 재물을 싸 놓고 자손 번창하겠다, 수명 장수 아직도 젊은 놈 여대치게 저엉정하겠다, 이런 천하에 드문 호팔자를 누리면서도 근천이 질질 흐르게시리, 밥을 굶네, 속이 상하네, 개 신세네 하고 풀죽은 기색으로 탄식을 하는 게, 이놈의 영감이 그만큼 살고 쉬 죽으려고 청승을 떠는가 싶어 얼굴이 다시금 치어다 보일 따름이었습니다.

상평통보 서푼과

올창이는 윤 직원 영감이 자기가 자청해서 자기 입으로 개라고 하니, 차라리 그렇거들랑 어디 컹컹 한바탕 짖어 보라고 놀리기나 하고 싶습니다. 그렇지만 그런 버릇없는 농담을 할 법이야 있습니까. 속은 어디로 갔든 좋은 말로, 다 자손이 번창하고 가운이 융성하게 되면 집안 어른된 이로는 그런 근심 저런 걱정 노상히 안할 수도 없는 것인즉 그걸 가지고 과히 상심할 게 없느니라고, 위로를 해 줍니다.

"아, 여보소?"

윤 직원 영감은 남이 애써 위로해 주는 소리는 귀로 듣는지 코를 맡는지, 종시 우두커니 한눈을 팔고 앉았다가 갑자기 긴한 낯으로 고개를 내밀면서,

"자네, 사람 죽었을 때 염하는 거 더러 보았넝가?"

하고 묻습니다. 자기딴에는 따로이 속 내평이 있어서 하는 소리겠지만, 이건 느닷없이 송장 일곱매 묶는 이야기가 불쑥 나오는 데는 등이 서늘하고 그다지 긴치 않기도 했을 것입니다.

"더러 부았으리……. 그런디 말이네……."

윤 직원 영감은 올창이가 이렇다 저렇다 얼른 대답을 못하고 우물우물하는 것을 상관 않고 자기가 그 뒤를 잇습니다.

"아, 우리 마니래(마누라) 작년 정월에 죽잔힛넝가?"

"네에! 아 참, 벌써 그게 작년 정월입니다그려! 세월이 빠르긴 허군……."

"게, 그때, 수험을 헌다구 날더러두 들오라구 허기에 시쳇방으를 들어가잔힛덩가. 들어가서 가만히 보구 섰으닝개, 수의를 죄다 갈아입히구 나서던 일곱매를 묶기 전에, 어따 그놈의 것을 무어라구 허데마는…… 쌀한 수까락을 떠서 맹인 입에다가 늫는 체하면서 천 석이요오 허구, 두 수까락 떠느면서 이천 석이요 허구, 세 수까락 떠느면서 삼천 석이요오 허구, 아 이런담 말이네!…… 그러구 또, 시방은 쓰지두 안넌 옛날 돈 생평통보(常平通寶) 한 푼을 느주면서 천 량이요오, 두 푼 너주면서 이천 냥이요오, 서푼 느주면서 삼천 냥이요오 이러데그려!"

"그렇지요! 그게 다아……."

올창이는 비로소 윤 직원 영감의 말하고자 하는 속을 알아차렸대서 고

개를 까댁까댁, 맞장구를 칩니다.

"그게 맹인이 저승길 가면서 노수두 쓰구 또, 저승에 가서두 부자루 잘 지내시라구 그리잖습니까?"

"웅 그리여. 글시 그런 줄 나두 알기넌 알어. 또, 우리 어머니 아버지 때두 다아 보구 그리서 츰으루 보덩 건 아니지. 그러닝개 츰 귀경히였다넝 게 아—니라, 내 말은 그런 말이 아니구……. 아—니 글시 여보소, 우리 마니래만 히여두 명색이 만석꾼이 집 예편네가 아닝가? 만석꾼이 ……. 그런디 필경 두 다리 쭈욱 뻗구 죽으닝개넌 저승으로 갈라면서, 쌀 게—우 세 수까락 허구, 돈 엽전 스 푼허구, 게—우 고걸 갖구 간담 말이네그려 웅? 만석꾼이가 죽어 저승으루 가면서넌 쌀 세 수까락에 엽전 서 푼을 달랑 얻어 갖구 간단 말이여!……"

올창이는 자못 엄숙해하는 낯으로 고즈너기 앉어 듣고 있고, 윤 직원 영감은 뻐금뻐금 한참이나 담배를 빨더니, 후우 한숨을 한번 내쉬고는 말끝을 다시 잇댑니다.

"게, 그걸 보구서 고옴곰 생각을 허닝개루, 나두 한번 눈을 감구 죽어지면 별수 읍시 저렇기 쌀 세 수까락허구 엽전 서 푼허구 달랑 고걸 짊어지구 저승으루 가겄거니!…… 그럴 것 아닝가? 머, 나라구 무덤을 죄선 만허게 파구서 그 속에다가 나락을 수천 석 쟁여 주며 돈을 수만 냥 디릿 디려 주것넝가? 또오 그런대두 아무 소용읍넌 짓이구……. 그러잖엉가?"

"허허, 다아 그런 게지요!"

"그렇지? 그러니 말이네. 아, 내 손으루 만석을 받구 수만 원을 주물르던 나두 죽어만 지면 별수 없이 쌀 세 수까락 하구 엽전 달랑 서 푼 얻어 갖구 저승으로 갈 테면서 말이네……. 글씨 그럴라면서 왜 내가 시방 이 재산을 지키니라구 이대두룩 악을 쓰구, 남한테 실인심허구 자식 손자 놈덜한틔 미움받구, 나 쓰구 싶은 대루, 나 지내구 싶은 대루 못 지내구, 이러넝고! 웅? 그 말뜻 알아들어?"

"네—네……, 허허, 참 거……."

"그러나마, 그러나마 말이네……. 내가 앞으루 백 년을 더 살 것잉가? 오십 년을 더 살 것잉가? 잘 히여야 한 십 년 더 살다가 두 다리 뻗을 티면서, 그러니 나 한번 급살 맞어 죽어 뻐리면 아무것두 모르구 다아 잊어뻐릴 년의 세상……. 그런디 글시, 어쩌자구 내가 이렇기 악으려 쥐구 앉어서 돈 한푼에 버얼벌 떨구, 뭇 놈년덜 눈치 코치 다아 먹구, 늑발에 호의호식 편안히 못 지내구……. 그것뿐잉가? 게다가 한푼이라두 더 못 뫼야서 아둥바둥허구……. 허니, 원 내가 이게 무슨 놈의 청승이며 무슨 놈의 지랄 짓잉고요? 이런 생각이 각금 그 뒤버틈은 들더람 말이네 그려!"

윤 직원 영감으로 앉어 그런 마음을 먹고 이런 소리를 함부로 하다께, 올창이의 소견이 아니라도, 이건 정말 죽으려고 마음이 변했나 봅니다.

주객이 잠시 말이 없고 잠잠합니다. 올창이는 무어라고 위로를 해야겠어서 말긋말긋 윤 직원 영감의 눈치를 살핍니다.

아무래도 노망이 아니면 환장한 소린 것 같은데, 혹시 그게 정말이어서 이놈의 영감태기가, 자아 여보소, 나는 인제는 재산이고 무엇이고 죄다 소용없네……. 없으니, 자아 이걸 가지고 자네가 족히 평생을 하소……. 이렇게 선뜻 몇 만 원 집어 주지 말랄 법도 노상히 없든 않으려니 싶어 (싶다기보다도) 그렇게 횡재를 했으면 좋겠다고 다뿍 허욕이 받쳐서, 올창이는 시방 궁상으로 부른 헛배가 가뜩이나 더 부르려고 하는 판입니다. 눈에 답신 고이도록 보비위를 해 줄 필요가 그래서 더욱 간절했던 것입니다.

"영감님?"

"어—이?"

부르는 소리도 은근했거니와 대답 소리도 다정합니다.

"지가 꼬옥 영감님께 한 가지 권면해 드릴 께 있습니다."

"권면?"

"네에, 다름이 아니라……."

"아―니, 자네가 시방 또, 은제처럼 날더러 저 무엇이냐, 핵교 허넌 디다가 돈 기부허라구, 그런 권면헐라구 그러잖넝가? 그런 소리거덜랑, 이사람아 애여 말두 내지두 말소!"

이렇게 황망히 방색을 하는 것이, 윤 직원 영감은 어느덧 꿈이 깨고 생시의 옳은 정신이 들었던 모양입니다.

미상불 여태까지 그 가라앉은 침통한 목소리나 암담한 안색은 씻은 듯이 어디로 가고 없고, 활기 있는 여느때의 그의 얼굴을 도로 지니고 앉았습니다.

"아니올시다! 온……."

올창이는 고만 속으로 떡심이 풀리고, 입이 헤먹으나 그럴수록이 더욱 잘 건사를 물어야 할 판이어서 혼감스럽게 말을 받아넘깁니다.

"천만에 말씀이지, 그때 한번 영감이 안 되겠다구 하신 걸 또 말을 낼 리가 있습니까? 그게 무슨 그다지 유익하신 일이라구……. 실상 그때 그 말씀을 한 것 달리 그런 게 아니랍니다. 다아 학교라두 하나 만드시면 신문에두 추앙이 자자할 것이구, 또오 동상두 서구 할 테니깐 영감님 송덕이 후세에 남을 께 아니겠다구요? 그래서 저두 머, 지낼 말루다가 한번 말씀을 비춰 본 거지요……. 사실 또 생각하면, 괘―니 돈 낭비나 되지, 그게 그리 신통한 소일두 아니구말구요!"

"신통이구 지랄이구 이사람아, 왜 글시 제 돈 디려 가면서 학교를 설시허네 무얼허네 모두, 남 존 일을 헌담 말잉가? 천사 시러베 개아들 놈덜이지……. 인제 보소다넌, 그런 놈덜은 손복을 히여서 오래잔히여 박적을 차구 빌어먹으러 댕길 티닝개루, 두구 보소!"

과연 윤 직원 영감은 환장한 것도 아니요 노망이 난 것도 아니요, 정신이 초랑초랑합니다. 아마 아까 하던 소리는 잠꼬맬시 분명합니다. 따라서 올창이게는 미안하나 어쩔 수 없는 노릇입니다.

올창이는 윤 직원 영감의 비위를 맞추자던 것이 되레 건드려 논 셈이 되었고 본즉, 땀이 빠지도록 언변을 부려 가면서, 공공사업에 돈을 내는 게 불가한 소치를 한바탕 늘어놓습니다. 그러고 나서 비로소 처음 초를 잡다가 만 이야기를 다시금 꺼내던 것입니다.

"참 지가, 하루 이틀 영감님을 뫼시구 지내는 배가 아니구, 그래 참 저렇게 상심이나 하시구 그런 끝에 노인이 궐식이나 하시구, 그리시는 걸 뵙기가 여간만 민망스런 게 아니에요. 저두 늙은 부모가 있는 놈인데 남의 댁 어룬이라구 그런 근경 못 살피겠습니까?…… 그래 제깐에는 두루 유렴을 하구 지내지요. 이건 참 입에 붙은 말씀이 아니올시다!"

"그렇개루 설렁탕 사 준다구 하넝가?"

"온! 영감두!…… 이거 보세요. 영감님?"

"왜 그러넝가?"

"지가 꼬옥 맘을 두구서 권면하는 말씀이니, 저어 마나님 한 분 얻으시는 게 어떠세요?"

윤 직원 영감은 대답 대신 히물죽 웃으면서 눈을 흘깁니다. 네 이놈 꽤 씸은 하다마는 그럴 듯하기는 그럴 듯하구나……. 이 뜻이지요.

올창이도 히죽히죽 웃으면서 없는 모가지를 늘여 가지고 조촘 한 무릎 다가앉습니다.

"거, 아직 기운두 좋으시구 허니, 불편허신 때 조석 마련이며 몸시중이며 살뜰히 들어 주실 여인네루, 나이나 좀 진득헌 이를 하나 구허셔서, 이 근처 가까운 데다가 치가나 시키시구 허시면, 아 조옴 좋아요? 허기야 따님까지 와서 기시구 허니깐, 머어 범연하겠습니까마는, 그래두 잘 하나 못 하나 마나님이라구 이름 지어 두구 지내시면 시중 드는 것두 훨씬 맘에 드실 것이구, 또오 아직 저엉정하시겠다 밤 저녁으루 적적하시면 내리가서 위로도 더러 받으시구, 헤헤……."

"네라끼 사람!"

올창이의 말쪼가 매우 근경 속이 있고, 더욱이 그 끝에 한 대문은 썩 실감적이고 보매 윤 직원 영감은 눈을 흘기고 히물죽 웃는 것만으로는 못 견디겠든지, 담뱃대를 뽑는 입에서 지르르 침이 흘러 내립니다.

"헤헤……, 거, 좋잖습니까?…… 그러니 여러 말씀 마시구, 마나님 구허실 도리를 하십시오, 네?"

"허기사 이사람아!……"

윤 직원 영감은 마침내 까놓고 흉중을 설파합니다.

"자네가 다아 참, 내 근경을 알아채구서 기왕 말을 냈으니 말이지, 낸들 왜 그데숙이에 서캐 실은 예편네라두 하나 있으면 쫄 생각이 읍것넝가?…… 아, 그렇지만 그렇다구 내가 이 나이에 어디 가서 즘잔찮게, 예편네 얻어 달라구, 말을 낼 수야 있넝가 그렇잖헝가?"

"아, 그야 그러시다뿐이겠습니까! 그러신 줄 저 아니깐……."

"글시, 그러게 말이네……. 그런 것두 다아 내가 인복이 읍서서 그럴 티지만, 거 창식이허며 또 종수허며 그놈덜이 천하에 불효막심한 놈덜이니! 마구 잡어 뽑을 놈들이여. 왜 그렇고 허면, 아 글시, 즈덜은 네— 기, 첩년을 모두 둘씩 셋씩 얻어서 데리구 살면서, 나넌 그냥 그저 모르세이네그려!…… 아, 그놈덜이 작히나 사람된 놈덜이머넌 허다 못허서 눈 찌그러진 예편네라두……. 흔헌 게 예편네 아닝가?…… 허니 눈 찌그러지구 코 삐틀어진 예편네라두 하나 줏어다 날 주었으면, 자네 말대루 내가 몸시중두 들게 허구, 심심파적두 허구 그럴 게 아닝가? 그런디 그놈덜이, 내가 뫼야 준 돈을 각구서 즈덜만 밤낮 그 지랄을 허지, 나넌 통히 모른 체를 허네그려! 그러니 그놈덜이 잡어 뽑을 놈덜 아니구 무엇이람 말잉가?"

속이 본시 의뭉하고, 또 전접스런 소리를 하느라고 그러지 실상 알고 보면 혼자 지내는 게 작년 가을 이짝 일 년지간이고 그전까지야 첩이 끊일 새가 없었더랍니다.

시골서 살 때에 첩을 둘씩 얻어 치가를 시키고 동네 술에미가 은근한 게 있으면 붙박이로 상관을 하고 지내고, 또오 촌에서 계집애가 북실북실한 놈이 눈에 띄면, 다리 치인다는 핑계로 데려다가 두고서 재미를 보고,

두루 이러던 것은 고만두고라도, 서울로 올라와서 지난 십 년 동안 첩을
갈아세운 것만 해도 무려 십여 명은 될 것입니다.

　기생 첩이야, 가짜 여학생 첩이야, 명색 숫처녀 첩이야 가지각색이었지
요, 모두 일 년 아니면 두서너 달씩 살다가 갈아세우고 하던 것들입니다.

　그래 오던 끝에, 재작년인가는 좀 그럴 듯한 과부 하나를 얻어, 바로
집 옆집을 사 가지고 치가를 시키면서 쏠쏠히 탈없이 일 년 넘겨 이태 가
까이 재미를 본 일이 있었습니다.

　나이는 서른댓이나 되었고 인물도 그리 추물은 아니고 신식 계집들처럼
되바라지지도 않고, 그리고 근경 속 있고 솜씨 얌전하고 해서, 참 마침감
이었습니다.

　윤 직원 영감은, 제가 그대로 병통 없이 말치 없이 자기 종신토록 자알
살아만 주면 마지막 임종에 가서, 그 집하고 또 땅이나 볏 백 석거리하고
떼어 주어, 뒷고생 않게시리 해 주려니, 이쯤 속치부를 잘 해 두었습니
다.

　아 그랬는데 글쎄, 그 여편네만은 결코 그러지 않으려니 했던 게, 웬걸
제 버릇 개 못 준다더니 남의 첩때기 짓을 하느라고, 끝내는 요게 샛밥을
날름날름 집어먹다가 필경은 이웃집에 기식하고 있는 젊은 보험회사 외교
원 양반과 배가 맞아 가지고는 어느 날 밤엔가 패물이야 옷 나부랭이를
말끔 쓸어 가지고 야간 도주를 해 버렸었습니다.

　늙은 영감한테 매달려, 얼마 안 남은 인생을 멋없이 시들부들 늙어야
하느냐, 혹은 내일은 삼수갑산을 갈 값에 세퍼드 같은 젊은 놈과 붙어서
지내야 하느냐 하는 그 우열과 이해의 타산은 제각기 제 나름이겠지만,
윤 직원 영감은 그걸 보고서, 그년이 제 복을 제가 털어 버렸다고, 그년
이 이제 논두렁 죽음을 하지 하고, 두고두고 욕을 했습니다.

　그 여편네의 신세를 가긍히 여겨 그랬다느니보다 보물은 아니라도 썩
마음에 들던 손그릇이나 하나 잃어버린 것같이 허전하고, 그래 오기가 나
서 욕으로 화풀이를 했던 것이지요.

아무튼 한번 그렇게, 알뜰한 첩에 맛을 들인 뒤로는 여느 기생 첩이나 가짜 여학생 첩이나 그런 것은 다시 얻을 생각이 없고 꼭 고런 놈만 마침 골라서 전대로 재미를 보고 싶습니다.

그렇잖았으면야 그게 작년 가을인데 벌써 그 동안 둘은 들고 나고 했지, 그대로 지냈을 리가 있나요.

첩을 얻어 들이는 소임으로, 몇 해 단골된 곰보딱지 박물장수가, 그 운덤에 허파에서 바람이 날 지경이지요. 일껏 골라다가는 선을 뵐라치면 트집을 잡아 가지굴랑 탁탁 퇴짜를 놓고 그러면서 속히 서두르지 않는다고 성화를 대곤 했어요.

윤 직원 영감으로야 혼자 지내고 보니 급한 성미에 중매가 더디다고 야단치는 게 무리도 아니요, 그러니 자연 늙은이다운 노염이나 심술로다가, 첩 안 얻어 주는 맏아들 창식이 윤 주사나, 큰손자 종수가 밉고, 미우니까 전접스런 소리며 욕이 나올밖에요.

저이들은 맘대로 골라잡아 맘대로 데리고 살면서, 그러니깐 마음만 있게 되면 썩 좋은 놈을 뽑아다가 부친(또는 조부의) 봉친거리로 바칠 수가 있을 테련만 잡아 뽑을 놈들이라 범연하여 그래 주지를 않는대서요.

윤 직원 영감은 혹시 무슨 다른 일로라도 아들 윤 주사나 큰손자 종수를 잡다가 앉혀 놓고 욕을 하던 끝이면 으레,

"야, 이 수언 불효막심한 놈덜아! 그래, 느덜은 이놈덜, 밤낮 지집 둘셋 얻어 놓구……. 그러면서, 이 늙은 나넌 이렇기……, 죽으라구 내버려 두어야 옳단 말이냐? 이 수언 잡어 뽑을 놈덜아!"

이렇게, 충분히 노골적으로 공박을 하곤 합니다. 그러니까 시방 올창이를 데리고 앉아서 그쯤 꼬집어 뜯는 것은 오히려 점잖은 편이라 하겠습니다.

올창이는 보비위삼아 생색을 내자던 노릇이라, 구하다 못하면 썩은 나무토막이라도 짊어져다 들이안길 값에 기왕 낸 말이니 입맛 당기게시리 뒷갈무리를 해 두어야만 할 판입니다.

"지가 붙일성지루, 썩 그럴 듯할 놈을, 아니 참 저, 마나님 하나를 방구어 보지요……. 실상은 말씀이야 오늘 저녁에 첨으루 냈지만, 그새루 늘 그런 유렴을 하구설랑 눈여겨보기두 허구, 그럴 만한 자리에 연통두 해 보구 그래 왔더랍니다!"

"뜻이나마 고맙네만, 그만두소, 원……."

말은 그렇게 나왔어도, 실눈으로 갠소롬하니 웃는 눈웃음하며 헤벌어지는 입하며, 답북 느긋해하는 게 갈 데 없습니다. 너 같으면 발이 넓어 먹는 골도 여러 갈래고 게다가 주변도 있고 하니까 쉽사리 성사를 하리라, 이렇게 미더운 생각이 들었던 것입니다.

"꽤—니 그리십니다! 저 하는 대루, 가만 두구 보십시오, 인제 ……."

"더군다나 거 지상(기생)이니 여학생이니 그런 것이나 어디 가서 줏어 올라구? 돈이나 뜯어 낼라 허구 검방지기나 허구 밤낮 샛밥이나 처먹구 ……. 그것덜은 쓰것덩가? 어디……."

"못 쓰구말구요! 전 그런 것들은 애여 천거두 않습니다. 인제 보십시오마는, 나히 어쨌든 진드윽허니 한 오십 먹은 과부루다가……."

"네라끼 사람! 쉰 살 먹은 늙은이를 데려다가 무엇에다 쓴다덩가!"

"허허허허……. 네—네, 그건 지가 영감님 속을 떠보느라구 짐짓 그랬답니다. 허허허허……."

"허! 그 사람 참……."

"허허허허……. 헌데, 그러면 한 서른댓 살이나, 그렇잖으면 사십이 갓 넘었든지……."

"허기사 너머 젊어두 못 쓰것데마는……."

"네에. 알겠습니다. 다아 제게 맽겨 두구 보십시오. 나히두 듬지익허구 생김새두 숫두루움허구, 다아 얌전스럽구 까리적구 살림 절 허구 근경 속 있구……. 어쨌든지……."

마침 골목 밖에서 신문 배달부의 요란스런 방울 소리가 울려 와서, 두 사람의 이야기를 막고, 문득 긴장을 시켜 놓습니다. 호외가 돌던 것입니다.

사변(中日戰爭)은 국지해결이 와해가 되고 북지사변으로부터 전단이 차차 중남지로 퍼지면서 사변에로 확대가 되어 가고, 그에 따라 신문의 호외도 잦은 판입니다.

물론 호외 그것의 방울 소리가 아무리 잦더라도, 여느 수재나 그런 것이라면 흥미가 오히려 무디어지는 수가 있지만, 이건 전쟁이라는 커다란 사변인지라 호외가 잦으면 잦을수록 사건의 확대와 진전을 의미하는 게 되어서 사람의 신경은 더욱 더욱 날이 서던 것입니다.

호외 방울 소리가 말을 끊기우고 주객은 다같이 잠잠합니다. 제각기 사변 현실에 대한 제네의 인식 능력을 토대삼아, 그 발전을 호외 방울 소리에 의해서 제 맘대로 상상을 하고 있던 것입니다.

"어디 또 한 군디 함락시킹넝개비네, 잉?"

이윽고 방울 소리가 멀리 사라지자 윤 직원 영감이 비로소 침묵을 깨뜨리던 것입니다.

"글쎄요……. 아마 그랬는 게지요."

"거 머, 청국이 여지 읍넝개비데? 워너니 즈까짓 놈덜이 어디라구, 세계서두 첫찌간다넌 일본하구 쌈을 헐라구 들 것잉가?"

"그렇구말구요! 지나병정이라 껀 허잘것없습니다. 앞에서 총소리가 나면 총칼 내던지구서 도망갈 궁리버텀 하구요……. 그래서 지나는 병정이 두 가지가 있답니다. 앞에서 전쟁하는 병정이 있구, 또 그놈들이 못 도망가게 하느라구 뒤에서 총을 대구 지키는 병정이 있구……. 도망을 가는 놈이 있으면 그대루 쏘아 죽인다니깐요!"

"윈, 저런 놈덜이!…… 아—니 그 지랄을 히여 가면서, 무슨 짓이라구 쌈을 헌다덩가? 응? 들으닝개루, 이번에두 즈가 먼첨 찝쩍거려서 쌈이 되얏다네그려."

"그렇죠. 그놈들이 다아 어리석어서 그래요!"

"아―니 글시, 좋게 호떡장수나 히여 먹구 인죄견장수나 히여 먹을 일이지, 어디라구 글시 덤비냔 말이여!"

"즈이는 별조 없어두, 따루 믿는 구석이 있어서 그랬다나 바요."

"믿다니?"

"아라사를 찜 믿구서 그랬다구요!"

"아라사를?"

"네에……. 그것두 달리 그랬으꼬마는, 아라사가 쏘삭쏘삭해서 지나는 장개석일 충동일 시켰대요. 이애 너 일본하구 싸움 않니? 아니해? 이 병신 바보녀석아, 그래 그렇게 꿈쩍 못해?…… 싸움해라 싸움해. 하기만 허면 내가 뒤에서 한몫 거달아 줄 테니, 응? 아무 걱정 말구서 덤벼들어라. 덤벼서 싸움만 하란 말이다. 하면 다아 좋은 수가 있으니……. 이렇게 충동일 놓았대요!"

"오옳지, 아라사가 그랬다!…… 그런디 아라사가 왜? 저 거시기 그때 일아전쟁(日我戰爭)에 진 그 원혐으루? 그 분풀이루……."

"아니지요, 그런 게 아니구, 아라사가 지나를 집어삼킬 뱃심으루 그랬지요!"

"청국을 집어먹을 뱃심이라?…… 아―니, 그거야 집어먹자구 들라면, 차라리 청국허구 맞붙어서 헌다닝 건 몰라두……."

"그건 모르시는 말씀입니다……. 아라사루 말허면 아따 저 무엇이냐, 사회주의를 하는 종족이거든요!"

"거 참 아라사 놈덜은 그렇다데그려……. 그놈의 나라에서는 부자 사람의 것을 말끔 뺏어다가 멋이냐, 농군놈덜허구 노동꾼놈덜허구 나눠 주었다지?"

"그렇지요."

"허! 세상 참……."

"그런데, 아라사는 즈이만 그걸 할 뿐 아니라 지나두 즈이허구 한판 속을 만들러구 들거든요?"

"청국을?…… 청국두 그놈의 사회주의라냐, 그 부랑당 속을 맨들어?
…… 그게 무어니무어니히여두 이사람아, 알구 보닝개루, 바루 부랑당
속이지 별것이 아니데그려……. 자네는 모르리마넌, 옛날 죄선두 활빈당
(活貧黨)이라닝 게 있었더니 그런디 그게 시체 그놈의 것 무엇이냐 사회
주의허구 한속이더니……."

"저두 더러 이야긴 들었습니다."

"거 보소. 그런디 활빈당이라 께 별것 아니구, 그냥 부랑당이더니, 부
랑당……. 그러닝개루 그놈의 것두 부랑당 속이지 무어여? 그렇잖은
가?"

"그렇죠! 가난한 놈들이, 있는 사람의 것을 뜯어 먹자는 속으루 들어
선 일반이니까요!"

"그렇구말구. 그게 모다 환장 속이여. 읍넌 놈덜이 즈가 못사닝게루
환장 속으루 오기가 나서 그러거던……. 그런디 무엇이냐, 그 아라사 놈
덜이 청국두 즈치름, 그런 부랑당 속을 꾸미러 들었담 말이지?"

"그렇죠……. 허기야 지나뿐이 아니라, 온 세계를 그리자구 든다니까
요!"

"뭐이? 그러면, 우리 죄선두?…… 아─니, 죄선서야 그놈덜이 사회
주의허다가 말끔 잽혀가서 전중이 살구서 시방은 다아 너끔 허잖가?"

"그렇지만, 만약 지나가 그 속이 되구 보면 재미가 없죠. 머 죄선뿐이
아니라 동양천지가 모두 재미없습니다!"

"참 그렇기두 허것네! 청국지어 죄선이라, 바루 가까우닝개루…….
거참 그렇것네! 그렇다면 못 쓰지! 못 쓰구말구……. 아, 이사람아 다
런 사람두 다런 사람이지만, 나버텀두 어떻게 헌단 말잉가? 큰일나지,
큰일나……. 재전에 그놈의 부랑당패를 디리 읍시 치루던 일을 생각허면
시방두 몸서리가 치이구, 머어 치가 떨리구 허넌디, 아니 그 격난을 날더
러 또 적그람 말이여? 안 될 말이지! 천하 읍서두 안 될 말이지!……
어─디를! 이놈덜…… 죽일놈덜!"

눈앞에, 실지로 원수를 대하는 듯, 윤 직원 영감은 마구 흥분하여, 냅다 호통을 하던 것입니다.

"아―니, 그러니깐……."

"아 글시, 누가 즈더러 부자루 못 살래서 그리여? 누가 즈것을 뺏었길래 그리여? 어찌서 그놈덜이 그 지랄이여?…… 아, 사람 사람이 다아 제가끔 지가 타구난 복대루, 부자루두 살구 가난허게두 살구 그러기루 다아 하늘이 마련한 노릇이구 타구난 팔짠디……. 그래, 남은 잘살구 즈덜은 못산다구, 생판 남의 것을 뺏어다가 즈덜 창사구(창자)를 채러 들어? 응……, 그게 될 말이여? 아, 그런 놈덜은 말끔 잡어다가 목을 숭덩숭덩 쓸어 죽여야지!…… 아 이사람아, 만약에 세상이 도루 그 지경이 되구 보먼 그 노릇을 어쩐담 말잉가? 응?"

"허허, 그런 걱정은 안허서두 좋습니다!"

"안히여두 좋다?"

"그럼요!"

"그렇다먼 다행이네마넌……."

"시방 지나를 치는 것두 다아 그것 때문이랍니다. 장개석이가, 즈이 망할 장본인 줄을 모르구서 사회주의하는 아라사의 꼬임수에 넘어가지굴랑……, 꼭 망할 장본이지요……. 영감님 말씀대루 온통 부랑당 속이 될 테니깐 두루……."

"그렇지! 망허다뿐잉가?…… 하릴없이, 옛날에 부랑당패 한참 드세던 죄선 뽄새가 되구 말 터닝개루……."

"그러니깐 말하자면, 시방 지나가 아라사의 꼬임에 빠져서 정신을 못채리구는 함부루 날뛰는 셈이죠. 그래서 그걸 가만 뒤 뒤선 청국 즈이두 망하려니와 동양이 통으루 불안하겠으니깐, 이건 이래서 안 되겠다구, 말씀이지요, 안 되겠다구 일본이 따들구 나서 가지굴랑 지나를 정신을 채리게 하느라구, 이를테면 따구깨나 붙여 가면서 훈계를 하는 게 이번 전쟁이랍니다!"

"하하아! 오옳지, 옳여! 인재 보닝개루 사맥이 그렇게 된 사맥이네그
려! 거 참 그럴 뜻허구만! 거, 잘 허년 노릇이여! 아므렴 그리야 허구말
구……. 여부가 있을 것잉가!…… 그렇거들랑 그 녀석들을 머, 약간 뺨
사댁이(따귀)만 때릴 게 아니라, 반주검을 시켜서 다실랑 그런 못된 본
을 못 보게시리 늑신 두들겨 주어야지 늑신……. 다리 뺵다구를 하나 부
질어 주어두 한무내하지, 머……어―거참 장헌 노릇이다……. 그러닝
개루 이번 일은 여니, 치구 뺏구 허년 그런 전쟁허구두 내평이 달르네그
려?"

"그야 다르죠!"

"참 장헌 노릇이여!…… 아 이사람아, 글씨, 시방 세상에 누가 무엇
이 그리 답답히어서 그 노릇을 허구 있것넝가?…… 자아 보소. 관리허며
순사를 우리 죄선으루 많이 내보내서, 그 승악한 부랑당 놈들을 말끔 소
탕시켜 주구, 그리서 양민덜이 그 덕에 편히 살지를 안녕가? 그러구 또,
이번에 그런 전쟁을 히여서 그 못된 놈의 사회주의를 막어 내 주니, 원
그렇게 고맙구 그렇게 장헌 디가 어디 있담 말잉가……. 어―참, 끔
직이두 고맙구 장헌 노릇이네!…… 게 여보소, 이번 쌈에 일본이 갈 디
웁서 이기긴넌 이기렀대잉?"

"그야 여부 없죠! 이기구말구요!"

"그럴 것이네 워너니. 일본이 부국강병허기루 천하 제일 사라던디
……. 어―참, 속이 다아 후련허다!"

이야기에 세마리가 팔렸던 올창이가 정신이 들어, 시계를 꺼내 보더니,
볼일이 더디었다고 총총히 물러갔습니다. 그는 물러가면서, 잘 유렴을 하
여 쉬 그 마나님감을 골라다가 현신시키겠다고, 자청 다짐을 두기를 잊지
않았습니다.

절약의 도락정신

올창이를 보내고 나서 윤 직원 영감은 퇴침을 돋우 베고 보료 위에 가 평안히 드러눕습니다.

침침한 십삼 와트 전등불에 담배 연기만 자욱하니, 텅빈 삼칸 장방 아랫목에 가서 허연 영감 하나만 그들먹하게 달람 드러누운 것이 어떻게 보면 징그럽기도 하고 다시 어떻게 보면 폐허(廢墟)같이 호젓하기도 합니다.

윤 직원 영감은 멀거니 드러누웠자매 심심해서 못 견디겠습니다. 춘심이년이나 어서 왔으면 하겠는데 저녁 먹고 곧 오마고 했으니까, 오기는 올 테지만 고년이 이내 뽀로로 오는 게 아니라, 까불고 초란이짓을 하느라고 이렇게 더디거니 싶어 얄밉습니다.

대복이도 까맣게 기다려집니다. 간 일이 궁금도 하거니와 여덟신데 오래잖아 라디오를 들어야 하겠으니 그 안으로 돌아와야 하겠습니다.

저녁을 몇 술 뜨다가 말아서 속도 출출합니다. 이런 때에 딸이고 손주며느리고 누가 하나 밥상이라도 들려 가지고 나와서, 진지 잡수시라고 권을 했으면, 못 이기는 체하고 달게 먹을 텐데, 그런 재치 하나 부릴 줄 모르는 것이거니 하면 다시금 화가 나기도 합니다.

시장한 깐으로는 삼남이라도 내보내서 우동이라도 한 그릇 불러다가 후루룩 쭉쭉 먹었으면 좋겠지만, 그렇게 생각하니까는, 어금니 밑에서 사뭇 신침이 고여 나오고 가슴이 쓰리기는 하지만, 집안 애들이 볼까 보아 체수에 차마 못합니다.

누가 먼저 오나 했더니 대복이가 첫찌(?)를 했습니다.

운동화에 국방색 당꾸 바지에, 검정 저고리에 오그러붙은 카라에 배애배 꼬인 검정 넥타이에 사 년 된 맥고자에, 볕에 탄 얼굴에 툭 불거진 광대뼈에, 근천스럽게 말라붙은 안면 근육에, 깡마른 눈 정기에…… 이

형색과 모습은 백만장자의 지배인 겸 서기 겸 비서 겸 이러한 인물이라기는 매우 섭섭해 보입니다.

차라리 살림살이에 노상 시달리는 촌의 면서기가, 그날 출장을 나갔다가 담북 시장해 가지고 허위단심 집엘 마침 당도한 포즈랬으면 꼬옥 맞겠습니다. 실상 면서기 출신이 아닌 것도 아니구요.

대복이가, 방으로 들어만 섰지 미처 무어라고 인사도 하기 전에 윤 직원 영감은 벌떡 일어나 앉으면서,

"히였넝가?"

하고 묻습니다. 가차압을 나가는 집달리를 따라갔으니 물어 보나 마나, 알 일이지마는 성미가 급해 놔서 진득이 저편의 보고를 기다리고 있지를 못합니다.

"예에, 다아 잘……."

대복이는 늘 치러난 훈련으로, 제가 복명을 하기보다 주인이 묻는 대로 대답을 하기 위하여 넌지시 꿇어앉아 다음을 기다립니다.

"무엇으다가 붙잉넝가?"

"마침 광으가 나락이 한 오십 석이나 있어서요……."

"나락? 거참 마침이구만!…… 그리서 그놈에다가 붙잇넝가?"

"예에."

"잘 힛네! 인제 경매헐 때 그놈을 우리가 사머넌 거, 괜찮얼 것이네! 나락이닝개루……."

"그렇잔히여두 그럴라구 다아 그렇게 저렇게 마련을……."

워낙 대복이가 누구라고 그걸 범연히 했을 리가 없던 것입니다.

꿩 먹고 알 먹고 하는 속인데, 윤 직원 영감은 채무자의 재산을 가차압을 해 놓고 기한이 지난 뒤에 경매를 하게 되면, 속살로 그것을 사 가지고 그것에서 다시 이문을 봅니다.

그 맛이 하도 고수해서 언제든지 기회만 있으면 놓치지를 않습니다.

"에—거, 일 십상 잘 되얏네!…… 그리서, 그분네, 술대접이나 좀 힛

넝가?"

"돈 십 원어치나 술을 멕있더니, 아마 그 값이 넉넉 빠질라넝개비라
우!"

"것두 잘 힛네! 무엇이구 멕이먼 되는 세상잉개루……. 그럼 어서 건
너가서 저녁 먹소, 시정허것네……. 저—거시기……. 아—니 구만두
구, 어서 건너가서 저녁 먹소. 이따가 이애기허지!……"

윤 직원 영감은 아까 올창이와 말이 얼린 만창상점의 수형 조건을 상의
하려다가, 그거야 이따고 내일이고 천천히 해도 급하지 않대서, 대복이의
시장하고 피곤할 것을 여겨 그만두던 것입니다.

윤 직원 영감으로는 이문 속으로 탈이나 없고 할 경우면 실상은 탈을
내는 일도 없기는 하지만, 더러 대복이를 위해 줄 만도 합니다. 대복이는
참으로 보뱁니다. 차라리 윤 직원 영감의 한쪽이라고 하는 게 옳겠지요.

성명은 전대복(全大福)인데, 장차에는 어떻게 될는지 기약하기 어렵다
하더라도, 반평생을 넘게 산 오늘날까지, 이름대로 복이 온전코 크고 하
지는 못했습니다. 오히려 박복했지요.

윤 직원 영감과 한고향입니다. 면서기를 오 년 다녔고 그중 사 년이나
회계원으로 있었습니다.

꼼꼼하고 착실하고 고정하고 그리고도 사람이 재치가 있고 이래서 윤
직원 영감의 눈에 들었습니다. 그런 결과 윤 직원 영감네가 서울로 이사
해 올 때에, 자가용 회계원 겸, 서무서기 겸, 심부름꾼 겸, 만능잡이로다
가 이삿짐과 한가지로 묻혀 가지고 왔습니다.

이래 십 년 대복이는 까딱없이 지내 왔습니다. 참말로 윤 직원 영감한
테는 깎아 맞췄어도 그렇게 손에 맞기는 어려울 만큼 성능(性能)이 두루
딱딱이로 만점이었습니다.

약삭빠르고 고정하고 민첩하고 잇속이라면 횅하니 밝고……. 이러니
무슨 여부가 있을 리가 있나요.

가령 두부를 오늘 저녁에는 세 모만 사 들여 보낼 예정이라면, 사는 마

당에서는 두 모하고 반만 사고 싶습니다. 그러나 두부 반 모는 서울 장안에 온통 매고 다녀야 파는 데가 없으니까, 더 줄여서 두 모를 삽니다. 결국 이 전 오 리를 아끼려던 것이, 그 갑절 오 전을 득했으니 치부꾼으로 그런 규모가 어디 있겠습니까. 대복이라는 사람이 돈을 아끼는 그 솜씨가 무릇 이렇다는 일례입니다. 진실로 얼마나 충실한 사람입니까.

그러나 그렇대서 사람이 잘다고만 하면 그건 무릇 인간성을 몰각한 혐의가 없지 않습니다.

대복이가 가령 주인네 반찬거리로 세 모를 사 들여 보낼 두부를 두 모하고 반 모만 사고 싶다가, 반 모를 팔들 않으니까 두 모를 사는 그 조화가 단지 돈 그것을 아끼자는, 즉 순전한 목적 의식만으로만 그러던 건 아닙니다.

그는 돈이야 뉘 돈이 되었던, 살림이야 뉘 살림이 되었던, 그 돈을 졸략히 쓰는 방법 거기에 우선 깊은 취미를 가지는 사람입니다.

그러한 때문에, 두부를 세 모를 살 텐데 두 모 반을 못 사서 두 모만 산 때라든지, 윤 직원 영감의 심부름으로 동대문 밖을 나가는데 갈 제는 걸어서 가고 올 제만 타고 와서 전차 삯 오 전을 덜 쓴 때라든지, 이러한 날은 아껴 쓰고 남긴 그 돈 오 전을 연신 들여다보고 들여다보고 하면서, 무한히 유쾌해합니다. 그 돈 오 전을 그렇다고 제 낭탁에다가 넌지시 집어넣느냐 하면, 물론 절대로 없습니다.

대복이는 그러므로, 가령 한 사람의 훌륭한 도락가(道樂家)로 천거하더라도 결단코 자격에 손색이 없을 겝니다.

어떤 사람은, 가지각색 고서(古書)를 모으기에 재미를 붙입니다. 별 얄망궂은 책들을 다 모으지요.

어떤 사람은 화분 가꾸기에 재미를 들입니다. 올망졸망 화초들을 분에다가 심어 놓고 그것을 가축하느라, 심지어 모필로다가 잎사귀에 앉은 먼지를 털기까지 합니다.

이러한 도락이 남이 보기에는 곰상스럽기나 했지 아무 소용도 없는 것

같지만, 그걸 하고 있는 당자들은 천하에도 없이 끔찍스레 재미가 있습니다.

마찬가지로, 돈을 쓰는 데 요모조모로 아끼고 조리고 깎고 해 가면서, 군것은 먼지 한 낱도 안 붙게시리 씻고, 털고 한 새맑은 알맹이 돈을 만들어 쓰곤 하는, 대복이의 그 극치에 다다른 규모도, 그러니까 버젓한 도락이 아닐 수가 없습니다.

윤 직원 영감과 대복이 사이에는 네것 내것이 없습니다. 죄다 윤 직원 영감의 것이요 대복의 것은 하나도 없어서 말입니다.

하기야 윤 직원 영감은 대복이를 탁 믿고, 월급이니 그런 것은 작정도 없이, 네 용돈은 네가 알아서 쓰라고, 내맡겼은즉 한 백만 원 집어 쓸 수도 있기는 합니다.

그러나 대복이에게 매삭 든다는 것이라게 극히 적고도 겸하여 일정한 것이어서, 담배 단풍표 서른 곽과(만약 큰 달일라 치면 삼십일일날 하루는 모아 둔 꽁초를 피웁니다) 박박 깎는 이발삯 이십오 전과, 목간삯 칠 전과 이런 것이 경상비요, 임시비로는 가장 핫길의 피복대와 십 전 미만의 통신비가 있을 따름입니다.

그는 그러한 중에서도 주인 윤 직원 영감의 살림이나 사업에 드는 비용은 물론이거니와, 그대도록 바닥이 맑아, 빠안히 들여다보이는 제 비용도 가다간 용하게 재주를 부려서 버젓하니 절약을 해내곤 합니다.

가령 쉬운 예를 들자면, 이런 것도 있습니다.

대복이는 한 달에 한 번씩 반드시(!) 목간을 하는데 그 비용은 물론 칠 전입니다. 비누를 쓰지 않으니까 꼭 칠 전 외에는 수건이나 해지면 해졌지, 다른 것은 더 들 게 없습니다.

그런데 언젠가는 그 한 달에 한 번씩 하던 그 목간을 약간 늦추어, 한 달하고 닷새 즉 삼십오 일 만에 한 번씩 해 보았습니다. 그렇게 하기를 여섯 번을 한 결과로는 매번 닷새씩 아낀 것으로 해서 일곱 달 동안에 여섯 번의 목간을 했고, 동시에 한 달 목간삯 칠 전을 절약하는 데 성공을 했습니다.

이 성과를 거둔 날의 대복이는 대단히 유쾌했습니다. 진실로 입신(入神)의 묘기(妙技)로 추앙해도 아깝지 않습니다.

고향에는 그의, 과히 늙지는 않은 양친이 윤 직원 영감네 땅을 부쳐먹고 지내면서, 그다지 고생은 않습니다.

아내가 고향에서 시부모를 섬기고 있었는데, 연전에 죽었고, 그래 대복이는 시방 홀아빕니다.

죽은 아내가 불쌍하고, 시골 살림이 각다분하고 홀아비 신세가 초라하고 하기는 하지만, 그런 걸 전화위복이라고, 과연 복이 될는지 무엇이 될는지 아직은 몰라도, 복이려니 하는 대망을 아무튼 홀아비가 된 그걸로 해서 품을 수만은 있게 되었던 것입니다.

대복이 그가 임자 없는 사내인 것과 일반으로 안에는 시방 임자 없는 여편네 서울아씨가 있어서, 우선 임자 없는 계집 사내가 주객이 되었다는 것이 가히 원칙적으로는 그 둘은 합쳐 줄 조건이 되던 것입니다.

물론 실제란 놈은 언제고 원칙을 생색 내 주려 들지 않으니까, 그래서 대복이의 대망도 장차 어떻게 될는지 모르기는 합니다.

첫째, 둘이서(아—니 저쪽에서) 뜻이 있어야 하고, 윤 직원 영감이 죽어 버리거나 그렇잖으면 묵인을 해 주거나 해야 하겠으니, 그것이 모두 미지수가 아니면 억지로다가 뛰어넘을 수는 없는 난관입니다.

가령 윤 직원 영감이 막고 못 가게 하는 것을 저희 둘이서만 배가 맞아서 살잔즉 서울아씨의 분재 받은 오백 석거리가 따라오지 않을 테니 그건 대복이로 앉아서 보면 목적을 전연 무시한 결과라, 아무 의의도 없을 노릇입니다.

대복이라는 사람이 본시 계집에게 반하고 어찌고 할 활량도 아니요, 반할 필요도 없기는 하지만 그러니 더구나 목 움츠리에 주근깨 바탕에 납짝코에 그런 빈대상의 서울아씨가 계집으로 하 그리 탐탁하다고 욕심이 날 이치는 없습니다.

다만 홀아비라는 밑천이 있으니까 오백 석거리로 동구리한 과부라는 데 오직 친화성(親和性)이 발견될 따름이고, 그게 대망의 초점이지요.

그러니까 시방 대복이는 제 일단의 문제로 서울아씨가 저에게 뜻이 있으면 하고 바랍니다. 만약 그렇기만 하다면 일이 한 조각은 성공이니까, 매우 기뻐할 현상이겠습니다.

그러나 아무리 그렇더라도 가령 서울아씨가 쫓아 나와서 제 허리띠에 목을 매고 늘어지더라도 제 이단의 난관인 윤 직원 영감의 묵인이나 승낙이 없고 볼 것 같으면 알짜 오백 석거리의 도금이 벗어져 버린 서울아씨일 터인즉 그는 단연코 그 정을 물리칠 것입니다.

뭉굴게 먹고 가늘게 싸더라도, 윤 직원 영감이 인제 죽을 때는 단 돈 몇 천 원이라도 끼쳐 줄 눈치요, 그것만은 외수가 없는 구멍인 것을, 잘못하다가 그 구멍마저 놓쳐서는 큰 낭패이겠으니 말입니다.

"전 서방님 오싯넌디 저녁진짓상 주어기라우……."

삼남이가 안방 대뜰로 올라서면서 떼어 놓고 하는 소립니다.

"전 서방 오셨니?"

안방에서 경손이와 태식이를 데리고, 무슨 이야긴지 이야기를 하고 있던 서울아씨가, 와락 반가운 소리로 대답을 하면서 마루로 나오더니, 이어 부엌으로 내려갑니다.

전 서방이고 박 서방이고간에 그의 밥상을 아는 체할 며느리도 없고 또, 계제가 그렇게 되었더라도 삼월이를 불러 대서 시키든지 조카며느리들한테 밀든지 할 것이지, 여느때는 부엌이라고 들여다보지도 않는 서울아씨로, 느닷없이 이리 서두는 것은 적실코 한 개의 이변이 아닐 수가 없습니다.

경손이가 그 이변을 직각하고서 서울아씨가 나간 뒤에다 대고 고개를 끄덱끄덱, 혓바닥을 날름날름합니다.

서울아씨는 물론 그런 눈치를 보인 줄은 모를 뿐 아니라, 자신의 그러한 행동이 이변스러운 것조차 미처 깨닫지를 못합니다.

하나, 그렇다고 또 서울아씨가 대복이한테 깊수름한 향의가 있는 것이냐 하면 실상인즉 그게 매우 모호해서 섬뻑 이렇다고 장담코 대답하기는 난감합니다.

혓바닥은 짧아도 침은 멀리 뱉는다고 합니다. 서울아씨는 다아 참, 양반의 집 자녀요, 양반의 집 며느리였고 친정이 만석꾼이요 내 몫으로 오백 석거리가 돌아올 테고, 이러한 신분을 가져다가 사랑방 서사 대복이와 견줄 생각은 일찍이 해 본 적이 없습니다.

그러니까 가령 어떻게 어떻게 되어서, 이러쿵저러쿵 말이 얼려 가지고 대복이한테로 팔자를 고친다 치더라도 그거나마 마다고 물리치지는 않을 지언정, 대복이라는 인물이 하 그리 솔깃하거나 그래서 그러는 것은 아닐 텝니다. 하고, 오로지 그가 치마를 두른 계집이 아니고, 남자라는 것, 단 열 그것 하나 때문일 것입니다.

그렇기로 들면, 같은 남자일 바에야 대복이보다는 어느 모로 따지든지 취함직한 남자가 하구 많을 텐데 하필 그처럼 눈에도 안 차는 대복이냐고 하겠지요.

그러나 서울아씨는 시집을 갈 수 있는 숫처녀인 것도 아니요 신풍조를 마신 새로운 여인도 아닙니다.

그는 단지 하나의 낡은 세상의 과부입니다. 이 세상에 사람이 있는 줄은 알아도 남자가 있는 줄은 의식적으로 모릅니다.

그것은 또, 결단코 절개가 송죽 같아서가 아니라, 눈 가린 마차말(馬車馬)이 마차를 메고 달리는 것과 일반으로 훈련된 본능일 따름입니다.

과부라는 것은, 그 이유는 몰라도, 그냥 그저 두 번째 남편을 맞지 않는 것이라고만 알고 있기 때문입니다.

그리하여 서울아씨도 장차 어떠한 고패에 딱 닥뜨려서는, 그 훈련된 본능을 과연 보전할지가 의문이나, 아직까지는 털고 나서서 개가를 하겠다는 의사는 감히 없고, 역시 재혼이라는 것은 못하는 걸로 여기고만 있습니다.

하기야 더러 그 문제를 가지고, 빈약한 소견으로 두루두루 생각을 해 보지 않는 것은 아니나, 아무리 들러대 보아야 그것은 힘에 벅찬 거역이 어서, 도저히 가망 수가 없으리라 싶기만 하던 것입니다.

'그러하다면서 대복이한테 그가 심심찮은 마음의 포즈를 보인다고 한 것은 역시 공연한 데마가 아니냐?'

그러나 그것은 막상 그렇지 않은 소치가 있습니다.

과부라도, 중성(中性)이 아닌 바에야 생리적으로 꼼짝 못할 명령자가 있는 것을, 그러니 이성이 그립지 않을 이치가 없습니다. 서울아씨도 이 성이 그립습니다. 지금 스물아홉인데 십이 년 전에 일 년 동안 겨우 남편 과 지내고서, 이내 홀몸입니다.

삼십이 되어 오니 그 이성 그리움이 차차로 더합니다. 그가 성자(聖 者)다운 수련을 쌓지 않은 이상, 단지 과부라는 형식만이 있어 가지고는 홀몸 분비의 명령인, 한 개의 커다란 필연을 도저히 막아 낼 수는 없던 것입니다.

그러므로 그는 극히 자연스러운, 그러나 일종 근육적인 반작용으로써, 이성을 그리워하고, 무의식한 가운데 이성을 반겨하고 하지 않을 수가 없 는 여자 서울아씨던 거요. 그런데 일변 그의 세계란 것은 겨우 백마흔 평 이라는 이 집 울 안으로 제한이 되어 있고 그 제한된 세계에는 오직 대복 이가 남자로 존재해 있을 따름이던 것입니다.

그러니까 서울아씨는 대복이라면 그와 같이 의식보다도 제풀 근육이 반 사적으로 날뛰어 몸이 먼저 반가워하고, 그것이 날이 갈수록 남의 눈에 뜨이게 차차로 현저해 가던 것입니다.

그렇지만 서울아씨의 근육이 풍겨 내놓은 이변은 그러나 저 혼자서는 도저히 발전을 할 능력이 없을 뿐 아니라, 아직은 한낱 재료일 따름이요 겸하여, 의사의 판단과 상량을 치르지 않은 것인즉, 미리서 대복이를 위 하여 축배를 들 거리는 못 되는 것입니다.

그건 그렇다고 하더라도, 삼남이가 웬만치 눈치가 있었더라면, 밥상을 들고 나가서 대복이더러 넌지시, 아 서울아씨가 펄쩍 뛰어나오더니 평생 않던 짓을, 밥상을 차린다, 이것저것 반찬을 골라 놓는다, 또 숭늉을 데운다 뭐 야단이더라고 이쯤 귀띔이라도 해 주었을 것입니다.

그랬으면야 대복이도 속이 대단 굴져했을 것이고, 어떻게 적극적으로 모—션을 건네 보려고, 궁리도 할 것이고 그랬을 텐데, 삼남이란 본시 제 눈치도 모르는 아인 걸 남의 눈치를 알아챌 한인(閒人)은 아니었으니까요.

그래, 대복이는 전에 없던 밥상인 것만 이상히 여기고 말았습니다.

그러나 경손이 그애가 능청맞은 애라, 제 대고모의 그러한 이변을 발견했은즉, 혹시 무슨 장난이라도 할 듯싶고, 그 끝엔 어떤 일이 생길 듯도 하고, 하기는 합니다마는, 물론 꼭이 그러리라고 단언은 할 수 없는 일이고요.

실제록

대복이가 윤 직원 영감의 머리맡 연상(硯床)에 놓인 세트의 스위치를 누르는 대로 JODK의 풍류(風流)가 마침 기다렸던 듯 좌악 흘러나옵니다.

"따양 찌—찌—즈응 증지 따앙 증응 다앙……."

잔 영산입니다.

청승스런 단소의 둥근 청과 의뭉한 거문고의 큰 소리가 서로 얽혔다 풀렸다 하는 사이를, 가냘퍼도 양금이 야무지게 먹이고 나갑니다.

"다앙 당 동, 다앙 동 다앙당, 증찌, 다앙 당동따, 다앙 따앙."

이윽고 초장이, 끝을 흥있이 몰아치는 바람에, 담뱃대를 물고 모로 따악 드러누워서 듣고 있던 윤 직원 영감은,

"좋다아!"

하면서 큼직한 엉덩판을 한 번 칩니다.

무릇 풍류란 건 점잖대서, 잡가나 그런 것과 달라, 그 좋다!를 않는 법이랍니다. 그러나 그까짓 법이 무슨 상관이 있나요. 윤 직원 영감은 좋으니까 좋다고 하면 고만이지요.

이렇게 무식은 해도, 그거나마 음악적 취미의 교양이 윤 직원 영감한테 지녀져 있다는 것이 일변 거짓말 같기는 하지만 돌이켜 장의 구실을 지낼 무렵에, 선비들과 추축한 그 덕이라 하면, 그리 이상턴 않겠습니다.

라디오를 만져 놓고 막 제 방으로 물러가는 대복이와 엇갈려 춘심이년이 배시기 웃으면서 들어섭니다.

"어서 오너라. 이년 왜 이렇게 늦게 오냐?"

윤 직원 영감은 반가워하면서 욕을 하고, 춘심이는 욕을 먹어도 타지는 않습니다.

"일찍 올 일은 또 무엇 있나요? 오구 싶으믄 오구 말구 싶으믄 말구, 하지요. 시방 세상은 자유 세상인데!……"

춘심이가 단숨에 이렇게 쌔와리면서, 얼굴 앞에 바투 주저앉는 것을, 윤 직원 영감은 멀거니 웃고 바라다봅니다.

"대체, 네년 주둥아리다가넌 도롱태를 달었넝개비다? 어찌 그리 말허넌 주둥이가 때르르허니 방정맞냐?"

"도롱태가 무어예요?"

"떠들지 말고, 이년아……. 나 풍류 소리 들을나닝개 발치루 가서 다리나 좀 쳐라, 응?"

"싫여요! 밤낮 다리만 치라구 허구……."

불평을 낼 만도 하지요. 비록 반풀값에 영업장을 가졌고 세납을 물고 하는 기생더러 육장 다리를 치라니요.

춘심이는 금년 봄부터 시작하여 윤 직원 영감의 다섯 번이나 내리 실연을 한 여섯 번째의 애인입니다.

작년 가을, 그 살뜰한 첩이 도망을 간 뒤로 윤 직원 영감은 객회(?)가 대단히 심했고 그뿐 아니라 밤 저녁으로 말동무가 없게 되어, 여간만 심심하지 않았습니다.

사랑은 쓰고 있으되, 놀러 올 영감 친구 하나 없습니다. 정 무엇하면 객초(客草) 몇 대씩 허실하면서라도 바둑 친구나 청해 오겠지만, 윤 직원 영감은 바둑이니 장기니 그런 것은 자고 이후로 통히 손을 대 본 적이 없습니다. 웬만한 노인들은 대개 만질 줄을 아는 골패도 모르고 이날 이때까지 살아왔습니다. 그런 기국이나 잡기에 손에 대지 않은 것은, 소시 적에 남들이 노름꾼 말대가리 자식놈이라고 뒷손가락질과 귀먹은 욕을 하는 데 절치부심을 한 소치라고 합니다.

말동무 하나 없이 밤이나 낮이나 텅빈 삼칸 장방에 담뱃대를 물고 혼자 달랑 누웠다 앉았다 하자니, 어떤 때는 마구 다리가 비비꼬이게시리 심심해 살 수가 없습니다.

그러자 마침 올 삼월인데, 윤 직원 영감이 작년 추석에 성묘 겸 고향을 내려갔을 제 술자리에서 수삼차 불러 논 기생 하나가, 그뒤 서울로 올라왔다고, 그래 고향 어른을 뵈러 온다고 우정 이 계동 구석까지 찾아온 일이 있었습니다.

그때에 그 기생이 제 동생이라고 머리딴 동기 아이 하나를 데리고 와서 같이 인사를 드렸고 윤 직원 영감은 고놈 동기 아이가 매우 귀여웠습니다.

"너, 가끔 놀러 오니라. 와서 날 이얘기 책두 읽어 주구 더러 다리두 쳐 주구 허머넌, 내 군밤 사 먹으라구 돈 주지……."

덜머리진 총각 녀석이 꼬마둥이더러, 엿 사 주께시니……, 달라는 법수와 별반 다를 게 없는 행투겠지요. 깊이 캐 보면 말입니다.

설마 그런 눈치야 몰랐겠지만, 동기 아이는 웃기만 하지 대답을 않는 것을, 형되는 큰 기생이 제 동생더러, 그래라 올라와서 모시고 놀아 드려라. 노인은 애들이 동무란다고, 타이르던 것입니다. 역시 무슨 딴 의사가 있을 줄은 몰랐을 것이고, 다만 제 생색을 내어 놀음발이라도 틀까 하는 요량이던 게지요.

윤 직원 영감은 하기야 큰 기생이 종종 와 주었으면 해롭던 않을 판입니다. 더러 와서는 조용히 시조장이나 부르고 콧노래 섞어 잡가 토막도 부르고 이런 얘기 저런 이야기 얘기나 하고…….

물론 그것뿐입니다. 윤 직원 영감은 큰 기생 그한테 뜻이 있을 필요는 전연 없습니다. 털어놓고 오입을 한다든지 하자면야, 서울 장안의 기생만 하더라도 얼굴이 천하 일색이 수두룩하고 또 가령 얼굴은 안 본다 칠값에 노래가 명창으로 멋이 쿡 뙇는 기생이 또한 하구많은데, 그런 놈 죄다 젖혀 놓고 하필 인물도 노래도 다아 시원찮은 이 기생을, 같은 돈 들여 가면서 그러잘 묘리가 없는 게니까요.

그러나 일변 기생으로 보면, 새파란 젊은년이 무슨 그리 살뜰한 정분이며 알뜰한 정성이 있다고, 제 벌이 제 볼일 젖혀 놓고서, 육장 이 구석을 찾아와서는 놀음채 못 받는 개평 놀음을 논다, 아무 멋대가리도 없는 늙은이 시중을 든다, 하고 싶은 이치가 없을 게 아니겠습니까.

경우가 이러하고 본즉 윤 직원 영감은 단지 눈앞의 화초로만 데리고 놀재도 이편에서 오라고 일러야 할 것이요, 오라고 해서 오고 보면 그게 한두 번일세 말이지 세 번에 한 번쯤은 소불하 십 원 한 장은 집어 주어야 인사가 아니겠다구요.

그러나 돈이 십 원, 파랑 딱지 그놈 한 장이면 일 원짜리로 열 장이요 십 전짜리로 일백 닢이요, 일 전짜리로 천 닢이요 옛날 세상이라면 엽전으로 오천 닢이요, 오천 닢이면 만석꾼이 부자라도 무려 천칠백 번이나 저승을 갈 수 있는 노수요, 한걸 생판 어디라고 윤 직원 영감이 그렇게 함부로 쓸 법은 없던 것입니다.

그런데 그게 옹근 기생이 아니요, 동기고 볼 양이면 이런 체면 저런 대접 여부 없이, 가끔 가다가 돈장이나 집어 주곤 하면 제야 군밤을 사 먹거나 봉지쌀을 사 들고 가거나 이편의 아랑곳이 아니요, 내가 할 도리는 넉넉 차리게 될 테니까, 두루 좋습니다.

그런 고로 해서, 동기를 데리고 노는 것이 돈 덜 드는 규모 있는 소일일 뿐만 아니라 또, 윤 직원 영감은 기왕 소일거리로 데리고 놀 바에야 계집애가 귀엽고 재미가 있습니다. 오히려 그 소일거리 이상의 경우를 고려해서 역시, 돈을 적게 들이고 비공식이요 그러고도 취미는 더 있을 게 계집애입니다.

사람이 나이 늙으면 늙을수록 어린 계집애가 귀여운 법이라구요. 그거야 귀여워하는 법식 나름이겠지만, 윤 직원 영감의 방법은 의미심장합니다.

그리하여 계제가 마침 좋은지라, 윤 직원 영감은 기생 형제가 하직 인사를 하고 일어설 때에 큰 기생더러,

"그럼 자네가 더러 좀 올려 보내소. 내가 거 원, 이렇게 혼자 있으닝개 제일 말동무가 없어서 심심하여 못허것네…… . 그러니 부디 가끔가끔……."

하고, 근천스런 부탁을 했습니다.

큰 기생은 종시 선선히 응답을 하고 돌아갔고, 그런 지 사흘 만인가 윤 직원 영감이 혼자 누워서 심심하다 못해 고년이 어쩌면 올 성도 부른데, 이런 때 좀 왔으면 작히나 좋아! 몰라 또 말은 그렇게 혼연히 하고 갔어도 보내기는 웬걸 보낼라구? 아니 그래도 혹시 어쩌면…… . 이리 궁금해하면서 기다리느라니까, 아닌게아니라 훨씬 낮이 겨운 뒤에 그애 동기 아이가 찰래찰래 오지를 않겠습니까.

젊은것들끼리 제 애인을 고대고대하다가 겨우 와 주어서 만날 때도 아마 그렇게 반갑겠지요. 윤 직원 영감도 대단 반갑고 일변 신통스럽습니다.

윤 직원 영감은 그 살뜰한 애기 손님을 옆에 소중히 앉히고는 머리도 쓰다듬어 주고 종알종알 이야기하는 입도 들여다보고 꼬챙이로 찌르듯 빼액빼액하는 노래도 시켜 보고, 하면서 끔찍한 재미를 보았습니다.

그럭저럭 날이 저무니까 간다고 일어서는 것을 달래서 전에 없이 맞상

을 내다가 같이 저녁을 먹었고, 저녁을 마친 뒤에는 시급히 춘향전을 사들여, 그애더러 읽으라고 하고는 자기는 벌떡 드러누워서 이야기책 읽는 입을 바라보고, 하느라고 그야말로 천금 같은 봄밤의 한 식경을 또한 즐겁게 보낼 수가 있었습니다.

초저녁부터 몇 번 붙잡아 앉힌 것은 물론이고, 마침내 열시가 되자 할 수 없이 놓아 보내는데 윤 직원 영감은 크게 생색을 내어 인력거를 불러다가 선금을 주어서 태워 보내는 외에 일 원 한 장을 따로 손에 쥐어 주기까지 했습니다. 대단한 적공이지요.

보내면서, 내일도 오너라 했더니, 과연 이튿날 저녁에 저녁을 일찌감치 먹곤 올라왔습니다.

윤 직원 영감은 어제저녁처럼 옆에다가 앉혀 놓고는 이야기도 시키고 이야기책도 읽히고 내시가 이 앓는 소리 같은 노래도 듣고 오늘 저녁 개시로 다리도 치게 하고, 그러면서 삼남이를 시켜 말눈깔사탕 십 전어치도 사다가 먹이고, 머리는 물론 여러 번 쓰다듬어 주었고, 그러구러 밤이 이슥한 뒤에 돌려보냈습니다.

대접상으로는 역시 인력거를 태워 주었어야 할 것이지만 인제 앞으로 자주 다닐 텐데 그렇게 번번이 탈 수 있느냐고 그러니 오늘 저녁부터는 이애더러 바래다 달라고. 그 알량한 삼남이를 안동해 보냈습니다.

인력거를 안 태웠으니 돈이라도, 일 원을 다아 주기가 아깝거던 오십 전이나마 주었어야 할 것이지마는 그것 역시 자꾸만 그래쌓다가는 아주 버릇이 되어서 오기만 오면 으레 돈을 탈 것으로 알게시리 길을 들여서는 안 되겠다 하여 짐짓 입을 씻어 버렸던 것입니다. 그리고서 그저 세 번이나 네 번에 한 번만큼씩 일 원 한 장이고 쥐어 줄 요량을 했습니다.

그뒤로부터 그애는 윤 직원 영감의 뜻을 곧잘 받아 이틀에 한 번 또 어느 때는 매일같이 올라와선 놀곤 했고, 그렇게 하기를 한 이십여 일 해오던 어느 날 밤이었습니다.

밤은 아직 초저녁이었고, 그들막하게 뻗고 누워 있는 다리를 조막만한

계집애가 밤만한 주먹으로 토박토박 무심히 치고 있는데 문득 윤 직원 영감이,

"너 몇 살 먹었지?"

하고 새삼스럽게 나이를 묻던 것입니다.

"열네 살이라우."

동기 아이는 아직도 고향 사투리가 가시지 않았습니다. 하기야 윤 직원 영감 같은 사람은 십 년이 되었어도 종시 그러닝개루를 못 놓지만요.

"으응! 열네 살이여!"

윤 직원 영감은 또 한참 있다가,

"다리……, 구만 치구, 이리 온?"

하면서 턱을 까붑니다.

아이는 발딱 일어서더니 발치께로 돌아, 윤 직원 영감의 가슴 앞에 바로앉고 윤 직원 영감은 물었던 담뱃대를 비겨 놓고는 아이의 머리를 싸악싸악 쓸어 줍니다.

"옹……, 열네 살이면 퍽 숙성하여!"

"……."

"야!"

"얘?"

"으음……, 저어 거시기, 저어……."

"……."

"야!"

"얘?"

"저어, 너……."

"얘애."

"너, 내 말 들을래?"

"얘?"

아이는 무슨 뜻인지 못 알아듣고는 눈을 깜작깜작합니다. 윤 직원 영감

은 히죽 웃으면서 머리 쓰다듬던 팔로 슬며시 아이의 목을 그러안습니다.

"내 말 들어라, 응?"

"아이구머니!"

아이는, 마치 불에 덴 것처럼 화닥닥 놀래면서, 뛰쳐 일어나더니, 그냥 문을 박차고 그냥 꽁무니가 빠지게 달아나 버립니다.

가뜩이나 덩치 큰 영감이 좀 모양 창피했지요. 그러나 뭘, 아무도 본 사람도 없었고, 또 보았기로서니, 게, 양반이 파립(破笠) 쓰고 한번 대변 보기가 예사지, 그걸 그다지 문벌 깎일 망신으로 칠 것은 없습니다.

윤 직원 영감은 에—거 아예 어린 계집애년들 이뻐하고 데리고 놀고 할 게 아니라고, 얼마 동안은 다시 전대로 소일없이 심심한 밤과 낮을 보냈습니다.

그러나 한번 걸음을 내친 게 불찰이지, 일 당하던 당장에 창피하던 기억은 차차로 잊혀지고 일변 심심찮이 놀던 일만 아쉬워집니다. 뿐 아니라 맛을 보려다가 회만 동해 놓은, 그놈 식욕이 아예 가시지를 않습니다.

윤 직원 영감의 이 계집애에 대한 홍미는 일찍이 고향에 있을 때부터 촌 계집애들을 주무른 솜씨라, 오늘날에 비로소 시작된 것 아니라면 아니기도 하겠지만 그래도 그때의 계집애들은 열칠팔 세가 아니면 기껏 어려야 열육칠 세이었었지, 열네 살박이의 정말 젖비린내나는 계집에까지 이르들 않았습니다.

그러니까 만약 그 식욕을 엄밀히 구별한다면 시골 있을 무렵에 계집애 (어리기는 해도 계집으로서의 기능을 갖춘) 그놈을 잡아먹던 식성(食性)과, 시방 열네 살 고 또래의 계집 이전인 계집애에게 대해서 우러나는 구미 (口味)와는 계통이 다르다 할 것입니다. 더욱이 박물장수 아씨더러, 첩 더디 얻어 들인다고 성화를 대는 그런 순수한 생리와도 파계가 다릅니다.

윤 직원 영감의 이 새로운 식욕은 그런데 매우 강렬하기까지 해도 도저히 그대로 참지를 못할 지경이었습니다. 드디어 대복이가 나섰습니다.

경지영지하시니 불일성지라더니, 뉘 일일새 범연했겠습니까. 대복이는 골목 밖 이발소의 긴상한테 청을 지르고 긴상은 계제 좋게, 안국동 저의 이웃에 사는 동기 아이 하나가 있어, 쉽사리 지수를 했습니다. 사실 별반 힘들 게 없는 것이 그런 조무래기야 장안에 푹 쌨고, 그런데 이편으로 말하면 이러저러한 곳에 사는 재산 있는 칠십 먹은 점잖은 아무 댁 영감님인바, 노인이 심심소일삼아 옆에 앉혀 놓고서 말동무도 하고 이야기책도 읽히고 노래도 시키고 다리도 치이고, 이렇게 데리고 논다는 조건이고 본즉, 만약에 춘향이가 인도환생을 한 어미 애비라 하더라도 감히 거기에 어떠한 위험을 느끼던 안할 게니까요.

하물며 계집애 자식을 논다니 판에다 내놓아 목구멍을 도모하자는 어미애비들이었던 막이 그 숭한 속내를 알았기로서니, 오히려 반가워할 것이지 조금치나 저어를 할 묘리는 없는 것입니다. 이발소 긴상의 서투리로 사흘 만에 한놈이 대비가 되었는데, 나이는 이편에서 십오 세 이내로 절대 지정한 소치도 있겠지만 마침 열네 살이요 생긴 거란 역시 별수 없고 까칠한 게 논에 갓난 고양이새끼 여대치게 으설폈습니다.

그러나 윤 직원 영감은 계집애면 만족이니까 별 여부 없었고 흔연히 맞아들여 노래도 우선 시켜 보고 머리도 쓸어 주고 이야기책도 읽히고 다리도 치게 하고 눈깔사탕도 사 먹이고, 이렇게 며칠 두고서 적공을 들였습니다.

그러다가 이윽고 낯을 안 가릴 만하니까 비로소, 너 몇 살이냐?…… 응, 숙성하구나! 너 내 말 들을늬? 하면서 머리 쓰다듬던 팔로 허리를 끌어안았습니다.

그랬더니, 이번 아이는 서울 태생이라 그런지, 좀더 영악스럽게,

"이 영감이 왜 이 모양야? 미쳤나?"

하면서 욕을 냅다 깔리고 통통 나가 버렸습니다.

이래서 두 번째의 무렴을 보았습니다. 그러나 암만 무렴을 보았어도 윤 직원 영감은 본시 얼굴이 붉으니까 새차비로 홍안은 당하지 안했지만,

"헤에! 그거 참!"

하면서, 헤벌심 웃지 않던 못했습니다.

윤 직원 영감은 그뒤로도 처음 뜻을 굽히지 않았습니다. 그리하여 세 번 네 번 다섯 번 이렇게 대거리를 구해 들였고, 그러나 그러는 족족 실패가 아니라 실연의 쓴 술잔이 아니라 핀잔을 거듭거듭 마셔 왔습니다.

대단히 비참한 노릇입니다. 고, 아무렇게나 생긴 동기 계집애년 하나를 뜻대로 다루지 못하고서 늦은 봄부터 초가을까지 무려 다섯 차례나 낭패를 보다니 윤 직원 영감으로는 일대의 치욕이 아닐 수가 없습니다.

사실이지 백만의 거부를 누리는 데도 그대토록 힘이 들지는 안했고 평생을 돌아보아야 한 개의 목적을 놓고 앉아 내내, 다섯 번씩 실패를 해 본 적이라고는 찾고 싶어도 일찍이 없었습니다.

하기야 전연 딴 방도가 없던 건 아닙니다. 시골 있는 사음한테로 기별만 할 양이면, 더는 몰라도 조그마한 소녀 유치원 하나는 꾸밈직하게 열 서너 살짜리 계집애를 한떼 쓸어 올 수가 있으니까요.

작인들이야 제네가 싫고 싫지 않고는 문제가 아니요, 어린 딸은 말고서 아녈말로 늙어 쪼그라진 어멈이라도 갖다가 바치라는 영이고 보면 여일히 거행하기는 해야 하게크름 다아 되질 안했습니까.

진실로 그네는 큰 기쁨으로든지, 혹은 그 반대로 땅이 꺼지는 한숨을 쉬면서든지 어느 편이 되었든지간에, 표면은 새암탉 한 마리쯤 설이나 추석에 선사삼아 안고 오는 것과 진배없이 간단하게 그네의 어린 딸 혹은 누이를 산(生) 제수로 바치지 않질 못합니다.

윤 직원 영감은 그러므로, 가령 세 번째의, 허탕을 치고 나서부터는 시골 계집애를 잡아올까 하는 궁리를 해 보지 않은 것은 아니었습니다.

과연, 당장 편지를 해서 그 머리 검은 병아리를 구해 보내라고 할 생각을 몇 번이고 했습니다.

그러나 생각을 그렇게 하기는 했어도 한편으로는 보는 데가 없지 않아 아직 주저를 했던 것입니다.

만약 시골서 계집애를 데려오고 보면, 그때는 동기를 불러다가 말동무

를 삼는다는 형식이 아니요, 단박 첩을 얻어들인 게 되겠으니 원 아무리
뭣한들 칠십 먹은 늙은이가 열세 살이나 열네 살박이 첩을 얻다께, 체면
도 아닐 뿐 아니라, 또 체면 문제보다는 시골 계집애는 노래를 못하니까
서울 동기보다 쓸모는 적으면서, 오면가면 차삯이야, 몸 수발이야 뒷갈무
리야 해서 돈은 훨씬 더 듭니다.

　이러한 불편이 있는 고로 해서, 그래 시골 계집애를 섬뻑 데려오지 못
하던 것인데, 그러나 이번 춘심이한테까지 낭패를 보고서도 그런 주저를
하겠느냐 하면, 그건 도저히 보장하기가 어렵습니다. 그러니 일변 생각하
면 춘심이의 소임이 매우 중대하고도 미묘한 의의를 가졌다고 할 수 있겠
습니다.

　이렇듯 조건이 붙었다면 붙었달 수 있는 춘심이요, 한데 다니기 시작한
지도 벌써 보름이 넘었습니다.

　인제는 그만하면 낯가림을 안할 만큼 되었고, 또 공력도 그새 다른 아
이들한테보다는 특별히 더 들이느라고 들였습니다.

　윤 직원 영감은 시방, 그런 것 저런 것 속으로 가늠을 해 보면서 손차
에 퍼근히 주저앉아 다리를 안 치겠다고 대가리를 쌀살 흔들며 암상떨이
를 하는 춘심이를 히죽히죽 올려다보고 누웠습니다.

　옆으로 앉아서 고개를 내두르는 대로, 뒤통수의 몽창한 단발이 까불까
불합니다. 치렁치렁하던 머리채가 다레를 뽑아 버리면 이렇게 여학생이
됩니다. 흰 저고리 통치마에 양말이 모두 여학생 차림입니다. 춘심이는
이런 여학생 차림새를 좋아해서 권번에 갈 제와 또 권번 사람의 눈에 뜨
일 자리말고는 대개 긴치마에 긴머리를 늘이고 가지를 않습니다. 그러니
까 윤 직원 영감한테 오는 때도 권번에서 바로 가는 길에 아니면 언제고
여학생 차림입니다.

　그 주제를 하고 앉아서,

　"사안 이이로구나—아 헤—"

하는 꼴이, 대체 무어라고 빗댔으면 좋을지 모르겠어도 저는 이상이요,

간혹 윤 직원 영감이, 야 이년아! 여학생이 잡가도 한다더냐고, 더러 조롱을 하지만 역시 그만한 입살은 탈 아이가 아닙니다.

마침 라디오는 풍류가 끝나고, 조금 있더니 지랄 같은 깡깽이 소리(洋樂)가 들려 나옵니다. 윤 직원 영감은 이맛살을 찌푸리면서 스위치를 제쳐 버립니다.

"너 이년, 다리넌 안 치기루 힛냐?"

"싫어요! 누가 암마야상인가, 머!"

"허! 그년 참!…… 그럼 다리 안 치넌 대신 노래나 한마디 불러라!"

"노랜 하죠! 풍류 ㄲ티엔 텁텁한 놈으로 잡가를 들어야 하신다죠?"

"그런 걸 다아 알구, 제법이다!"

"어이구, 참! 나구는 샛님만 없이여긴다구!…… 자아 노래하게 영감님 장단 치시요?"

"장단은 이년아, 장구가 있어야 치지?"

"애개개! 장구가 있으믄 영감님이 장단을 칠 줄은 아시구요?"

"헤헤, 그년이. 이년아 늬가 꼭 여수 같다!"

"내에, 난 여우 같구요……. 영감님은 하마(河馬) 같구요? 해해해!"

"네리끼년! 허허허허……. 그년이 꼭 어디서 초란이같이 까분당개루?"

"초란이? 초란이가 무어예요?"

"초란이패라구 있더니라. 홍동지 박첨지가 탈바가지 쓴 대가리를 내놓구서, 서루 쩧구 까불구, 꼭 너치름 방정맞게 촐랑거리구 지랄을 허구 그르더니라……. 떼—루 떼—루 박첨지야! 이런 노래를 불러 가면서……."

"해해해해, 어디 그 소리 또 한번 해 보세요? 아이 참, 혼자 보기 아깝네! 해해해……."

"허! 그년이!"

이렇게 그야말로 쩧고 까불고 하는 소리를, 누가 속은 모르고 밖에서 듣기만 한다면 꼬옥 손맞은 애들이 지껄이고 노는 줄 알 겝니다.

방 안을 들여다보면?…… 그런다면 저이들 말따나, 동물원의 하마와 여우가 한 울 안에서 재미있게 노는 양으로 보이겠지요.

"춘심아?"

"내 내?"

"너어……."

"내에!"

"저어, 무어냐……."

윤 직원 영감은 다리를 비비꼬면서 말끝을 어름어름합니다.

못 견디겠어서 인제 웬만침, 너 몇 살이지? 응, 숙성하다, 너 내 말 들을늬…… 이, 이를테면 사랑의 고백을 해야만 하겠는데, 그놈이 목구멍까지 올라왔다가는 도로 넘어가곤 하던 것입니다. 역시 다섯 번이나 허탕을 친 나머지라, 어쩔고 싶어 뒤를 내는 것도 그럴 듯한 근경입니다.

그게 젊은것들 사이라면, 나는 당신을 사랑합니다! 그 소릴 텐데, 그 소리 한 마디 나오기가 어렵기란, 아마도 만고를 두고 노소 없이, 또 사정과 예외를 통틀어 넣고 일반인가 봅니다.

"인제 구만 까불구, 어서 노래나 시작히여라."

윤 직원은 드디어 망설이다 못해 기회를 뒤로 밀었습니다.

"내—내. 무얼 하까요? 아까 낮에 명창대회서 영감님이 연신 조오타! 조오타! 하시던, 적벽가 새타령하까요?"

"하앗다! 고년이 서빠닥은 짤뤄두 침은 멀리 비얏넌다더니 이년아 늬가 적벽가 새타령을 허머넌 나넌 하눌서 별을 따 오것다!"

"애개개! 아—니 그럼 내일이라두 권번에 가서 고놈 한마디만 배워 가지구, 영감님 듣는 데 할 테니깐 정말 하눌 가서 별 따 오실 테야요?"

"누가 인자사 배 갖구 말이냐? 시방 이 당장에서 말이지."

"피— 아무렇게 해두 하기만 하면 고만이지, 머……."

"그년이 노래 허라닝개루 또 잔사슬을 대 놓너만!"

"내—내…… 햄, 자아 합니다, 햄, 망구강사안 유람헐 제……."

단가로는 맹자 견 양혜왕짜리요 한데 망구강산의 망구는 오식(誤植)이
아닙니다.

고저가 옳게 맞을 리도 없고, 장단이 제대로 갈 리도 없는데다가, 소리
선생 앞에서 배울 때에 쓰던 그 목을 그대로 고래—고래 내시처럼 되게
지르고 앉았으니, 윤 직원 영감의 취미(臭味) 아니고는 듣기에 장히 고
생이 되지 않을 수 없는 음악입니다. 게다가 윤 직원 영감의 역시 장단을
유린하는, 좋다! 소리가, 오히려 제격이요, 겨우 노래가 끝나니까는, 에
—수고했네! 에, 이르러서는 진실로 근천의 절창이라 하겠습니다.

"너, 배 안 고프냐?"

윤 직원 영감은 쿨럭 가라앉은 큰 배를 슬슬 만집니다. 춘심이는 그 속
을 모르니까 뚜렛뚜렛합니다.

"아뇨. 왜요?"

"배 고프다머넌 우동 한 그릇 사 줄라구 그런다."

"아이구머니! 영감 죽구서 무엇 맛보기 첨이라더니!"

"저런 년! 주둥아리 좀 부아!"

"아—니, 이를테믄 말이에요!…… 사 주신다믄야 배는 불러두 달게
먹죠!"

"그리라. 두 그릇만 시키다가 너허구 한 그릇씩 먹자!"

"우동만, 요?"

"그러먼?"

"나, 탕수육 하나만……."

"저 배때기루 우동 한 그릇허구, 또 무엇이 더 들어가?"

"들어가구말구요! 없어 못 먹는답니다!"

"허! 그년이 생 부랑당이네! 탕수육인지 그건 한 그릇에 을매씩 허
냐?"

"아마 이십오 전인가, 그렇죠?"

윤 직원 영감의 말이 아니라도 계집애가 여우가 다아 되어서, 탕수육 한 접시에 사십 전인 줄 모르고 하는 소리가 아닙니다.

우동 두 그릇 탕수육 한 그릇 얼른 빨리……. 우동 두 그릇 탕수육 한 그릇 얼른 빨리……. 삼남이는 이 소리를 마치 중이 염불하듯 외우면서 나갑니다. 사실 삼남이한테는 그걸 잊어버리지 않는 것이, 하루 세 끼 중에 한 끼를 잊어버리지 않음과 일반으로 중요한 일이어서 그만큼 긴장과 노력이 필요하던 것입니다.

무슨 그림자가 지나간 것처럼, 방 안이 잠깐 교교했습니다. 이 침정의 순간이 윤 직원 영감에게 선뜻 좋은 의사를 한 가지 얻어 내게 했습니다.

전에 아이들한테 하듯, 담박에 왁진왁진 그러지를 말고서 가만가만 제 눈치를 먼저 떠보아 보는 것이 수다……. 이런 말하자면 절충안(案)입니다.

던테가 나지 않게 또, 창피를 안 당하게 가만히 슬쩍 제 속을 뽑아 보고, 그래 보아서 싹수가 있는 성부르면 그담에도 바싹 다긋어 보고……. 미상불 그럴 법하거니 싶어 우선 혼자 만족을 해 싱그레니 웃습니다.

"춘심아?"

머리를 싸악싹 쓰다듬어 주면서 부르는 음성도 은근합니다.

"내애?"

"너 몇 살이니?"

"그건 새삼스럽게 왜 물으세요?"

"아—니, 그저 말이다!"

"열다섯 살이지 머, 그새 먹어서 없어졌을라구요?"

"응 참, 그렇지……. 퍽 숙성히여, 우리 춘심이가?"

"키는 커두 몸은 이렇게 가늘어요!…… 아이 참, 영감님은 몇 살이세요?"

"나?…… 글시 원, 하두 많이 먹어서 인제넌 나히 먹은 것두 다아 잊어삐릿넝가 부다!"

"애개개, 암만 나힐 많이 잡수셨다구 잊어버리는 사람이 어디 있나요?
…… 이렇게 머리랑 수염이랑 시었으니깐 나히두 퍽 많으실 꺼야!"

춘심이는 백마 꼬리같이 탐스런 수염을 쓰다듬습니다. 윤 직원 영감은
다른 한 손으로 춘심이의 나머지 한 손을 조물조물 주무릅니다.

"춘심아?"

"내애?"

"너, 내가 나이 많언 게 싫으냐?"

"싫은 건 무엇 있나요?…… 몇 살이세요? 정말……."

"그렇게 알구 싶으냐?"

"몸 달을 껀 없지만……."

"일러 주래?"

"내애."

"예순……. 으응……, 다섯 살이다."

"아이구머니!"

춘심이는 입이 떡 벌어지고, 윤 직원 영감은 윤 직원 영감대로 또 속이
있어서 입이 벌심 벌어집니다.

윤 직원 영감의 나이 꼬박 일흔둘인 줄은 천하가 다아 아는 사실입니
다. 그런 것을 글쎄 애인한테라서 그중 일곱 살만 줄이어 예순다섯으로
대다니, 그것을 단작스럽다고 웃어 버리기보다 오히려 옷깃을 바로잡고
엄숙히 한번 생각해 보아야 할 것입니다.

일흔두 살 먹은 영감이 열다섯 살 먹은 애인 앞에서 일곱 살을 줄여 예
순다섯 살로 댔겠다요.

기생들이 손님에게다가 나이를 속이는 것은 예삽니다. 또 젊은 계집애
들이 제 나이를 리베씨한테다가 줄여서 대답하는 수도 더러 있습니다. 속
을 알고 보면 그야 근경이 그럴 듯하기도 하지요.

그러나 여기, 일흔두 살 먹은 허—연 영감태기가 열다섯 살박이 동기
계집애를 사탕발림 시키느라고 나이를 일곱 살을 야바위쳐서 예순다섯 살

로 속이던 것이랍니다.

그도, 곧이야 듣건 말건, 한 이십 살 꼬아먹고 쉰 살쯤 됐다면 또 몰라요. 고작 일흔 살 늙은이의 나이 예순다섯에서 일흔두 살까지 거리가 그리 육중스럽게 클까마는 고래도 열다섯 살박이 애인한테 고거나마 젊어 보이고 싶어, 그 일곱 살을 더얼 불렀겠다요, 예순다섯 살이다,고.

그 유람스런 체집에 어디를 눌렀는데, 그런 간드라진 소리가 나왔을까요.

저어 공자님 말씀에,

'소인이 한가히 지낼 것 같으면 아름답지 못한 꿍꿍이를 꾸미나니라.' 하신 대문이 있겠다요.

그 대문을 윤 직원 영감한테 그대로 적용을 말고서 조금 고쳐 가지고,

'소작인이 바쁘게 지낼 것 같으면 지주 영감은 약시약시하느니라.'

이랬으면 어떨까요.

인간이 색의 기능을 티고 나는 것은 생물로서 운명적 필연이요, 그러니까 결단코 그걸 나무랄 일은 못 됩니다. 또 누가 나무라고 시비를 한다고 그게 없어지는 것도 아니고요. 해서 비판이나 간섭의 피안에 있는 것입니다.

하지만 윤 직원 영감처럼 나이 칠십여 세에 연령의 한계를 마구 무시하는 그의 야만스런 정력은, 부질없이 생물로서의 선천적인 운명이라고만 처분은 안 됩니다.

본이 체질을 좋게 타고났다고 주장을 하겠지요.

그러나 아무리 신돈이 같은 체질을 타고났다고 하더라도, 윤 직원 영감이 윤 직원 영감다운 팔자를 얼러서 타고나지 못했으면 그 체질은 성명이 없고 말 것입니다.

몇 백 명이나 되는 윤 직원 영감의 소작인 중엔 윤 직원 영감만한 체질을 타고난 사람이 몇은 없을 리가 없다구요.

그렇건만 그 사람네는 온전히 도조를 해다가 바치기에 정력이 죄다 말

라 시들고, 보약 한 첩 구경도 못했기 때문에 자연의 섭리이라도 오히려 떨어지고 만 것이 아니겠습니까.

또 가령 특별한 예외나 기적으로, 윤 직원 영감네 소작인 가운데 윤 직원 영감처럼 칠십이로되 능히 계집을 다룰 정력을 지탱하고 있는 자 있다 치더라도, 그가 감히 첩질과 계집질을 할 팔자며, 그럴 생심인들 하겠습니까.

그러니 결국 그것은 늙은이한테는 생물적 필연이라는 관용도 안 될 말이요, 타고난 선천이니 체질이니 하는 것도 다 여벌이고, 주장은 한갓 팔자(시쳇말로는 환경) 그놈이 모두 농간을 부리는 농입니다.

소작인이 바빠 벼가 만 석이 그득 쌓이기 때문에 그의 생리와 건강과 행동과 이 모든 것이 화합되어(혼합이 아니라 화합이 되어) 오늘날의 싱싱한 윤 직원 영감을 창조한 것이니라……. 이런 해석도 그러므로 고집은 해 볼 만합니다.

춘심이는 윤 직원 영감이 예순다섯 살이란 말에 계집애가 까부느라고 아이구! 예순다섯 살이라니, 퍽도 많이 자시기는 했네! 그러면 가만 있자, 나보다 몇 살 더한고? 응, 가만있자, 예순다섯이라 열다섯을 빼면 응……. 쉰, 아이구 어쩌나! 쉰 살이나 더 잡수셨구려! 이러구 허겁떨이를 해쌉니다.

윤 직원 영감은, 제가 하는 대로 빙그레 웃으면서 보고만 있습니다. 춘심이야 아무 생각없이 그저 제 나이와 빗대 보는 것인데, 윤 직원 영감은 그게 무슨 뜻을 두기는 두었던 표적이려니 하고 느긋해하는 판입니다.

뜻은 있었는데 나이 하도 많으니까 놀라는 것이고 그러나 뜻이 있었던 것만은 불행 중 다행인즉, 옳지 그렇다면 어디 좀 이런 요량쨍입니다.

연애는 환장이니라(Love is blind)란다더니 옛말이 미상불 옳아, 이다지도 야속스레 윤 직원 영감 같은 노인에게까지 들어맞기를 하는군요. 그나마 골고루 골고루…….

"내가 나이 많언개루 싫으냐?"

인제는 제 이단으로 들어가서, 나이 많은 게 나쁘지 않다는 변명, 혹은 나이 많아도 많지 않다는 주장을 해야 할 차렙니다.

"싫긴 뭐어가 싫여요? 나이 많은 이가 좋죠. 허물 없구."

"그렇구말구……. 그러구 나넌 예순다섯 살이라두 기운은 무척 시단다……. 든든허지!"

"참, 영감님은 늙었어두 몸집이 이렇게 크니깐 기운두 무척 셀 꺼야. 그렇죠?"

"호랭이라두 잡을라면 잡넌다!"

"하하하. 그렇거들랑 인제 동물원에 가서 호랭이허구 씨름을 한번 해 보시죠?…… 아이 참, 하마허구 호랭이허구 씨름을 붙이믄 누가 이기꼬? 하하하, 하아하하하……."

"허허, 그년이 또 까불구 있네!"

윤 직원 영감은 어느 결에 다시 집어문 담뱃대 빨쭈리로 침이 지르르 흘러 내리는 것도 모르고, 흐물흐물, 춘심이를 올려다봅니다, 몸이 자꾸만 뒤틀립니다.

"춘심아!"

"내애?"

"너어……, 저어……, 내 말 들을래?"

"무슨 말을요?"

묻기는 물으면서도 생글생글 웃는 게 벌써 눈치는 챈 모양입니다. 윤 직원 영감은, 오냐 인제는 옳게 되었느니라고 일단의 자신이 생겼습니다.

"내 말, 들을 티여?"

"아, 무슨 말이세요?"

윤 직원 영감은 히죽 한 번 더 웃고는 슬며시 팔을 고누면서,

"요년언! 이루 와!"

하고 덥쑥 허리를 안아 들입니다. 마음 터억 놓고서 그러지요, 시방
…….

아, 그랬는데 웬걸, 고년이 별안간,

"아이 망측해라!"

하고 소리를 빽 지르면서, 고만 빠져 달아나질 않는다고요.

여섯 번!

윤 직원 영감은 진실로 기가 막힙니다. 여섯 번이라니 하마 성미 급한 젊은놈이거드면 그새 목이라도 몇 번 매고 늘어졌을 것입니다.

글쎄 요년은 눈치가 우수하길래 믿은 구석으로 안심을 했던 참인데, 대체 웬일인고 싶어 무색한 중에도 좀 건너다보려니까, 이게 또 이상합니다.

그 동안에 다섯 계집애들은 울기 아니면 욕을 하면서 영락없이 꽁무니가 빠지게 도망을 했는데, 요년은 보아야 그렇게 소리를 바락 지르고 미꾸리 새끼처럼 빠져 나가기는 했어도 그저 저만치 물러앉았을 따름이지, 울거나 골딱지를 냈거나 도망을 가거나 하기는새례, 날 잡아 보라는 듯이 밴들밴들 웃고 있지를 않겠습니까. 마구 간을 녹입니다.

아무러나 그렇다면 다시 어떻게 사알살 달래 볼 여망이 없지도 않습니다.

"저런—년 부았넝가! 헤헤, 그거 참!…… 이년아, 그러지 말구, 이리 오너라, 이리 와, 잉 춘심아!"

"싫여요!"

"왜?"

"왜는 뭘 왜!"

"너, 이년 내 말 안 듣기냐?"

"인제 보니깐 영감님이 퍽 음충맞어!"

"아, 저런 년! 허, 그거 참!…… 너 그러기냐?"

"어때요, 머!"

"그러지 말구 이만치 오너라. 내 이얘기 허마."

"여기서두 들려요!"

"그리두 이만치, 가까이 와!"

"피— 또 붙잡을려구?……"

"너, 내 말 들으먼, 내가 좋은 것 사 주지?"

"존 거, 무엇?"

"참 좋은 것 사 줄 티여!"

"글쎄, 존 게 무어냐니깐?"

용천박이가 보리밭에 숨어 앉아서 어린애들이 지나갈라치면, 구실 줄게 이—론, 사탕 줄게 이—론, 한답니다. 그와 근리하다 할는지 어떨는지 모르겠군요.

윤 직원 영감이 미처 무얼 사 주겠다는 생각도 없이 당장 아쉰 대로 얼르느라고 낸다는 게 선뜻 그 소리가 나와졌습니다. 그랬기 때문에 자꾸만 물어도 이내 대답을 못하던 것입니다.

"늬가 각구 싶다던 것 사 주마!"

"내가 가지구 싶다는 걸 사 주세요?"

"오—냐!"

"정말?"

"그리여!"

"가—지뿌렁!"

"아니다, 참말이다!"

"그럼, 나 반지 사 주믄?"

"반? 지?…… 에라끼 년! 누가 그런 비싼 것 말이간디야!"

"피……, 그게 무어 비싼가?…… 저—기 본정 가믄 칠 원 오십 전이믄 빠알간 루비 박은 거 사는데……. 십팔금으로 가느다랗게 맨든 거……."

"을매? 칠 원 오십 전?"

"내애."

"참말이냐?"

"가 보시믄 알 걸 뭐!"

"그리라, 그럼 사 주마, 사 줄 테닝개루 인제 이리 오니라!"

"애개개! 먼점 사 주어예지, 머."

"먼점 사 주구? 그건 나두 싫다!"

"나두 싫다우!"

"고년이 똑 어디서, 미꾸람지 새끼 같다! 에잉, 고년이……. 그러지 말구, 이년 춘심아!"

"내애?"

"그러지 말구, 이리 오니라, 응? 그럼 내가 인제 내일이구 모리구 진고개 데리구 가서 반지 사 주께!"

"일 없어요!…… 시방 가서 사 주시믄."

"시방이사 밤에 어떻게 갈 수 있냐? 내일 낮에 가서 사 주마. 사 주께, 그러지 말구 이리 오니라!"

"싫여요!"

윤 직원 영감은 칠 원 오십 전이면 산다는 그 반지를 사 주기는 사 줄 요량입니다. 하기야 돈 그놈 칠 원 오십 전만 놓고서 생각하면 아깝지 않은 것은 아니나, 그래도 명색이 동기 첫것인데 칠 원 오십 전짜리 반지 한 개로 사탕발림을 시키다니 도리어 헐한 셈입니다. 제법 식대로 머리를 얹히자면 이삼백 원 오륙백 원 들곤 할 테니까요.

그래, 잘라 먹지 않고 내일이고 모레고 사 주기는 사 줄 텐데 춘심이년이 못 미더워서 그러는지 까부느라고 그러는지 밴돌밴돌 말을 안 듣고는 애를 태워 줍니다. 생각하면 밉기도 하고 미운깐으로는 볼통이라도 칵 쥐어 질러 주고 싶습니다.

그러나 괘—니 함부로 잡도리를 했다가는, 단박 소갈찌가 나서 뽀루루 달아나 버리고는, 다시는 안 올 테니 그렇게 되고 보면 여섯 번만에 겨우 반 성공을 한 것이 도로 아미타—불이 될 게 아니겠다구요.

에라, 그러면 기왕이니 내일 제 소원대로 반지를 사 주고 나서……,

이렇게 할 수 없이 순연(順延)을 하기로, 요량을 했습니다.

"그럼, 내일 진고개 데리구 가서 반지 사 주께, 그담부텀은 내 말 잘 들어야 헌단?"

"내애, 듣구말구요……."

아까부터 이내, 죄꼼도 부끄러워하는 내색이라고는 없고, 그저 처억척입니다. 사실 맨처음에 윤 직원 영감이 쓸어안으려고 했을 때도 소리나 지르고 빠져 나가기나 하고 했지, 귀밑때긴들 붉히덜 안했으니까요.

"꼬옥 그러기다?"

"염려 마세요!"

"오널처름 까불구, 말 안 들으면 반지 사 준 것 도로 뺏는다?"

"뺏기 전에 얼른 뽑아서 바치죠!"

"어디 두구 보자. 그럼 내일 즘심 먹구서 올라오니라. 같이 가서 사 주께?"

"더 일찍 와두 좋습니다!"

드디어 흥정은 다아 되었습니다. 마침맞게 마당에서 청요리 궤짝이 달그락거리더니 삼남이가 처억,

"우동 두 그릇 탕수육 한 그릇, 어서 빨리 시켜 왔어라우."

하고 복명을 합니다.

춘심이는 대그르르 웃고 윤 직원 영감 꿍! 저 잡것 좀 부아! 하면서 혀를 찹니다.

연애를 하면 밥이 쉬 삭는다구요. 윤 직원 영감은 그런데, 저녁밥을 설치기까지 한 판이라 속이 다뿍 허출해서 우동 한 그릇을 탕수육으로 반찬삼아, 걸게 먹었습니다.

이렇게 성사가 되고 마음이 느긋할 줄을 알았더면 기왕이니 따끈하게 배갈을 한 병 덥혀 오라고 할 것을……, 하는 후회도 없지 않았습니다.

춘심이는 또, 춘심이대로, 반지를 끼고 권번이며 제 동무들한테며 자랑을 할 일이 좋아서, 연신 쌔왈대왈 우동이야 탕수육이야 볼이 메이지게

쏠어넣었습니다.

"너, 그렇지만 춘심아?……"

윤 직원 영감은 우동 한 그릇을 물린 뒤에, 트림을 끄르르, 새끼손 손톱으로 잇자를 후벼서 밀창문에다가 토옥, 담뱃대를 땅따앙 치면서, 하는 소립니다.

"늬집에 가서 이런 이얘기 허머넌 못쓴다! 응?"

"무슨 얘기요?"

"내가 반지 사 주구서 말이다, 저어 거기서, 응? 그 말 말이여?"

"내애 내……. 않습니다."

"허머넌 못써!"

"글쎄 않는대두 그리세요!"

"나, 욕 으더 먹지. 너, 매 으더 맞지. 그리서사 쓰것냐? 그러닝개루 암말두 허지 말어, 응?"

"염려 마세요, 글쎄……, 저렇게 커다란 영감님이 겁은 무척 내시네!"

"늬가 이년아, 주둥이가 하두 방정맞이닝개루 맴이 안 뇐다!"

윤 직원 영감은 슬며시 뒤가 나던 것입니다. 호사에 마가 붙기 쉬운 법인 걸, 만약 제 부모가 알고 보면 칠 원 오십 전짜리 반지 한 개 사 준 걸로는 셈도 안 닿고, 그것들이 마구 언덕이야 비비려 덤빌 테니 그 성화가 어디며 필경 돈 백 원이라도 부서지고 말 테니까요.

춘심이는 그런데 우선 반지 한 개 얻어 가질 일이 좋아, 온갖 정신이 거기만 쏠려서 제 부모한테 발설을 하지 말라는 신칙도 거저 건성으로 대답을 하다가 윤 직원 영감이 뒤를 내는 눈치니까는, 되려 제가 지천을 해 준 것이고 그런 것을 윤 직원 영감은 지천이 되었건 코 묻은 밥이 되었건, 그런 체모는 잃은 지 오래고 애인의 맹세를 믿고서 적이 안심을 했습니다. 자고로 노소 없이 사랑하는 이의 말은 무엇이고 곧이가 들린다구요.

인간체화와 동시에 품부족문제, 기타

　시방 사랑에서는 일흔두 살 먹은(자칭 예순다섯 살 먹은) 증조할아버지
가, 열다섯 살 먹은 애인과 더불어 그처럼 구수우하니 연애 흥정이 얼려
가고 있겠다요. 그리고 안에서는……
　경손이는 아까 안방에서 열다섯 살 동갑짜리 대부 태식이와 같이 싸우
며 놀리며 저녁을 먹고 나서는 아랫목에 가 버얼떡 드러누워 뒹굴고 있었
습니다.
　다른 식구는 죄다 물러가고, 야속히 배짱 안 맞는 대고모 서울아씨와
지지리 보기 싫은 대부 태식이와 그 둘이만 본전꾼으로 달람 남아 있는
안방에, 가뜩이나 서울아씨는 《추월색》으로, 아닌 이를 앓고 태식은 조
선어독본 권지일로 귀신이 씻나락을 까먹고, 이런 부동조(不同調)의 소
음 속에서 그애 경손이가 고 소갈찌에 천연스리 섭슬려 있다니 매우 희귀
한 현상입니다. 고양이와 개와 원숭이와가, 싸우지 않고 같은 울 안에서
노는 격이랄까요.
　경손이는 실상 어떤 궁리에 골몰해서 깜빡 잊어버리고 그대로 처져 있
는 것입니다.
　골몰한 궁리라껀 다른 게 아닙니다. 《모로코》의 재상연이 있고 또 중
일전쟁의 뉴—스 영화가 좋은 게 오고 해서 꼭 구경은 가야만 하겠는데,
정작 군자금이 한푼도 없어 일왈 누구를 이왈 어떻게 엎어 삶았으면 돈을
좀 발라 낼 수가 있을꼬, 이 궁리를 하던 것입니다.
　뚱뚱보 영감님?…… 안 돼!
　건넌방 겡까도리?…… 안 돼!
　제 조모 고씨가 집안 사람 아무하고나 싸움을 하자고 대든대서 진 별명
입니다.
　서울아씨?…… 안 돼!

숙모?…… 안 돼!

대복이?…… 글쎄? 에이, 고 재—리 깍쟁이! 제가 왜 제 돈도 아니면서 고렇게 치를 떨꼬!

어머니……, 글쎄…….

하니 그중에 가능성이 있다면 아무래도 대복이와 제 모친입니다. 대복이는 대장대신이요, 제 모친은 모친이니까요.

종차 삼십 년이나 사십 년 후에 가서야 백만 원을 상속받을 장손일 값에, 시방은 단돈 이십 전이나 삼십 전이 없어, 이다지 머리를 그 연한 머리를 썩입니다그려.

경손이는 두루 두통을 앓는데, 서울아씨는 이를 생으로 앓느라, 퇴침을 돋우비고 청을 높여,

"각설이라 이때에…….."

하고 양금채 같은 목에다가 멋이 시끈둥하게,

"……하징 아니해야…….."

하면서, 콧소리를 양념쳐, 흥을 냅니다.

그건 바로 음악입니다. 얼마큼이나 음악적이냐 하는 것은 보장키 어려워도 음악은 분명 음악입니다.

인간은 번뇌가 있으면 노래를 하고 싶어진다구요. 번뇌까지 안 가고라도 마음이 싱숭생숭하거드면 콧노래가 절로 나옵니다.

물론 슬퍼도 노래를 부르고 기뻐도 노래를 부르고 또 춤을 추기도 하기는 하지만, 그중의 한 가지, 마음 싱숭거릴 때에 부르는 노래는 새 짐승이 자웅을 찾느라고 묘한 소리로 우는 것과 가장 공통된, 동물의 한 본능이라고 합니다.

그런데, 그러나 인간은 그 동물적인 본능을, 보다 맹목적으로 이용을 하는 제 이의 본능이 있답니다.

철 들어가기 시작한 총각이 봄날 산나무를 하러 가면서 지게목발을 장단삼아,

"저 건너 갈미봉에 비가 묻어 들어를 온다……."

하고 멋둥그러지게 넘깁니다.

또 궂은 비 축축이 내리는 가을날, 노랫장이나 부를 줄 아는 기생이, 제 방 아랫목에 오도카니 고부리고 누워, 손가락 장단을 토옥 톡,

"약사 몽혼으로 향유적이면……."

하면서, 다뿍 시름 겨워 콧노래를 흥얼흥얼흥얼거립니다.

무릇 그 총각이면 총각, 기생이면 기생이 깊숙한 산중이나 또는 아무도 없는 제 집의 제 방 구석에서 대체 누구더러 들으라고 노래를 부르겠습니까.

그게 가로되 흥이라구요. 새 짐승이 자웅을 후리려고 우는 것과 마찬가지로, 총각은 거기 어디 촌처녀더러 들으란 노래고, 기생은 또 제대로 제 정랑(情郞)더러 들으란 노래고.

이렇듯 본능에서 우러나서 노래를 부르기는 짐승이나 인간이나 매일반이지만, 그 다음이 다르답니다.

인간은 제가 부르는 제 노래에, 남은 상관 않고 우선 제가 먼점 좋아하기 때문입니다.

어느 촌 계집애가 들어를 주는지 않는지 어느 놈팡이가 들어를 주는지 않는지 그런 것은 생각도 않는답니다.

그런 타산은 도시에 의식 가운데 떠오르지도 않고, 괘―니 그저 마음이 싱숭생숭하길래 아무렇게나 아무거나, 괘―니 그저 불러지는 대로 한 마디 부르고 보니까는 어떻게 속이 더 이상해지는 것 같기도 하고 기뻐지는 것 같기도 하고 후련해지는 것 같기도 하고 해서, 일언이폐지하면 소위 흥이라는 게 나는 거랍니다.

그와 마찬가지로, 시방 서울아씨와 이야기책 《추월색》도 꼬옥 그렇습니다.

공자님은 가죽 책가위가 세 번이나 해지도록 책 한 권을 가지고 오래 읽었다더니만, 서울아씨는 《추월색》 한 권을 무려 천 독(千讀)은 했습

니다. 그리고서도 아직도 놓지를 않는 터이니까 앞으로 만 독을 할 작정인지 십만 독 백만 독을 할 작정인지 아마도 무작정이기 쉽습니다.

그뿐만 아니라, 서울아씨는 책 없이, 눈 따악 감고 누워서도 《추월색》한 권을 처음부터 끝까지 따르르 내리외울 수가 있습니다.

그러니 그게 천하 명작의 시집(詩集)도 아니요 성경책이나 논어 맹자나 육법전서도 아닌 걸 글쎄 어쩌자고 그리 야속스럽게 파고들고 잡고 늘고 할까마는, 실상인즉 서울아씨는 《추월색》이라는 이야기책 그것 한 권을 죄다 외우는 만침, 술술 읽기가 수나롭다는 것 이외에는 달리 취하는 점이 없었습니다.

그는 무시로 마음이 싱숭생숭할라치면 얼른 《추월색》을 들고 눕습니다. 누워서는 처억 청을 높여 읽는데,

"각설이라 이때에……."

하고 양금채 같은 목으로 휘청휘청 멋들어지게 고저와 장단을 맞춰 가면서(다리와 몸을 틀기도 하면서) 가끔 시큰둥한,

"……하징 아니해야……."

조의 콧소리로 양념까지 치곤 합니다. 이렇게 멋지게 청을 돋워 읽고 있노라면, 싱숭거리던 속이 어떻게 더 이상해지는 것 같기도 하고 기뻐지는 것 같기도 하고 후련해지는 것 같기도 해서, 일언이폐지하면 그 소위 흥이라는 게 나던 것입니다.

따라서 그건, 촌 나무꾼 총각이 육자배기를 부른다든가, 또는 기생이 궂은 비 오는 날 제 방 아랫목에 누워 콧노래로 수심가를 흥얼거린다든가 하는 근경과 조금도 다를 것이 없지 않다고요.

그러므로 노래가 아무것이라도 제게 익은 놈이면 익을수록 좋듯이, 서울아씨의 《추월색》도 휑하니 외우게시리 눈과 입에 익어, 서슴지 않고 내 읽을 수가 있으니까 그래 좋다는 것입니다. 결단코 《추월색》이라는 이야기책의 이야기 내용에 탐탁하는 게 아닙니다.

그럴 바이면 차라리 책을 걷어치우고 맨으로 누워서 외우는 게 좋지 않

느냐고 하겠지만, 그건 또 재미가 없는 것이, 인력거꾼이 인력거를 안 끌고는 뛰기가 싱겁고, 광대가 동지섣달이라도 부채를 들지 않고는 노래가 헤먹고 하듯이, 서울아씨도 다아 외우기야 할망정 그래도 그 손때 묻고 낯익은 《추월색》을 펴 들어야만 제대로 옳게 노래하는 흥이 납니다.

진실로 곡절이 그러하고, 그렇기 때문에 남이야 이를 잃는다고 흉을 보거나 말거나 또 오뉴월에도 이야기책을 차고 누웠다고 비웃음을 하거나 말거나, 아무것도 상관할 바 없고 사시장철 밤낮없이 손에서 《추월색》을 놓지 않는 서울아씨요, 그래 오늘 저녁에도 일찌감치 시작을 했던 것입니다.

"……그리해야 드디어 돌아오징 아니…….."

이렇듯 서울아씨의 《추월색》, 오페라가 적이가경에 들어가고 있는데, 이짝 한편으로부터서는 도무지 발성학상 계통을 알 수 없는 베이스 음악 하나가 대단히 진풍경스럽게 진행이 되고 있습니다.

"비—비—가 오—오……모—가 모—가……."

태식이가 방 한가운데 배를 깔고 엎드려 조선어독본 권지일, 비가 오오, 모가 자라오를 읽던 것입니다.

좀 민망한 비유겠지만, 발음이 분명치 못한 것까지도, 흡사 왕미구리 (큰 개구리) 우는 소리 같습니다.

그러나 열심은 무서운 열심입니다. 재작년 봄에 산 조선어독본 권지일 그것을 오로지 이 년하고도 반년 동안 배워 온 것이 이 때문인데, 물론 그전엣치는 다아 잊어버렸습니다. 한편으로 잊어버려 가면서도 끄은히 읽기는 읽으니까 그게 열심이던 것입니다.

"비—비—가 오—오. 비—가 오—오. 모—모—가 모—가…….. 이잉, 잊어버렸저!…… 경손아?"

"왜 그려?"

"잊어버렸저!"

"잊어버렸으니 어쩌란 말야?"

"……."

"고만둬요! 제—발……. 그놈 한 권 가지구 도통할 텐가? 대학까지 졸업할 작정인가!……"

"누—나?"

"……."

"누—나?"

"……."

"누—나—?"

"왜 그래?"

"잊어버렸저!"

"비가 오오 모가 자라오."

"잉?"

"엑! 너두 딱하다!…… 비가 오오—모가 자라오 그래두 몰라?"

"히히……. 비—가 오—오, 모—가 자—자—라 자—라오, 히히 ……. 비—가 오—오, 모—가 자—라 자—라 오—"

"에이! 귀 따가워!"

경손이는 비로소 제가 어디 와서 있던 줄을 깨닫고는 벌떡 일어나더니, 마루의 뒷문에 연한 뒷마루를 타고 뒤채의 큰방인 제 모친의 방으로 들어갑니다.

그 방에는 경손의 숙모 조씨까지 건너 와서 동서가 바느질을 하고 앉아, 소곤소곤 무슨 이야기를 하다가 경손이가 달려드는 설레에 뚝 그칩니다.

"넌 네 방에서 공부나 하던 않구, 무엇 하느라구 앞뒤루 드나들구 이래?"

경손의 모친 박씨가 지넬말로 나무람 겸 하는 소립니다.

"놀구 싶은 땐 책 덮어 놓구서 맘대루 유쾌하게 놀아야 합니다요!"

경손이는 떠벌거리면서 바느질판 한가운데로 펄신 주저앉습니다. 바느질감이 모두 날리고 밀기고 야단이 납니다.

"아, 이애가 웬 수선을 이리 피워……. 공분 밤낮 꼴찌만 하는 녀석이, 늘 속은 남보담 더 바치구……."

"어머니두!…… 내가 공부 못 한다구 우리 집 재산이 딴 디루 갈까?…… 태식이 천치는, 비가 오오 모가 자라오, 그것 두 줄 가지구 한 달을 배워두 천석꾼인데……. 그런데 이 경손씨가 만석 상속을 못 받아요?"

"넌 어디서 주둥이만 생겼나 보더라!…… 쓸데없는 소리 말구, 공부 잘 해!"

"낙제만 않구 올라가믄 돼요……. 학교 성적 좋은 녀석 죄다 바보야……. 아 참, 우리 작은아버진 말구서……. 그렇죠? 아즈머니……."

무슨 일인지, 경손이는 이 집안의 그 많은 인간 가운데 유독 그의 숙부 종학 하나만은 존경을 합니다.

"말두 마라!……"

조씨가 그리잖아도 뚜—나온 입술을 좀더 내밀고 쫑긋거리면서, 경손의 말을 탓을 하던 것입니다.

"……세상, 그런 못난 사람두 있다더냐?"

"우리 작은아버지가 못나요? 난 보니깐, 우리 집에선 제일 잘나구 똑똑합디다. 다만, 경손이 대감만 빼놓구서, 하하하……. 나두 우리 작은 아버지 닮어서 이렇게 똑똑해!…… 그렇죠 어머니? 내가 똑똑하죠?"

"옜다, 이녀석! 까불기만 하는 녀석이, 어디서……."

"하하하하……."

"사내가 오죽 못나믄 첩 하날 못 얻어 살구서……."

조씨는 혼자 말하듯 구느름을 내다가, 바늘귀를 꿰느라고 고개를 쳐듭니다. 새초옴한 게 벌써 새서방 종학이한테 귀먹은 푸넘깨나 쏟아져 나올 상입니다.

"첩 얻으믄 못 써요! 태식이 같은 오징어(軟體動物) 생겨나요, 시들부들……. 그렇죠? 아즈머니!"

"말두 말래두!…… 첩을 백은 못 얻어서, 새장가 든다구 조강지처 이혼하러 들어? 그게 못난 사내 아니구 무어라더냐?…… 그리구서두 머? 경찰서장?…… 흥 경찰서장 똥이나 빨아먹지!"

"흥! 작은아버지가 경찰서장할 사람인 줄 아시우? 참 어림없수!"

"그래두 그럴 령으루 법률 공부 배운다믄서?"

"말두 마시우. 큰사랑 뚱뚱할아버지 헷다 방이지!…… 아주, 작은손자가 경찰서장 될라치믄 영감님이 척 뽐낼 령으루! 흥!"

"너, 이녀석, 어디 가서 그런 소리 지방지방 해라?"

경손의 모친은 경계하는 소립니다. 그 소리가 시할아버지 귀에라도 들어가고 보면 생벼락이 내릴 테요, 따라서 말을 낸 경손이도 한바탕 무슨 거조든지 당할 테니까 말입니다. 그러나 조씨는 연방 더 전접스럽게
…….

"워너니 자기가 진작 맘 돌리기 잘 했지야……. 주제에 무슨 경찰서장은……."

"아즈머니두!…… 아즈머니두 경찰서장 등대구 있었수? 그랬거덜랑 얼른 이혼하시우, 경찰서장 오백 리 갔수!"

"아, 저놈이 못할 소리가 없어!"

경손의 모친이 눈을 흘기면서 나무랍니다.

"어머니두! 이혼하는 게 왜 나쁜가? 내가 여자라믄 백 번만 결혼하구 백 번만 이혼해 보겠던걸……. 헤헤……, 그런데 참, 어머니!"

"듣기 싫어!"

"아냐, 저 거시키……서울아씨 시집 안 보내우!……"

"매친 녀석!"

"뭘 그래! 시집 보내예지. 난 꼴 보기 싫어!……"

"이놈이 시방 맞구 싶어서……."

"내버려 두시요! 그애야 다아 옳은 말만 하는걸……. 난 그렇잖아두 맘없는 집살이에, 엎친 디 덮친다구, 시고모 등쌀에 생병이 나겠습니다

……. 난 그 아씨 꼴 안 봤으면 살이 담박지겠어…….”

“오—라잇! 우리 아즈머니 부라보!…… 아—그렇구말구요. 서울아씬 시집 보내구, 아주머니두 이혼하구서 새루 결혼하구, 응? 아즈머니! …….”

“네 요놈, 경손아!”

“네에?”

“너, 정녕 그렇게 까불구 그럴 테냐?”

“하하하……. 그럼 다신 안 그리께요……. 그 대신 오십 전만!”

“망할 녀석.”

경손의 모친은 일껀 정색을 했던 것이, 경손이가 더펄대는 바람에 고만 실소를 해 버립니다.

“응? 어머니……, 오십 전만…….”

“돈은 무엇에 쓸 령으루 그래?”

“하, 사내 대장부가 돈 쓸 데 없어요? 당당한 백만장자 윤 직원 윤두섭 씨의 맏증손자 윤경손 씨가!……”

“난 돈 없으니, 그렇거들랑 큰사랑 할아버지께 가서 타 쓰려무나?”

“피— 무척 내가 이뻐서 돈 주겠수……. 어머니 히이— 오십 전마아안…….”

“없어!”

“이애야, 그럴라 말구…….”

조씨가 옆에서 꼬드기는 소립니다.

“서울아씨더러 좀 달래려무나……. 넌 그 아씨 시집 보내 줄 걱정까지 해 주는데, 그까짓 돈 오십 전 안 주겠니? 오십 전은 말구, 오 원 오십 원두 주겠다!”

물론 서울아씨가 미워라고 시방 그 쑥 나온 입술로 비꼬는 솜씨지요. 그런데 경손이는 거기 귀가 반짝하는지 눈을 깜작깜작 고개를 깨웃깨웃,

“서울아씰?…… 시집 보내 준다구?…… 하하 오옳지 옳아!”

하면서 무릎을 탁 치고 일어서더니,

"됐어, 됐어!…… 왜 아까 그때 바루 그 생각을 못했을까?…… 어쩐 말이냐!"

하고 거드럭거리고 나갑니다.

박씨는 아들놈 등뒤를 걱정스럽게 바라다보면서 무슨 말을 할 듯 할 듯 하다가 그만둡니다.

분배를 놓던 경손이가 나가고, 방 안이 갑자기 조용하자 두 동서가 제 각기 제 생각에 잠겨, 한동안 바느질 손만 바쁩니다.

"때그르르."

마침 박씨가 굴리는 실패 소리에 정신이 들어, 조씨는 자지러지듯 한숨을 내쉽니다.

"형님은 그래두 조시겠수……."

"……."

"아즈바님이 따로 계시긴 하세두, 다아 마음은 안 변허시구……. 다아 저렇게 똑똑한 아들두 두시구……."

"난 전생에 무슨 업원이 그대지두 중했는지 팔자가 이 지경이니!…… 그래두 우리 어머니 아버진 날 이 집으로 시집 보내믄서, 만석꾼이집 지차 손주며느리래서 호강에 팔에, 모두 늘어질 줄 알았을 테지!……"

"그런 소리 하지 말소!……"

박씨가 비로소 위로의 말 대답을 합니다. 그러나 박씨는 이 동서를 위로해 줄 말이 딱합니다.

번번이 마주앉으면 노래 부르듯 육장 두고서 하는 꼭 같은 푸념이요 팔자 탄식인 걸, 그러니 인제는 듣기도 헤먹거니와 이편의 위로엣말도 밤낮 되풀이하던 그 소리라, 말하는 나부터가 헤먹습니다.

"난들 무슨 팔자가 그리 우나게 좋다던가?…… 남편이 저렇거나 다닐 테믄 맘 변하나 안 변하나 매일 반이지……. 자식은 하나 두었다는 게 벌써 에미 품안에서 빠져 나간걸……. 그러니 동세나 내나 고단하긴 매

양 같지 별수 있는가?…… 다같이 부잣집 이름 좋은 종이요 하인이지
……. 대체 이 집은…….”

안존하던 박씨의 음성은 더럭 보풀스러워지면서, 아직 고운때가 안 가
신 눈이 샐룩 까라집니다.

“무얼루, 무엇이 만석꾼이 부잔고?…… 이, 옷 주제허며 손이 이게
만석꾼이집 며느리들이람?…… 끌끌…….”

미상불 동서가 다 영양이 좋지 못한 얼굴입니다. 손은 작년 겨울에 터
진 자국이 여름내 원상 회복이 못 된 채 북두갈고리 같습니다.

박씨는 여태도 인조항라 고의를 입고 있고, 조씨는 역시 배 사 먹으러
가게 설렁한 검정 목 보이루 치마를 휘감고 있습니다.

박씨는 제네들의 주제를 들여다보다가 고개를 돌려 방 안 짐을 둘러봅
니다.

화류 의거리에 이불장에 삼층장에 머릿장에 베갯장에 양복장에, 이칸
장방이 그득, 모두 으리으리합니다.

“저런 게 다아 무슨 소용인고!…… 넣어 두구 입을 옷이 있어야 저런
것두 생색이 나지……. 저런 걸 백 개 디려 놓니, 얼멩주 단속곳 한 벌만
한가! 아무짝에두 쓸데없는 치렛뻔……. 난 여름부터 고기가 좀 먹구 싶
은 걸 얻어 못 먹었더니…….”

동서의 위로가 아니고 어쩌다가 제 자신의 구느름이 쏟아져 나와서 막
거기까지 말이 갔는데, 햄 하는 연한 밭은기침 소리에 연달아 미닫이가
사르르 열립니다.

옥화가 왔던 것입니다. 창식이 윤 주사가 올봄에 새로 얻는 기생첩, 그
옥화랍니다. 기생으론 그다지 세월도 없었으나 어느 여학교를 이 년인가
다녔고, 그런데 어디서 배웠는지 묵화를 좀 칠 줄 아는 것으로, 고 소위
아담한 교양이 윤 주사의 눈에 들었던 것입니다.

하나 생김새는 도저히 아담함과는 간격이 뜹니다.

도롬직한 얼굴이면서 어딘지 새침한 바람이 돌고, 그런가 하고 보면 생

긋 웃는데 눈초리가 먼저 웃습니다.

이 새침새가 남의 조강지처로는 아무래도 팔자가 세겠는데 마침 고놈 눈웃음이 화류계 계집으로 꼭 맞았습니다. 다시 그의 흐뭇하니 육감적으로 두꺼운 입술은 그 이상의 것을 암시하구요.

옥화는 이 큰댁엘 자주 드나들어 시아버지 윤 직원 영감의 귀염을 일쑤 받고, 외동서 조씨의 성미를 맞추기에 노력을 하고, 서울아씨나 이 두 (남편의) 며느리와도 사이가 좋습니다. 능한 외교 수완을 지니고 있는 게 분명한데, 그러고서도 기생으로 세월이 없었다니 좀 이상은 합니다마는 실상인즉 그러니까 윤 주사 같은 봉을 잡았지요.

옥화는 언제고 여학생 차림을 합니다. 기생의 여학생 차림이란 어딘지 그 빤지르르하게 암만해도 프로 취(職業臭)가 흐르기는 하는 것이지만 당자들은 그걸 교정할 용기가 없어, 옥화도 그 본이 그 본입니다. 그래도 옥화 절더러 말하라면 기생은 일시 액운이었었고 인제 다시 옛대로 여학 생 저를 찾은 것이랍니다.

"두 동세분이 바누질을 하시느문?……"

옥화는 영락없이 눈으로 웃으면서 깍듯이 며느리들더러 허우를 하여, 어서 오시라고 일어서는 인사를 맞대답합니다.

"……그새 다아 안녕허시구?……"

옥화는 손에 사 들고 온 과자꾸러미를 내놓으면서 주객 셋이 둘러앉습니다.

"무얼 오실 때마다 늘 이렇게, 허긴 잘 먹습니다마는!……"

박씨가 치하를 합니다. 미상불 옥화는 언제고 빈손으로 오는 법은 없습니다.

"잘 자시니 좋잖우? 호호……, 그런데 저어, 새서방 소식이나 들었수?"

이건 조씨더러 가엾어하는 기색으로 묻는 말!……

"내가 그이 소식을 알다가 서쪽에서 해가 뜨라구요?"

"온 저를 어째!…… 부부간에 의초가 그렇게 안 좋아서 어떡허우!"

"어떡허긴 무얼 어어떡해요!…… 날, 잡아먹기밖에 더 허까!……"

"아이, 숭헌 소릴……."

옥화는 박씨가 풀어 놓은 비스킷을 저도 하나 집어넣으면서…….

"그 얌전한 서방님이, 어째 색씬 마댄담?…… 그 아우 형제가 둘이 다아 얌전하기야 조옴 얌전한가!…… 아이 참, 어디 나갔수?"

"누구, 요?"

박씨는 무슨 소린지 몰라 뚜렷뚜렷합니다.

"누구라니 새서방……, 경손 아버지 말이지……."

"그이가 오기나 했나요!"

"오기나 하다께?…… 아, 온 줄 몰루?"

"내애!"

"어쩌나!"

"왔어요?"

"오기만!…… 아까 저어, 아따 우미관 앞에서 만난걸……. 그리구 언제 왔느냐니깐 아침차루 왔다구, 그 말꺼정 했는데!……"

"그래두 집엔 안 왔어요!"

"어쩌나!…… 저거 야단났군! 호호."

"야단날 일이나 있나요!…… 아마 볼일이 바빠서 미처 집엔 들를 틈이 안 난 게죠."

속은 어떠했든지 박씨는 그래도 이만침 사람이 둥글고 덕이 있습니다.

세 여자는 잠간 말이 없이 잠잠합니다. 시방 박씨는 남편 종수가 분명 어디 가서 난봉을 피우고 있으려니, 그래도 올라는 왔으니까 얼굴이라도 뵈기는 하겠지, 이런 생각을 혼자 하고 있고, 옥화는 옥화대로 긴한 사무가 있어, 인제는 이만해도 마을 나온 증거는 만들어 놓았으니까, 조금만 더 있다가 정작 가 볼 데를 가 보아야 하겠다는 생각을 하고 있고.

그리고 조씨는, 옥화의 백금반지야 다이아반지가 요란한, 고운 손이며 진짜 비단으로 휘감은 옷이며를 골고루 여새겨보면서, 논다니요 첩때기란 아무래도 이렇게 제 티를 내는 법이니라고, 에이 더럽다고 속으로 비웃고 있습니다.

그러나 진실로 그 속을 캐고 볼 양이면 조씨는, 옥화가 그렇듯, 좋은 패물이며 값진 옷을 입고 이쁘게 단장을 하고서 한가로이 마음 편히 놀러 다니는 팔자가 부러워 못 견딥니다.

부러웠고, 부러우니까는 오기가 나고, 그래 앙앙한 오기가 배싹 마른 교만을 부리던 것입니다.

이편, 경손이는 다북 불평스런 얼굴을 우정 만들어 가지고 안방으로 들어옵니다.

서울아씨와 태식이의 두 가수(歌手)는 여전히,

"……헤야, 하징아니 하고오!……"

의 《추월색》·오페라와,

"비―비―가 오―오. 모―모―가 모―가 자―자―라 자―라오."

의 맹꽁이 음악을 끈기 있게 쌍주하고 있습니다.

경손이는 심상찮이 불평스런 얼굴은 얼굴이라도 일변 매우 조심성 있게 서울아씨가 누웠는 옆에 가 앉습니다.

"그게 무슨 책이죠?"

"《추월색》이란다."

서울아씨는 긴치 않다고, 이맛살을 약간 찌푸립니다.

그러나 경손이는 더욱 은근합니다.

"픽 재밌죠?"

"그렇단다!"

"그럼 나두 한번 봐예지!―"

경손이는 혼자 중얼거리고는 한참 있다가, 또!……

"……전 서방, 저녁 다아 먹었나?…… 대고모가 아까 채려 내보낸

게 전 서방 밥상이죠?"

서울아씨는 속이 뜨끔했으나, 겉만은 아무렇지도 않게 경손을 바라봅니다.

"그렇단다……. 왜 그러니?"

"아뇨. 밥 다아 먹었으믄 나가서 돈 좀 달라구 하게요."

"……."

서울아씨는 아까 대복이의 저녁 밥상을 차리러 나서느라고 저도 모르게 일으킨 이변을 비로소 깨달았으나, 그래서 속이 뜨끔했던 것이나, 경손이가 막상 눈치를 채지는 못한 것 같아서, 적이 마음이 놓였습니다.

그러나 아직 완전히 안심을 할 수가 없어, 좀더 속을 떠보아야 하겠어서 슬며시 오페라를 중지하고, 짐짓 제 말 나오는 거동을 살피려 드는데, 경손이는 연해 혼잣말로 두런두런…….

"에이! 고 재—리, 깍쟁이!"

"……."

"고거, 죽어 버렸으믄 좋겠어!"

"……."

"그중에 그따위가 병신 지랄하더라구, 내 참!"

"……."

"아, 글쎄 대고모!"

"왜?"

"아, 대복이 녀석이, 말이우…….”

"그래서?"

"내 참!…… 내 인제, 마구 죽여 놀 테야!……"

"아—니, 왜 그래? 무어라구 욕을 하든?"

"욕은 아니라두, 욕보다 더 한 소리지, 머!……"

"무어랬길래 그래?"

"아, 고 병신이, 밤낮 날더러 대고모 말을 하겠지! 망할 자식 같으니라고!"

서울아씨는 얼굴이 화끈 달은 것을 어찌하지 못했습니다.

"무어라구 내 말을 한단 말이냐?"

"머 별소리가 많아요――. 느이 대고모님은 참 얌전한 부인네라구, 그런 소리두 하구……. 또오……."

"또오?"

"퍽 불쌍하다구……. 소생이 무언지 소생이라두 하나 있었더라믄 그래두 맘이나 고단치 않았을 걸 어쩌구 그런 소리두 하구……."

"주저넘은 사람두 다아 보겠다! 제가 무엇이 대껴서 날 가지구 그러네저러네 해?"

말의 뜻에 비해서는 악센트가 그다지 강경하던 않습니다. 대복이를 꾸짖자기보다, 경손이한테 발명이기가 쉽지요.

"그리게 말이에요……. 내 인제 다시 그따위 소릴 하거던 마구 그냥 죽여 놀 테예요!"

"큰사랑 할아버지께 고해서 아주 밥통을 떼여 놓던지……. 망할 자식! 상놈의 자식이!"

"경손아!"

서울아씨는 긴장한 태를 보이느라고 내려놓았던 《추월색》을 도로 집어들면서 경손이를 부르는 음성도 대고모답게 상냥하고도 위의가 있습니다.

경손이의 대답소리도 거기 알맞게 대단히 삼가롭습니다.

"너, 애여 남허구 시비할세라?"

"내애."

"대복이가 했단 소리가 다아 주저넘구 하긴 하지만 아직 어린애니깐 남하구 시빌하구 그래선 못써요……. 좀 귀에 거실리는 소릴 하더래두 거저 들은 숭 만 숭 하는 것이지, 응?"

"내애."

"그리구, 그런 되잖은 소리 들었다구, 이 사람 저 사람한테 옮기지두 말구……. 그까짓 소리 한 귀루 듣구 한 귀루 흘려 버릴 소리 아냐?"

"내애, 아무더러두 얘기 않으께요."

경손이는 푸시시 일어서고, 서울아씨는 도로 오페라를 계속하려고 합니다.

"밥이나 다아 먹었나?…… 작자가!……"

경손이는 혼자 중얼거리면서 미닫이를 열다가 짐짓 머뭇머뭇하는 체하더니,

"대고모?"

하고 어렵사리 부릅니다.

"왜?"

"저어, 저녁이라 말하기가 안돼서 그러는데요?"

"그래?"

"내일 대복이한테 타서 도루 가져다 디리께 저어 돈 이 원만……."

"돈은 이 원씩이나 무엇에 쓰니?"

"좀 살 게 있어서 그래요!"

서울아씨는 더 묻지도 않고 일어서더니, 의걸이를 열쇠로 열고는 속서랍에서 일 원짜리 두 장을 꺼내다가 줍니다.

대체 서울아씨가 다른 사람도 아니요, 경손이한테 돈을 이 원씩이나 주다께 그것 또한 이변이 아닐 수 없습니다. 오늘 저녁처럼 경손이가 서울아씨를 존경하고 서울아씨는 경손이한테 상냥하게 굴고 한 적도 물론 전고에 없는 일이고요.

"내일 대복이한테 타서 디리께요."

경손이는 두 손 받쳐 돈을 받고, 서울아씨는 그 소리를 도리어 나무람하되!……

"내가 네게다가 돈 취해 줄 사람이더냐?…… 그런 소리 말구, 가지구 가서 써요!"

다 이렇습니다.

가령 받고 싶더라도 안 받을 생각을 해야지요. 살쾡이가 닭 물어다 먹고서 갚는 법 있나요.

경손이는, 네에 그러겠습니다고 더욱 공손히, 대고모 안녕히 주무세요란 인사까지 한 후에 마루로 나오더니 안방에다 대고 혓바닥을 날름, 코를 실룩, 눈을 째긋, 오만 양냥이짓을 다아 합니다.

구두를 신느라니까 등뒤에서 마루의 괘종이 아홉시를 칩니다.

아홉시면 지금 가더라도 《모로코》밖에 못 볼 텐데, 어쩌꼬 싶어 작정을 못한 대로 나가기는 나갑니다. 아무튼 나가 보아서 영화를 보든지 영화를 내일 밤으로 미루고 동무를 불러 내어 그 돈 이 원을 유흥을 하던지 하자는 것입니다.

안대문은 잠겼고 그래 사랑 중문으로 나가는데 큰사랑에 춘심이가 와서 있는 것이 미닫이의 유리쪽으로 얼풋 들여다보였습니다.

경손이는 잠간 서서 무엇을 생각하다가 잠자코 대문 밖으로 나가더니, 조금만에 되짚어 들어오면서,

"삼남아!"

하고 커다랗게 부릅니다. 삼남이는 벌써 십오 분 전에 잠이 들었으니까 대답이 없고 대복이가 건넌방 대문을 열고 내다봅니다.

"여기 춘심이라구 왔수? 어넌 여편네가 대문 밖에서 좀 불러 달래우!"

경손이는 아주 성가신 심부름을 하는 듯이 볼멘소리로 두덜거려 놓고는 인해 돌아서서 씽씽 나가 버립니다.

대복이가 전갈을 하기 전에 춘심이는 제 귀로 알아듣고 뛰어나와서 납짝구두를 신는 둥 마는 둥 대문 밖으로 달려나옵니다.

대복이나 윤 직원 영감은, 경손이가 하던 소리를 곧이들은 건 물론이요, 춘심이도 깜빡 속아 제 집에서 누가 부르러 온 줄만 알았습니다.

춘심이는 대문 밖으로 나가서 문 등이 환히 비치는 골목을 둘레둘레,

왔으면 어머니가 왔을 텐데, 어디로 갔는고, 하고 사알살 밟아 나옵니다.

마침 옆으로 빠진 실골목 앞까지 오느라니까, 경손이가 그 안에서 기침을 합니다.

춘심이는 비로소 경손한테 속은 줄을 알고는 골딱지가 나려다가 생각하니 반가워, 해뜩해뜩 웃으면서 쫓아갑니다. 경손이도 말없이 웃고 섰습니다.

"울 어머니 어딨어?"

"늬집에 있지 어딨어?"

"난 몰라……. 들어가서 영감님더러 일를걸?"

"머야?…… 흥! 연앨 톡톡히 하시는 모양이군?…… 오래잖아 우리 큰사랑 할머니 한 분 생길 모양이지?……"

"몰라이─깍쟁이…….."

춘심이는 마구 보풀을 내떱니다. 속이 저린 탓으로 경손이가 혹시 아까 윤 직원 영감과 반지 조건을 가지고 연애 계약을 하던 경과를 죄다 듣고서 저러는 게 아닌가 싶어 젖내야 날값에 그래도 계집애라고 그런 연극을 할 줄 알던 것입니다. 게나 가재는, 나면서부터 꼬집을 줄 알듯이요.

"머, 내가 누구 때문에 밤낮 여길 오는데 그래……. 늙어빠지구 귀인성 없는 영감님이 그리 좋아서?…… 남 패─니 속두 몰라 주구, 머…….."

춘심이는 제가 지금 푸념을 해 대는 말대로, 늙어빠지고 귀인성 없는 윤 직원 영감이 결단코 좋아서 오는 게 아니다. 윤 직원 영감한테 오는 체하고서 실상은 경손이를 만나러 온다는 게, 그게 정말인지 아닌지는 춘심이 저도 모르는 소립니다. 아마 보나 안 보나 윤 직원 영감과 경손이를 다같이 만나러 오는 것이기 십상일 테지요.

그러나 시방 이 경우 이 자리에서는 단연코 경손이 때문에 온다는 것으로, 팔팔 뛰지 않지 못할 만치 춘심이도 본시, 그리고 벌써 계집이던 것입니다.

춘심이는 윤 직원 영감한테 다니기 시작한 지 세 번째만에 경손이를 알았습니다.

석양쯤 해선데, 춘심이가 윤 직원 영감이 있으려니만 여겨 무심코 방으로 쑥 들어서니까 커다란 윤 직원 영감은 간 데 없고 웬 까까중이의 조꼬만 도련님이 연상 앞에서 라디오를 만지고 있었습니다.

좀 무색했으나, 고 도련님 예쁘게도 생겼다고, 함께 동무해서 놀았으면 좋겠다고 생각했습니다.

경손이는, 뚱뚱보 영감한테 들켰나 해서 깜짝 놀랐으나 이어 아닌 걸 알고, 한데 요건 또 웬 계집앤고 싶어, 춘심이를 마주 짯짯이 치어다보았습니다.

전에 이 큰사랑에 오던 계집애는 이 계집애가 아닌데……. 그것들은 모두 빌어먹게 보기 싫었는데……. 요건 어디서 깜찍하니 고거 이쁘게는 생겼다……. 동무해서 놀았으면 좋겠다……. 경손이 역시 이렇게 생각했습니다.

연애에는 소위 퍼스트 임프레션이라는 게 제일이라고요, 과연 둘이 다 같이 첫인상이 만점이었습니다.

그래, 하나는 문지방을 잡고 서서, 하나는 라디오의 스위치를 잡고 앉은 채, 한참이나 서로 치어다보았습니다. 그러다가 경손이가 먼저,

"넌, 누구냐?"

하면서 눈에 나타난 호의와는 다르게 텃세하듯 다지고 일어섭니다.

"넌 누구냐?"

춘심이 역시 말소리는 강경합니다. 적어도 이댁에서 제일 어른이요, 제일 크고 뚱뚱한 영감님, 그 어른한테 다니는 낸데, 제까짓것 까까중이 도련님이면 소용 있느냔 속이겠다요.

경손이는 장히 시쁘다고, 바짝 다가와 춘심이를 들여다봅니다.

"그래, 난 이댁 되련님이다!……"

"피이……, 되련님이 아니구 영감님이믄 사람 하나 궂힐 뻔했네!"

"요 계집애 검방지다!"

"아니믄?⋯⋯ 병아리 새끼처럼 텃셀 해요!"

"요것 보게⋯⋯. 너 요것, 주먹 하나 먹구 싶어?"

"때리믄 제법이게?"

"정말?"

"그래!"

"요—걸!⋯⋯"

경손이가 번쩍 들이대는 주먹이 코끝으로 육박을 해도 춘심이는 꼼짝않고 서서 웃습니다. 웃음도 나름이지만, 이건 호의가 가득한 웃음입니다.

"하하, 고거야!⋯⋯"

경손이는 주먹을 도로 내리면서 좋게 웃습니다. 역시 춘심이처럼 호의가 가득한 웃음입니다.

"왜 안 때려?"

"울리믄 쓰나!"

"내가 울어?"

"네 이름이 무어지?"

"알면서 물어요!"

"내가, 알아?"

"그—럼!"

"내가?"

"너—너—하는 건 무언데?"

"오옳지! 너라구 했다구! 하하하⋯⋯ 그럼, 아가씨 존함이 누구시요?"

"누가 아가씨랬나? 해해해⋯⋯."

"하하하⋯⋯, 무어냐? 이름이⋯⋯."

"춘—심⋯⋯."

"응⋯⋯춘심이⋯⋯. 그리구, 나힌?"

"열다섯 살……."

"하! 나허구 동갑이다!"

"정말?"

"응!"

"이름은?"

"경손씨."

"경손씨?…… 활동사진 배우 이름 같애!……"

"안 됏! 되련님 이름을 그런 데다가 빗대다니……."

"피이!"

"그래두!"

"어쩔 테야?"

"한 대 먹구 싶어?"

경손이는 또 주먹을 들이댑니다. 그러나 그게 아까 먼저보다는 도리어 무룸하기만 무룸할 뿐더러 정말 때릴 의사가 아닌 줄을 빠안히 알면서도, 춘심이는 허겁스럽게 엄살엄살 다시 안 그런다고 항복을 합니다.

"다신 안 그러기다?"

"응!"

"응……그리구……."

"무어?"

"아―니……, 참, 너두 기생이냐?"

"응!"

"요릿집에두 다니구?"

"응!"

"인력거 타구."

"응!"

"그리구서?……"

"무얼?"

"인력거 타구, 요릿집에 가서?……"

"손님 앞에서 소리두 하구, 술두 치구……."

"다—놀면 인력거 타구 집으루 오구……."

"그거뿐?"

"뿐!……"

"돈은? 안 받구?"

"왜 안 받아!"

"얼마?"

"한 시간에 일 원 오십 전……."

"꽤다!…… 몇 시간이나?"

"대중 없어……."

"갈 땐 이렇게 입구 가니?"

"야단나게?…… 쪽찌구 긴치마에 보선 신구 그리구……."

"하하하."

"해해해."

이때 마침 대문간에서 윤 직원 영감의 기침 소리가 들려 이 장면은 그대로 커트가 됩니다. 그러나 경손이는 총총히,

"저—기, 뒤채 내 방으루 놀러 오너라, 응? 꼭……."

하고 부탁하기를 잊지 않았습니다.

그뒤로부터 두 아이의 연애는 급속도로 발전을 해 갔습니다. 무대는 이 집의 뒤채 경손이의 방과, 영화 상설관과 안국동에 묘한 뒷문이 있는 청 요릿집과, 등이고요.

그 사이에 경손이는 춘심이한테 코—티의 콤팩트와 향수 같은 것을 선 사했고, 춘심이는 하부다이 손수건에다가 그다지 출 수는 없으나 제 솜씨 로 경손이와 제 이름을 수놓아서 선사했습니다. 두 아이의 대강 이야기가 그러했습니다. 그리고 다시, 오늘 밤으로 돌아와서, 실골목의 장면인데 …….

경손이는 춘심이가 너무 억울해하니까, 그를 믿고(믿고 안 믿고가 아니라 도시에 의심이 났던 게 아니었으니까요) 아무러나 농담이 과했음을 속으로 뉘우쳤습니다.

아마 인간이라고 생긴 것이면 사내 치고서 계집한테 속지 않는 바보는 없나 보지요.

"극장 가자?……"

경손이는 이내 잠자코 섰다가 불쑥 하는 소립니다.

이 기교 없는 기교에, 정말 아닌 노염이 났던 춘심이는 단박 해해합니다. 가령 정말로 성이 났었더라도 그러했겠지마는요.

"늦었는데?"

"괜찮아?"

"영감님?"

"그걸 핑곌 못해?"

춘심이는 좋아라고 연신 생글생글, 사랑으로 들어가더니, 대뜰에 올라서서,

"영감니임? 나, 집에 가 봐야겠어요!"

합니다.

"오—냐!……"

윤 직원 영감의 허—연 수염이 미닫이의 유리쪽을 방 안에 가리며, 내다봅니다.

"누가 불르러 왔더냐?"

"내……우리 아버지가 아푸다구, 어머니가 왔어요!"

"그렇거들랑 어서 가 보아라. 거, 무슨 병이 났단 말이냐?"

"모르겠어요. 갑자기, 그냥……."

"그럼 무엇 먹은 게 체하여서 곽난이 났는가 보구나?"

"글쎄, 잘 모르겠어요!"

"어서 가 보아라……. 그러구, 곽난이거던 와서 약 가져가거라……."

사항소합환 주께."

"내—"

"어서 가 보아라……. 그러구, 내일 낮에 올라냐? 반지 사러 가게
……."

"내—"

"꼭 올티에?"

"내— 꼭 와요!"

"기대리마?…… 반지 꼭 사 주마!"

"내—……. 안녕히 주무세요!"

"오—냐……. 너 혼자 가것냐?"

"아이! 괜찮아요!"

"무섭거던 삼남이 데리구 가구?"

"무섭긴 무엇이 무서워요!"

"그럼 어서 가 보구, 내일 오정때쯤 하여서 꼭 오니랭? 반지 사러 진
고개 가게, 웅?"

"내—."

"잘 가거라 웅!"

"내— 안녕히 주무세요!"

"오—냐, 어서 가거라……. 그러구, 내일 반지 사러 가자?"

반지 소리가 들이 수없이 나오나 봅니다.

걱정도 되겠지요. 제 아범이 병이 났다니, 그게 중해서 내일 혹시 오기
가 어렵게 되면 또다시 연애를 연기해야 할 테니까요.

그, 육중스런 김시첩 장인을 위해, 중값 나가는 사항소합환을 주마는
것도 과연 근경 속이 그럴 듯하기는 합니다.

아무러나 이래서 조손간에 계집애 하나를 가지고 동락을 하니 노소동락
(老少同樂)일시 분명하고, 겸하여 규모 집안다운 계집 소비절약이랄 수도
있겠습니다.

그렇지만, 소비 절약은 좋을지 어떨지 몰라도, 안에서는 여자의 인구가 남아 돌아가고(그래 한숨과 불평인데) 밖에서는 계집이 모자라서 소비 절약을 하고(그래 침실 노옹이 예순다섯 살로 나이를 야바위도 치고, 열다섯 살 먹은 애가 강짜도 하려고 하고) 아무래도 전시 체제하의 용어를 빌려 오면 통제가 서지를 않아 물자 배급에 체화(滯貨)와 품부족(品不足)이라는 슬픈 정상을 나타낸 게 아닐 수 없겠습니다.

세계사업 반절기

역시 같은 날 밤이요, 아홉시가 한 오분 가량 지나섰습니다. 그러니까 방금 창식의 윤 주사의 둘째 첩 옥화가 계동 큰댁에를 들렀다가 며느리뻘 되는 뒤채의 두 새댁들과 말 말끝에, 집에는 얼굴도 들여놓지 않은 종수를 아까 낮에 우미관 앞에서 만났다는 그 이야기를 하고 있는 그 시각과 거진 같은 시각입니다.

과연, 그리고 공굘시, 그 시각에 종수는 그의 병정인 키다리 병호의 인도로 동관 어떤 뚜쟁이 집을 찾아왔습니다.

종수는 새삼스럽게 소개할 것도 없이, 만석꾼 윤 직원 영감의 맏손자요 창식이 윤 주사의 맏아들이요 경손이의 아범이요, 윤씨네 가문(家門) 빛내는 큰 사업의 제일선 용사 중 한 사람으로서 군수 운동을 하느라고 고향에 내려가, 군 고원을 다니는 사람이요, 그리고 장차 경찰서장이 될 동경 어느 대학 법학과 학생 종학의 형이요, 이러한 그 종숩니다. 주욱 꿰어 놓고 보니 기구가 대단하군요. 뭐, 옛날 중국땅의 주공(周公)이라든지 하는 사람은, 문왕의 아들(文王之子)이요 무왕의 동생(武王之弟)이요 시방 임금의 삼촌(今王之叔父)이요 이렇대서 근본 좋고 팔자 좋고 권세 좋고 하기로 세상 우두머리를 쳤다지만, 종수의 기구도 그 양반 주공을 능멸하기에 족할지언정 못하지는 않겠습니다. 이렇듯 몸지중한 종수가 어디를 가서 오입을 하면 못해 하필 구접자레한 동관의 뚜쟁이 집을 찾아왔을꼬마는 거기에는 사소한 내력과 곡절이 있던 것입니다.

종수는 시방 나이 스물아홉, 생김생김은 이 집안의 혈통인만큼 헤멀끔하니 어디 한군데 야무지게 맺힌 데가 없고 좋게 보아야 포류의질(蒲柳之質)입니다. 혹시 눈먼 관상쟁이한테나 보인다면, 넓적한 그의 얼굴과 훤하니 트인 이마에 만 석이 들었다고 할는지 모르지요. 하기야 또 시체는 상학(相學)도 노망이 나서, 꼭 빌어먹게 생긴 얼굴만, 돈이 붙곤 하니까 종작할 수가 없지마는요.

열일곱에 서울로 공부를 올라와서 입학시험을 친다는 것이 단박 낙제를 했습니다. 그대로 주저앉아, 강습소 나부랭이를 다니면서 준비를 하는 체하다가 이듬해 다시 시험을 치렀으나 또 낙제……

열아홉 살에 세 번째 낙제, 그리고 다시 그 이듬해 스무 살에는, 스무 살이나 먹어 가지고 열서너 살짜리 조무래기들과 섭슬려 입학시험을 칠 비위도 없거니와 치자고 해도 지원부터 받아 주질 않았습니다.

그해 그러니까 기사년(己巳年)에 종수의 아우 종학이 사 년 동안 줄곧 낙제를 한 형의 분풀이나 하는 듯이 우등 성적이요 겸하여 첫째로 ××고보에 입학이 되었습니다.

이때는 벌써 온 집안이 서울로 반이를 해 왔고, 한데 종수는 일이 그 지경이고 보니 어디로 얼굴을 두르나 부끄러운 것뿐, 일변 또, 공부 따위는 애초에 하기가 싫던 것이라, 아주 작파를 해 버렸습니다.

명색이나마 공부를 작파하고 나서는, 돈냥이나 있는 집 자식이것다, 할 노릇이란 빠안한 것, 그 동안 조금씩 익혀 온 술 먹기와 계집질에 아주 털어놓고 투신을 했습니다.

윤 직원 영감은 어린 손자 자식이, 그야말로 이마빼기에 피도 안 마른 것이 주색에 빠졌으니, 사람 버린 것이 걱정도 걱정이려니와, 그보다는 소중한 돈을 물 쓰듯 해서 더욱 심화요, 그런데 그보다도 또 속이 상한 건, 크게 바라던 군수가 장마의 개울물에 맹꽁이 떠내려가듯 둥둥 떠내려가는 것이었습니다.

  그러나 윤 직원 영감은 한 번 실패로 큰 목적을 단념할 사람이 아니었습니다. 그는 두루두루 남의 의견도 듣고 궁리도 해 보고 한 끝에, 공부를 잘 시켜 고등관으로 군수가 되는 길은 글렀은즉 이번에는 군 고원으로부터 시작하여 본관을 거쳐 서무주임에서 군수로 이렇게 밟아 올라가는 길을 취하기로 했습니다.

  고향의 군수와는 매우 임의로운 사이요, 또 도지사와도 자별히 가깝고 하니까, 종수를 군 고원으로 우선 앉혀 놓고서 운동만 뒷줄로 잘 하게 되면 자아 본관이요, 네에 서무주임이요, 옛소 군수요, 이렇게 수울술 올라가진다는 것입니다.

  과연 고향의 군수는 윤 직원 영감의 청대로 선뜻, 고원 자리 하나를 종수에게 제공했을 뿐 아니라, 뒷일도 보장을 했습니다.

  종수는 제가 군수가 되고 싶다기보다도, 일일이 감독이 엄한 조부 윤 직원 영감 밑에서 조심스럽게 노느니, 고향으로 내려가서 마음 탁 놓고 지낼 것이 좋아, 매삭 이백 원씩 가용을 타 쓰기로 하고, 월급 이십육 원짜리 군 고원이 되었던 것입니다. 그것이 꼬박 삼 년 전⋯⋯.

  그 삼 년 동안 윤 직원 영감이 자기 손으로 쓴 운동비가 꽁꽁 일만 원 하고 삼천 원입니다. 그리고 종수가 운동비라는 명목으로 가져간 것이 이만 원 돈이 가깝습니다. 해서 도합 삼만 원이 넘습니다. 하기야 종수가 가져간 이만 원 돈은 그놈이 옳게 제 구멍으로 들어갔는지 딴 구멍으로 샜는지, 알 사람이 드물지요마는⋯⋯.

  그러나 실상은 돈이 삼만여 원 든 건 아닙니다.

  종수가 가용으로 매삭 이백 원씩 가져갔으니 그것이 삼 년 동안 칠천여 원.

  종수가 윤 직원 영감의 도장을 새겨 가지고 토지를 잡혀 쓴 것이 두 번에 이만여 원이요, 그것을 윤 직원 영감이 일보(日步) 팔 전씩 쳐서 도장 찾느라고 이만 오천여 원.

  윤 직원 영감의 명의로(도장은 물론 가짜지요) 수형 뒷보증(우라가키)

를 해 쓴 것을 여섯 번에 사만 원을 물어 주고.

이 두 가지만 해도 칠만 원 돈인데, 그 칠만 원 가운데 종수가 제 손에 넣고 쓴 것은 다—쳐야 단돈 만 원도 못 됩니다. 윤 직원 영감으로 보면 결국 손자 종수에게 사기를 당한 셈인데, 그러므로 물어 주지 않고 버틸 수도 없는 것은 아닙니다.

그러나 버티고 볼 양이면 종수가 징역을 가야 하니 체면상 차마 못할 노릇일 뿐만 아니라, 더욱이 바라고 바라던 군수가 영영 떠내려가겠은즉, 목마른 놈이 우물 파더라고, 짜나 다나 그 뒤치닥거리를 다아 하곤 했던 것입니다.

그래, 이놈 저놈을 모두 합치면 돈이 십만 원하고도 훨씬 넘습니다.

윤 직원 영감은, 하도 화가 나고 기가 막혀서, 이 잡아 뽑을 놈아 이놈아, 돈은 무엇에다가 그렇게 물 쓰듯 하느냐고, 번번이 불러 올려다가는 도둑놈 닦달하듯 조져 댑니다.

그럴라치면 종수는 군수 운동비와 교제비로 쓴다고 합니다.

그렇거들랑 왜 날더러 달래다가 쓸 것이지, 비싼 고리 대금업자의 변전을 내느냐고 한다치면, 할아버지가 언제 돈 달라는 족족 주었느냐고, 되려 떠받고 일어섭니다.

물론 윤 직원 영감은 곧이를 듣지는 않지만, 종수의 구실거리는 그만큼 유리했습니다.

해서 윤 직원 영감의 무서운 규모로, 삼 년 동안에 십여만 원을 그 밑구멍에다가 들여민 것으로 보아 군수 즉 양반이라는 것의 매력이 위대함을 알겠는데, 그러나 종수는 아직도 한낱 고원으로 있지 그 이상 더 올라가지는 못했습니다. 월급만은 한 차례 삼 원이 승급되어, 이십구 원을 받지만요.

하니, 일이 매우 장황스러, 성미 급한 윤 직원 영감으로는 조바심이 나리라 하겠지만 실상은 고원에서 본관까지 사 년, 본관에서 서무주임까지 삼 년, 서무주임에서 군수까지 다시 삼 년, 도합 십개년 계획이었기 때문에 아직 유유히 운동을 계속하는 중입니다.

그 덕에 거드럭거리는 건 좋습니다. 군에 다니는 건 명색뿐이요, 매일 술타령에 계집질, 게다가 한 달이면 사오 차씩 서울로 올라와서는 뚜드려 먹고 놉니다. 돈은 물론 제집의 돈을 사기해 먹고, 또 그밖에 중이 망건 사러 가는 돈이라도 걸리기만 하면 잡아 써 놓고 봅니다. 그랬다가 다급하면 그 짓 제집돈 사기를 해서 물어 주든지 직접 윤 직원 영감한테 운동비랍시고 버젓이 돈을 타든지 합니다. 이번에 올라온 것도 그러한 일 조간입니다.

얼마 전에 군의 같은 동료가 맡아 보는 돈 천 원을 둘러쓴 일이 있는데, 그 돈 채워 놓아야 할 날짜가 이삼 일로 박두했고 일변 술도 날씨 선선해진 판에 한바탕 먹어제치고 싶고, 이첨저첨 올라왔던 것인데, 방위가 나빴든지 일수가 사나웠든지, 첫새벽 정거장에서 내리던 멀로 일이 모두 꿀리기만 했습니다.

첫째, 어제 시골서 떠나기 전에 전보를 쳐 두었는데 키다리 병호가 마중을 나오지 않았습니다. 돈을 얻재도 술을 먹재도 오입을 하재도, 종수는 그의 병정인 키다리 병호가 아니고는 꼼짝을 못합니다. 수형을 현금으로 바꾸어 오고 요릿집과 기생의 분별을 시키고 더러는 외상 요리의 교섭을 하고 계집을 중매서고, 이래서 종수가 서울서 노는 데는 돈보다도 더 그리고 필시 필요한 게 병호 그 사람입니다.

그렇기 때문에 미리서 전보까지 쳐 두었던 것인데, 정거장으로 나오지를 않았습니다. 이건 병이 났거나 타관를 갔거나 한 것이라고 낙심을 한 종수는, 그래도 막상 몰라 애오개 산비탈에 박혀 있는 병호의 집까지 찾아갔습니다.

역시 병호는 집에 없고, 그의 아낙의 말이, 어제 낮에 잠깐 다녀온다고 나간 채 여태 안 들어왔다는 것입니다. 그렇다면 먼 타관에는 가지 않은 듯싶고, 그것이 적이 다행해서 들어오는 대로 곧 만나게 하라는 말을 이른 뒤에 언제고 서울을 올라오면 집보다도 먼저 찾아드는 ××여관에다가 우선 자리를 잡았습니다.

××여관에서 종수는 조반을 먹고 드러누워, 늘어지게 한잠을 잤습니다. 간밤에 침대차가 만원이 되어, 잠을 못 잔 것이 피곤도 하거니와, 이따가 저녁에 한바탕 놀자면 정력을 길러 두는 것도 해롭든 않았습니다. 또, 그러한 필요가 아니라도 병호가 없는 이상 막대기를 잃어버린 장님같이 저 혼자서는 옴나위를 못하니까, 낮잠이 제일 만만합니다.

한잠을 폭신 자고 나니까 오정이 지났는데, 병호는 그때까지도 오지 않았습니다. 종수는 또 한번 애오개를 나갔다가 그만 허탕을 치고는 답답한 나머지, 여기저기 그를 찾아다녀 보았습니다. 그러다가 우미관 앞에서 재수없이 옥화를 만났던 것입니다.

종수가 도로 여관으로 돌아와서 네시까지 기다리다가 그만 질증이 나서, 다아 작파하고 조부 윤 직원 영감한테 급한 돈 천 원이나 울궈 내 가지고 내려가 버릴까, 내일 하루 더 기다려 볼까, 망설이는 판에 키다리 병호는 터덜터덜 달려들었습니다.

"허! 미안허이!"

병호는 말처럼 긴 얼굴을 소처럼 웃으면서 방으로 들어섭니다.

"무얼 핥어먹느라구 밤새도록 주둥일 끌구 다녔수?"

종수는 일어나지도 않고 버얼떡 누운 채, 전보대 꼭대기같이 한참이나 올려다보이는 병호의 얼굴을 눈흘겨 주다가 한마디 비꼬던 것입니다. 남더러 전접스런 소리를 잘 하는 것도 아마 윤 직원 영감의 대부터 내림인가 봅니다.

그러나 그보다도 종수는 갈 데 없는 후레자식입니다.

한 것이, 병호와는 같은 고향인데, 나이 십오 년이나 층이 집니다. 십오 년이면 부집(父執)이 아닙니까. 종수 제 부친 창식이 윤 주사가 마흔여섯이요 해서, 사실로 병호와는 네랑 내랑 하는 사이니까요.

그런 것을 글쎄, 절하고 보입던 못할망정 버얼떡 자빠져서는, 한단 소리가 무얼 핥어먹느라고 주둥이를 끌고 다녔냐는 게 첫인사니, 놈이 후레

자식이 아니라구요.

하나 병호는 아주 이—상입니다.

"머, 그저 모처럼 봉을 하나 잡았더니 그놈을 뚜디려 먹느라구!"

"그래서?…… 문 밖 별장으로 나갔던 속이구먼?"

"응."

"각씨 맛두 봤수?"

"미친 녀석! 늙은 사람두 그런 것 바친다데야?"

"아—무렴! 참, 개가 똥을 마대지?"

둘이는 걸쭉하게 농지거리로 주거니받거니합니다. 그러니 결국 종수로
하여금 버르장머리가 없게 하는 것은 이편 병호가 속이 없고 농판스런 탓
이요, 그걸 받아 주는 때문입니다.

그러나 남의 병정을 잘 써 먹자면 그만큼이나 구수하지 않고는 붙일 상
이 없겠으니 또한 직업인지라 어쩔 수 없다는 게 병호의 변명입니다.

"돈을 좀 마련해야 할 텐데?……"

종수는 그제서야 일어나더니 잔뜩 쪼글뜨리고 앉으면서 담배를 붙여 뭅
니다.

"해 보지……. 얼마나?"

병호의 대답은 언제나 선선합니다.

"꼭 천 원허구 또, 오백 원……."

"오늘루 써야 허나?"

"천 원은 내일 해전으루 되면 좋구, 오늘은 오백 원 가량만……."

"해 보지!…… 그렇지만 은행 시간이 지나서, 좀……."

"그러니깐 진작 오정때만 왔어두 좋았지! 핥어먹으러 싸아다니느라구
……."

"허! 참, 잡놈이네! 비 올 줄 알면 어느 개잡년이 빨래질 간다냐? 네
가 몇 시간만 더 일쩍 전볼 치지?"

"긴소리 잔소리 인전 고만해 두구 어서, 어떻게 서둘러 봐요!"

"날더러만 재축을 하지 말구, 어서 한 장 쓰게그려!"

"그런데 이번은 말이죠……."

종수는 손가방에서 수형용지를 꺼내 가지고 일변 쓰면서 이야깁니다.

"이번은 와리를 좀더 주더래두 내 도장만 찍어야 할 텐데?"

"건 어려울걸!…… 그런데 왜?"

"아, 지난번에 논을 그렇게 해쓴 거 일만 오천 원이 새달 그믐 아니요?"

"참, 그렇지……. 그런데?"

"그런데, 그거가 뒤집어지기 전에 이거가 퉁겨서 나오구, 그리구서 얼마 안 있다가 또 그거가 나오구, 그래노면 글쎄 한 가지씩 졸경을 치르기두 땀이 나는데 거퍼 두 가지씩!"

종수는 쓰던 만년필을 멈추고 혀를 날름날름하면서 고개를 내두릅니다. 졸경을 치른다는 것은 빚쟁이한테 직접 단련이 아니라 조부 윤 직원 영감한테 말입니다.

"그렇잖우? 드뿍 큰 모가치는 크게 해먹은 맛으루나 당한다구, 요것 이천 원짜리 때문에 경은 곱쟁일 치긴 억울해!"

"그두 그렇긴 허이마는……."

병호는 깜짝깜짝 생각을 하다가는 종수가 도장까지 찍어 내놓는 이천 원 액면의 수형을 집어듭니다. 아무리 가짜 도장일 값에 윤두섭이의 뒷보증(우라가키)이 없는 단지 부랑자 종수의 수형을 가지고 돈을 얻다께 하늘서 별 따깁니다.

"좀 어렵겠는데에……."

병호는 수형을 만지작만지작, 그 기다란 윗도리를 앞뒤로 ㄲ덱ㄲ덱, 연신 입맛을 다십니다.

"쉬울 테면 왜 온종일 당신 기대리구 있겠소? 잔소리 말구 어서 갔다가 와요!"

"글쎄, 가 보긴 가 보지만……."

병호는 수형을, 빛 낡은 회색 포라 양복 속주머니에다가 건사하고 일어섭니다.

"가 보아서 되면 좋구 안 되면 달리 또 무슨 방도를 채리더래두……. 아무려나 기대리게……."

"꼭 돼야 해요! 더구나 한 사오백 원은 오늘 우선……."

"흥 이거 말이지?"

병호는 씨익 웃으며, 손으로 술잔 기울이는 흉내를 냅니다. 종수도 따라 웃습니다.

"참새가 방앗간을 그대루 지내우?"

"염려 말게……. 돈이 못 되면 외상은 못하나!"

"싫소, 외상은……. 그리구, 요릿집 간죠뿐이우?"

"각씨두 외상 얻어 줌세, 꿍……."

"어느 놈이 치사하게 외상 오입을 하구 다니우?"

"난 없어 못하겠더라!"

"양반허구 상놈허구 같은가?"

"양반은 별수 있다더냐?"

한 시간 안에 다녀오마고 나간 병호는 두 시간 세 시간 눈이 빠지게 기다려 놓고서 일곱시 반에야 휘적휘적, 그나마 맨손으로 돌아왔습니다.

윤 직원 영감의 뒷보증(우라가키)이 없어도 종수의 도장만 보고서 돈을 줄 사람이 꼭 한 사람 있기는 있고, 또 그 사람이면 소절수를 받아다가 현금과 진배없이 풀어 쓸 수가 있는 자린데, 세상 기고 매고 아무리 찾아다녀야 만날 수가 없다는 것입니다. 이것이, 따로이 슬그머니 욕심이 생겨 가지고는 짐짓 꾸며 대는 농간인 줄을 종수는 알 턱이 없습니다.

윤종수 도장 하나를 보고서 수형을 바꾸어 줄 실없는 돈장수라고는 이 천지에 생겨나지도 않았습니다. 병호는 그것을 잘 알고 있고 그러면서도 어쩌면 될 듯한 눈치를 보이는 것은, 우선 수형을 쓰게 하자는 제 일단의 공작이었습니다.

그 세 시간 동안 병호는 누구를 찾아다니기는커녕 제집으로 가서 편안히 누웠다가 온 것도 그러니까 종수는 알 턱이 또한 없습니다.

"빌어먹을!…… 에이, 속상해!"

종수는 슬며시 짜증이 나서 피우던 담배를 재떨이에 싹싹 비벼 던지고는 나가 드러누우면서 두런거립니다.

"이럴 줄 알았으면 진작 아까 저물기 전에 집으로 나가서 할아버지께라두 말씀을 했지! 에이, 빌어먹을…….."

은연중 병호가 늦게 온 충원까지 하는 소립니다. 그러나 병호는 그 소리가 귀에 거슬리기보다도 일이 묘하게 얼려 간대서 속으로 기뻐합니다.

"여보게?"

"…….."

"여기다가 자네 조부님 도장 찍어서 우라가키하게."

"싫소!…… 다아 고만두구, 내일 할아버지께 돈 천 원이나 타서 쓰구 말겠소!"

"웬걸 주실라구?"

"안 주시면 말지, 머……. 에잇, 속상해!"

"그렇게 있어두 고만 없어두 고만일 돈이면 애여 왜 쓸려구를 들어?"

"남 속상하는 소리 말아요! 시방 돈 천 원에 여러 집 초상나게 된 걸 가지구…….."

"허어! 그 장단에 어디 춤 추겠나!"

"아아니, 할아버지 도장 찍구 우라가키할 테니 당장 돈 만들어 올 테요?"

"열에 일곱은 될 뜻하네마는……. 그러구저러구간에 여보게?"

"말 던지우!"

"만일 자네 조부님께 말씀을 해서 돈이 안 되면은 낭패가 생길 돈이라면서? 응?"

"낭패뿐이 아니우……. 내 온, 돈 고까짓 천 원 때문에 이렇게 속상하기라군 생전 츰이요!"

"그러니 말일쎄. 우라가키해 주면 시방 나가서 주선을 해 보구…….
하다가 안 되면 내일 해 보구 할 테니깐 자넬라커던 이놈은 꼭일랑 믿지
말구서 내일 자네 조부님을 조르구. 그렇게 해서 두 군데 중에 한 군데서
되면은 좋잖은가?"

"아, 글쎄 이 당신아!……"

종수는 답답하다고 벌떡 일어나 앉으면서 사앗대질을 합니다.

"맨 츰에 내가 하던 소린 한 귀로 듣구 한 귀로 흘렸단 말이요?"

"온 참!…… 저놈 논 잽혀 쓴 놈 일만 몇 천 원짜리허구 연거퍼 퉝겨
질 테니 안됐단 말이지?"

"이번 치가 먼점 뒤집어질 테니깐 더 걱정이란 말이랍니다요!"

"그러니까 말이야. 이번 칠랑 이자나 주구서 두어 번 가키카엘 하면
될 게 아닌가?"

"가키카에? 누가 가키카엘 해 준대나?"

"안해 줄 게 어딧나? 이자를 주는데 왜 안 해 주나?"

"그럼 그래 보까? 히히……."

종수는 별안간 싱겁게 웃으면서, 언제고 준비해 가지고 다니는 윤 직원
영감의 도장으로 아까 그 수형에다가 우라가키를 해 놓습니다.

"되두룩 단돈 백 원이라두 현금을 좀 가지구 오시우!"

구두를 신고 있는 병호더러 부탁을 합니다.

"글쎄! 그렇게 해 보지만……."

병호는 돌아서려다가 싱글싱글 웃습니다.

"자네 거 기생 고만두구서 오늘 저녁일라컨 여학생 오입 하나 해 보랴
나?"

"여학생?…… 정말? 희떠운 소리 작작허슈!"

"아냐! 내 장담허구 대령시킬 테니……."

"진짤?"

"아무렴!"

"정말?"

"허어!"

"아니면 어쩔 테요?"

"내 목을 비여 놓지!"

"그럼, 내기요?"

"내기하세!…… 그런데, 진짜가 아니면 나는 목을 비여 놓기고…….
또오, 진짜면?"

"백 원 상급 주지!"

"그래. 내 오는 길에 다아 주문해 놓구 옴세."

한 시간이 좀 못 되어서, 돌아온 병호는 이번도 허탕이었습니다. 단골
로 그새 거래를 하던 세 군데를 찾아갔는데 하나는 타관에 가고 없고, 하
나는 놀러 나갔고, 또 하나는 은행에 예금한 게 없어서 내일이나 입금시
키는 형편을 보아야만 소절수라도 발행하겠다고 한다는 것입니다.

이것도 물론 꾸며대는 소리요, 동관의 뚜쟁이 집에 가서 노닥거리다가
오는 길입니다.

"그리면 내일 될 상두 부르군요?"

종수는 생각하던 바와 달리 소갈찌도 내지 않습니다.

"글쎄?……"

"안 될 것 같아?"

"그럴 게 아니라 이 수형일랑 내게 두었다가 내가 한 번 더 돌아다녀
올 테니, 그렇지만 꼭 믿진 말구서 자녠 조부님한테 타내두룩 하게…….
그래야만 망정이지 꼭 되리려니 했다가 안 되는 날이면 낭패가 아닌가?
지금두 오면서두 고옴곰 생각했지만, 거 남의 수중에 있는 돈을 얻어 쓴
다는 게 무척 힘이 들구, 자칫하면 큰일을 잡치기가 쉬운걸쎄그려! 아,
오늘 저녁 일만 두구 생각해 보게? 남의 돈을 믿었다가 이렇게 누차 낭패
아닌가!"

근경 있어 타이르듯 하는 말에 종수는 그렇겠다고, 고개를 끄덕거립니다. 종수가 다소곳하니 곧이듣는 것을 보고 병호는 일이 열에 아홉은 성사라서 속으로 좋아 못 견딥니다.

병호는 그놈 이천 원짜리 수형을 제 주머니 속에 넣어 두고 내놓지 않을 참입니다.

종수가 저의 조부 윤 직원 영감한테 돈을 타서 쓰면 이 수형은 소용이 없으니까, 대개는 잊어버리고 시골로 내려가기가 십상입니다. 또, 혹시 생각이 나서 찾더라도 포켓을 부스럭부스럭하다가,

"아뿔사! 간밤에 변소에 가서 휴지가 없어서 고만……."

이렇게 둘러 댑니다.

만일 윤 직원 영감한테 돈을 타지 못하고 불가불 수형을 이용해야 할 경우라도 역시 뒤지를 해 없앤 줄로 둘러 대고서 새로 수형을 쓰게 합니다.

그래 좌우간 그 수형은 제가 흩뜨려 쥐고 있다가 일 할 오 부 하리를 뗀 일천칠백 원을 찾아서 집어삼킵니다.

삼켜도 아무 뒤탈이 없습니다. 우선 법적으로 따져서 하나도 죄가 될 것이 없습니다.

그러나 도시 문제가 그렇게 커지질 않습니다.

그 수형이 나중에 윤 직원 영감의 수중으로 들어가서 필경 종수가 닦달을 당하기는 당하는데, 종수는 그것이 병호의 야바운 줄 담박 알아내기야 하겠지만, 그의 사람된 품이 저만 알고서 제가 일을 뒤집어쓰지, 결코 그 속을 들춰 내도록 악독하진 못한 사람입니다.

뿐만 아니라 그는 의붓자식 옷 해 입힌 셈만 대지야고 버릇없는 소리나 해 가면서 역시 전과 다름없이 병호를 심복의 병정으로 부릴 것이요, 그것은 사람이 뒤가 없는 소치도 있겠지만 일변 아쉽기도 한 때문입니다.

더구나 일이 뒤집어지기 전에 병호가 미리서, 아 이사람 종수, 다른 게 아니라 내가 목이 달아나게 급한 사정이 있어서 약시 이만저만하고 이만

저만했네, 그러니 어쩌려나? 날 죽여 주게, 이렇게 빌기라도 한다면 종수는 그것을 순정인 줄 오히려 양복이라도 한 벌 해 입힐 것입니다. (옛날의 주공(周公)도 사람이 종수처럼 어질었다구요?)

"자아 어서 옷 입구 나서게!······"

병호는 일천칠백 원을 먹어 둔 바람에 속이 달떠서는 연신 싱글벙글 종수를 재촉합니다.

"내일 일은 내일 일이구!······ 자아, 오늘 저녁엘라컨 우선 산뜻한 놈 여학생 오입을 속짜로 한바탕 한 뒤에, 어디 별장으로 나가서 밤새두룩 응?"

"돈두 없으면서 무얼!"

"걱정 말래두! 요릿집은 내가 다아 그웃두룩 할 테니깐 염려없구, 여학생 오입은 십 원이면 썼다 벗었다 하네!"

"십 원?"

"아무렴!······ 잔돈 얼마나 있나?"

"한 삼십 원 있지만!"

"됐어! 십 원은 여학생 오입채루 쓰구 이십 원은, 요릿집 뽀이 행하루 쓰구, 머어 넉넉허이!"

"그 여학생이라는 게 밀가루나 아니우?"

"천만에!······ 글쎄, 목을 비여 바친대두 그리나?"

"더구나 십 원이면 된다니, 유곽만두 못하잖우?"

"글쎄, 예서 우길 게 아니라 좌우간 가 보면 알 걸 가지구!"

"어디, 한번 속는 셈대구!"

사맥이 다아 이렇게쯤 되어서 당대의 주공(周公) 종수가 이 동관의 뚜쟁이 집에 온 것입니다.

폐병 앓는 갈빗대 여대치게 툭툭 불거진 연목을 반자지도 아니요, 거무테테한 신문지로 더덕더덕 처바른 얄디얕은 천장 한가운데 가서 십삼 와트 전등이 목을 잔뜩 매고 높다랗게 달려 있습니다.

도배는 몇 해나 되었는지 하─얗던 양지가 노─랗게 퇴색이 된 바람
벽인데, 그나마 이리저리 쏠려서 제멋대로 울퉁불퉁 뜨이고 있습니다. 거
기다가 빈대 피로 댓잎(竹葉)을 쳐 놓았어야 제격일 텐데, 그 자죽이 없
는 것을 보면 사람이 붙박이로 거처를 않고 임시 임시 그 소용에만 쓰는
게 분명합니다.

윗목으로 몇 해를 뜯게질 맛을 못 보았는지, 차악 눌린 이부자리가 달
랑 한 채, 소용이 소용인지라 잇만은 깨끗해 보입니다.

방 안에서는 눅눅한 습기와 곰팡이냄새가 금시로 몸이 끈적끈적하게시
리 가득 풍깁니다.

이지러진 사기 재떨이 하나가 방 안의 유일한 가구요, 그것을 사이에
놓고 병호와 종수는 위아랫목으로 갈라앉아, 입맛 없이 담배를 피웁니다.

"멀쩡한 뚜쟁이 집이구먼, 무엇이 달라요? 까아치 뱃바닥 같은 소릴
……."

종수는 이윽고 방 안을 한 바퀴, 아까 처음 들어설 때처럼 콧등을 찌그
리며 둘러보면서, 목소리 소곤소곤 병호를 구박을 주던 것입니다.

"글쎄 뚜쟁이 집은 뚜쟁이 집이라두, 시방은 다르다니깐 그래!"

"다를 께 무어람!…… 여보 나두 열여덟 살부터 다녀 본 다아 구로우
도야!"

"그땐 말끔 은근자들뿐이지만, 시방은 이사람아 오는 계집들이 모두
상당허네!…… 여학생을 주문하면 꼭꼭 여학생을 대령시키구, 과부 찾
으면 과부 내놓구, 남의 첩, 염집 여편네, 뻐스껄, 여배우, 백화점 기집
애 머어 무어든지 처억척 잡아 오지!"

"또 희떠운 소리를!…… 아아니 그래, 과부면 과부라는 걸 무얼루다
가 증명허우? 민적 등본을 짊어지구 오우? 여학생은 재학증명설 넣구 오
구 뻐스껄은 가방을 차구 오우?"

"허허허……. 그거야 그렇잖지만……. 아냐, 대개 맞긴 맞너니…….
그렇게 널리 한대서 요샌 뚜쟁이 집이라구 않구 세계사업사라구 하잖

나?"

"당찮은 소릴! 여보, 세계사업사란 내력이나 알구서 그러우?"

연년 전에 관훈동에 있는 어떤 뚜쟁이의 구혈을 경찰서에서 엄습한 일이 있었습니다. 연루자가 수십 명 잡혔는데, 차차 취조를 해 들어가니까 그 조직이 맹랑할 뿐 아니라, 이름은 세계사업사라고 지은 데는 모두 깜짝 놀랐습니다. 물론 별 의미는 없고, 아마 취체를 기이느라고 그런 엉뚱한 명칭을 붙였던 것이겠지요.

아무튼 그때부터 뚜쟁이 집을 어디고 세계사업사라고 불렀고, 시방은 한 개의 공공연한 은어(隱語)가 되어 버렸습니다.

종수가 그러한 내력을 설명하는 것을 듣고 앉았던 병호는,

"허허, 날보담 선생이군!……"

하면서 웃고 일어섭니다.

"자아 난 먼점 가서……."

"어디루?"

"××원 별장으루 먼점 나가서 이것저것 모두 분별을 해 놓구 기대릴 테니, 자넬라컨 처억 재미볼 대루 보구……."

"그럴 것 무엇 있소? 이왕이니 하나 더 불러 오래서 둘이 같이, 응? 하하하하!"

"허허허허……. 늙은 사람 놀리지 말구……. 그러구 참, 돈은 음식값 무엇할 것 없이 십 원 한 장만 노파 손에다가 쥐어 주구 나오게!"

"그러구저러구간에, 진짜 여학생이 아니면 당신 죽을 줄 알아요! 에!……."

"염려 말래두!"

병호는 마루로 나가더니 안방의 노파를 불러 내어 무어라고 두어 마디 소곤소곤 이야기를 하고 나서 밖으로 나갑니다.

종수가 시계를 꺼내어 마침 아홉시 이십분이 된 것을 보고 있노라니까 샛문을 배깃이 열고 노파가 담뱃대 문 곰보딱지 얼굴을 들이밉니다.

"한 분이 먼점 가시니 심심하시겠군!……."

노파는 병호가 앉았던 자리로 가서 팔짱을 끼고 도사려 앉습니다.

"아이! 그 새서방님 얼굴두 좋게두 생겼다! 오래잖아 색시가 올 테지만, 보구서 색시가 더 반하겠수, 호호오….."

언변이 벌써 뚜쟁이로 되어 먹었고, 게다가 곁목을 질러 웃는 소리가 징그러울 만큼 능청스럽습니다.

"시방 온다는 게 정말 여학생은 여학생입니까?"

종수는 하는 양을 보느라고 말을 시켜 놓습니다.

"온! 정말 아니구요! 아주 버젓한 고등학굘 다니는 색시랍니다. 머, 밀가루 갖다가 복색한 여학생으루 채려서 디리밀 줄 알구들 그리시지만, 아 시방이 어느 세상이라구 그렇게 속힐래서야 되나요! 정말 여학생이구 말구요, 온!"

"버젓한 여학생이 어째 하라는 공분 아니허구서……."

"오온! 여학생은 멋 모르나요? 다아 응? 멋이 들어서 다아 심심 소일루 다니는 색시두 있구, 또오 더러는 돈맛을 알구서 다니기두 허구……. 그렇지만 시방 오는 색신 노상이 돈만 바라거나 또 심심 소일루 다니는 이가 아니랍니다! 그건 참, 잘 알아 두시구, 너무 함부로 다루질라컨 마시우! 패에니……."

"그럼 무엇 하러 다니는 게요?"

"신랑! 신랑을 고르느라구 그래요. 꼬옥 맘에 드는 신랑을!"

"네에! 그래요오! 으응, 신랑을 고른다!"

"참, 인물인들 오죽 잘났나요, 머, 똑 떨어졌죠."

"네에! 그렇게 잘났어요?"

"말두 마시우! 패에니, 담박 반해 가지굴랑 내일이래두 신식 결혼하자구 치마끈에 매달리리다! 호호호……."

"피차에 맘에 들면야 그래두 좋죠. 마침 장가두 좀 가구 싶구 하던 참이니깐……."

　"그렇게 뒷심을 보실 테거들랑 돈을 애끼지 말구서 우선 오늘 저녁버틈이라두 척 돈을 좀 몇 십 원 듬쑥 쓰세야죠! 그래야 다아 색시두!"

　"지금! 오는 인 돈을 바라구 오는 게 아니라면서요?"

　"온! 시방야 돈을 안 바래지만서두 신랑 양반이 다아 돈이 많구 호협허신 그런 줄은 알아야, 다아 맘이 당기죠!"

　"옳아! 그두 그렇겠군요!…… 나힌 몇이라나요?"

　"온 어쩌나! 아, 말 탄 서방이 그리 급하랴구. 시방 곧 올 텐데, 호호, 미리서 반하셨구려! 호호호……. 올해 갓 스물이랍니다. 나히두 꼬옥 좋죠!"

　마침 대문 소리가 삐거덕 나더니 자박자박,

　"기세요?"

하고 삼가라운 목소리가 들립니다.

　"왔군!"

　어느 결에 일어서서 샛문으로 나가려던 노파가 종수를 돌아다보고 눈을 찌긋째긋합니다.

　종수는 저도 모르게 약간 긴장이 되어, 바깥의 동정에 귀를 기울입니다. 그는 아까부터 노파의 하는 수작이, 속이 빠안히 들여다보여, 역시 여학생이란 공연한 소리요, 탈을 쓴 밀가루가 십상이려니 하는 속치부는 하고 있으면서도, 급기야 긴장이 되는 것은 화류계 계집은 많이 다루었어도 명색이 여학생은 접해 보지 못한 그인지라, 얼마간 체면에 걸리지 않질 못한 탓이겠습니다.

　노파는 밖으로 나가자 한참 소곤소곤하다가 이윽고 샛문이 열립니다.

　"자아, 내가 정말루 했는지 거짓말을 했는지, 보십시요. 이렇게 버젓한 여학생을 모셔왔으니, 자아……."

　노파가 가려 서서 한바탕 장담을 치고 나더니,

　"자아, 어여 들어와요! 온 부끄럽긴 무에 그리 부끄럼담! 다아 신식 물 자신 양반들이, 자아……."

하고, 또 한바탕 너스레를 떨면서 모로 비켜섭니다.

십여 년 화류계에서 놀며 치러난 종수도, 어쩐지 압기가 되는 듯, 이 장면에서만은 단박 얼굴을 들고 치어다볼 담이 나질 않고 마침 문턱 안으로 한 발 들여놓는 비단 양말을 신은 다리로부터 천천히 씻어 올라갑니다.

놀맘한 비단 양말 속으로 통통하니 살찐 두 다리, 그 중간께를 되치렁거리는 엷은 보이루의 검정 통치마, 연하게 물결치는 치마 주름을 사풋 누른 소낄, 곱게 끊긴 흰저고리의 앞섶 끝, 불룩한 젖가슴에 매어진 단정한 고름, 이렇게 보아 올라가는 종수는 어느덧 저를 잊어버리고, 과연 시방 순결을 의미하는 여학생을 맞느니라 싶은 일종의 엄숙한 기분에 잠겨 갑니다.

필경 종수의 시선이, 여자의 동그스름한 턱으로부터 얼굴 전체로 퍼지려고 하는데 마침 저편에서도, 외면했던 고개를 이편으로 돌리고 돌려서, 얼굴과 얼굴이 딱 마주치는 순간! 그 순간입니다.

"어하!"

"아이머닛!"

소리는 실상 지르지도 못하고, 남녀는 동시에 숨이 막히게 놀랍니다. 종수는 앉은 자리에서 뒤로 벌떡 넘어질 뻔하다가 겨우 몸을 가누어 고개를 푹 숙이고, 계집은 홱 몸을 날려 마루를 쿵쿵, 구두는 신었는지 어쨌는지 대문을 왈카닥 삐그덕, 그 다음에는 이내 조용하고 맙니다. 계집이 달아나자 종수는 정신을 차려 쫓기듯 세계사업사를 도망해 나왔습니다.

이 계집은 바로 창식이 윤 주사의(그러니까 즉 종수의 부친의) 둘째첩 옥화였습니다.

종수는 사람이 밤에 불(光線)을 가진 것이 참으로 고맙고 다행스럽다는 것을 절실히 느끼면서 자동차를 몰아 동소문 밖 ××원 별장으로 나왔습니다.

병호는 아직 기생도 나오기 전이라 혼자 달람하니 앉았다가 종수가 뜻밖에 일찍 온 것을 의아해 자꾸만 캐고 묻습니다.

종수는 부르댈 데 없는 심정이 나는 깐으로는 아무튼 여학생은 아니었으니 목을 베어 내라고 병호나마 잡도리를 해 주고 싶었으나, 그것도 객쩍은 짓이라서, 거저 온다는 그 여학생이 갑자기 병이 나서 못 온다는 기별이 왔기에, 또 마침 내키지도 않던 참이라 차라리 다행스러 얼핏 일어섰노라고, 역시 종수 그 사람답게 쓸어 덮고 말았습니다.

도끼자루는 썩어도……
　　(卽 當世 神仙놀음의 一駒)

동대문 밖 창식이 윤 주사의 큰첩네 집 사랑, 여기도 역시 같은 그날 밤 같은 시각 아홉시 가량 해섭니다.

큰대문 안대문, 사랑, 중문으로 모조리 닫아 걸고는 감대 사납게 생긴, 권투할 줄 안다는 행랑아범의 조카놈이 행랑방에 버티고 앉아 드나드는 사람을 일일이 단속합니다.

큼직하게 내기 마작판이 벌어졌던 것입니다. 벌어진 게 아니라 어젯밤부터 시작한 것을 시방까지 계속하고 있습니다.

십 전 내기로 오백 원 장이니 큰 노름판이요, 대문을 단속하는 것도 괴이찮습니다. 그러나 암만해도 괄시할 수 없는 개평꾼은 역시 괄시를 못하는 법이라, 한 육칠 인이나 그중 서넛은 판 뒤에서 넘겨다보고 있고, 서넛은 밤새도록 온종일, 지키느라 지쳤는지 머릿방인 서자의 방에 가서 곯아떨어졌습니다.

삼간 마루에는 빙 - 들린 선반 위에 낡은 한서(漢書)가 길길이 쌓였습니다. 한편 구석으로, 고려자기를 넣어 논 유리창에다가는 가야금을 기대 세운 게 더욱 운치가 있습니다.

추사(秋史)의 글씨를 검정 판자에다가 각해서 흰 뺑끼로 획을 낸 주련이 군데군데 걸리고, 기둥에는 전통(箭筒)과 활(弓)…….

　다시 그 한편 구석으로 지저분한 청요리 접시와 정종 도꾸리가 섭슬려 놓인 것은 이집 차인꾼이 좀 게으른 풍경이겠습니다.

　방은 양지 위에 백지를 덮어 발라 분을 먹인, 그야말로 분벽(粉壁), 벽에는 미산(美山)의 사군자와 ××의 주련이 알맞게 벌려 붙어 있고, 눈에 뜨이는 것은 연상(硯床)머리로 걸려 있는 소치(小痴)의 모란 족자, 그리고 연상 위에는 한서가 서너 권.

　소치의 모란을 걸어 놓고 볼 만하니, 이 방 주인의 교양이 그다지 상스럽지 않을 것 같으면서 방금 노름에 골몰을 해 있으니 고약하다 하겠으나, 이 짓도 하고 저 짓도 하고, 맘 내키는 대로 무엇이든지 하는 게 이 사람 창식이 윤 주사의 취미랍니다. 심심한 세상살이의 취미……

　마작판에는 주인 윤 주사와, 그의 손위에 가서 부자요 마작 잘 하기로 이름난 박뚱뚱이, 그리고 손아래에는 노름꾼 째보, 이렇게 세 마작입니다.

　모두들 얼굴에 개기름이 번질번질하고 눈곱 낀 눈이 벌겋게 충혈이 되었습니다.

　윤 주사는 남풍 말에 시방 장가인데, 춘자 쓰거획을 떠놓고, 통스 청일색입니다.

　팔통이 마작두요, 일이삼 육칠팔해서 두 패가 맞고, 사오와 칠팔 두 엔스에 구만이 딴짝입니다, 하니 통스는 웬만한 것이면 무얼 뜨든지 방이요, 만일 육통을 뜨면 삼육 구통 석자방인데, 게다가 구통으로 올라가면 일기 통관까지 해서 만지만관입니다.

　윤 주사는 불가불 만관을 해야 할 형편인 것이 오십을 다아 잃고 백짜리가 한 개비 달랑 남았는데, 요행 이 패로 올라가면 사천이 들어와서 거진 본을 추겠지만, 만약 딴집에서 예순 일백 스물로만 올라가도 바가지를 쓸 판입니다.

　하기야 윤 주사는 그새 많이 져서 삼천 원 넘겨 살고 하니, 한 바가지 더 쓴댔자 오백 원이요, 그게 아까운 게 아니라, 청일색으로 만관 그 놈이 놓치기가 싫어 이 패를 기어코 올리고 싶은 것입니다.

패는 모두 익었나 본데 손위에서 박뚱뚱이가 씨근씨근 쓰무를 하더니,

"헤헤 뱀짝이루구나! 창식이 자네 거 먹으면 방이지?"

하면서 쓰무한 육통을 보여 주고 놀립니다.

내래 오기만 하면 단박 사오륙으로 치를 하고서 육구통 방인데, 귀신이 다아 된 박뚱뚱이는 그놈 육통을 갖다가 꽂고 오팔만으로 방이 선패를 헐어 칠만을 던집니다.

"안 주면 쓰무하지!……"

윤 주사가 쓰무를 해다가 훑으니까 팔만입니다. 이놈 어쩔까 하고 만지작만지작하는데 뒤에서 넘겨다보고 있던 개평꾼이 꾹꾹 찌릅니다. 그것은 육칠팔통을 헐어 사오륙으로 맞추고 칠통 두 장으로 작두를 세우고 팔통 넉 장을 앙깡으로 몰고 팔구만에 칠만변짱 방을 달고서 팔통 앙깡을 개깡하라는 뜻인 줄 윤 주사도 모르는 게 아닙니다.

그러나 그렇게 한다면 가령 올라간다고 하더라도 청일색도 아니요 핑호도 아니요, 겨우 맨젱 한 판, 쓰거휘 한 판 도합 세 판이니, 물론 백짜리 한 개비밖에 안 남은 터에 급한 화망은 면하겠지만, 윤 주사의 성미로 볼 때엔 그것은 치사한 짓이요 마작의 도도 취미도 아니던 것입니다.

윤 주사가 팔만을 아낌없이 내치니까, 손위의 박뚱뚱이가 펄쩍 뜁니다. 육칠만을 헐지 않았으면 그 팔만으로 올라갔을 테니까요.

"내가 먹지!"

손아래서 노름꾼 째보가 육칠팔팔로 팔만을 치 — 하는 걸 등뒤에서 감독을 하는 그의 전주(錢主)가 아무렴 먹고 어서 올라가야지 야고, 맞장구를 칩니다. 째보는 윤 주사가 만관을 겯는 줄 알기 때문에 부리나케 예순 일백 스물로 가고 있던 것입니다.

박뚱뚱이가 넉 장째 나오는 녹팔을 쓰무해 던지면서…….

"옛네, 창식이……."

"그걸 아까워서 어떻게 내나?"

윤 주사는 그러면서 쓰무를 해다가 쓰윽 핥는데 이번이야말로! 하고
벼른 보람이든지, 과연 동그라미 세 개가 비스듬히 나간 삼통입니다.

삼사오통이 맞고, 인제는 육구통 방입니다.

윤 주사는 느긋해서 구만을 마악 내치려고 하는데, 마침 머릿방에 있던
서사 민 서방이 긴장한 얼굴로 전보 한 장을 접어들고 건너옵니다. 마작
판에서는들 몰랐지만 조금 아까, 대문지기가 들여온 것을 민 서방이 받아
펴 보고서 당황히 한문자를 섞어 번역을 해 가지고 왔던 것입니다.

"전보 왔습니다!"

"……."

윤 주사는 시방 아무 정신도 없어, 알아듣지 못하고 구만을 따패합니
다.

노름꾼 째보가 날쌔게…….

"펴!"

서사 민 서방이 연거푸…….

"전보 왔어요!"

그러나 창식은 그저 겨우…….

"응? 전보?…… 구만 펑허구 무슨 자야? 어디 어디?"

"동경서 전보 왔어요!"

"동경서? 으응!"

윤 주사는 손만 내밀어서 전보를 받아 아무렇게나 조끼 호주머니에 넣
고 박뚱뚱이의 따패가 더디다는 듯이 쓰무를 하려고 합니다.

"전보 보세요!"

"응, 보지. 번역했나?"

"네에."

윤 주사는 쓰무를 해다가 먹느라고, 전보는 또 잊어버립니다. 구만인데
어려운 짝입니다. 손위의 박뚱뚱이는 패를 헐었지만 손아래 째보는 분명
일사만인 듯합니다.

"전보 긴한 전본데요!"

민 서방이 초조히 재촉을 하는 것이나, 창식은 여전히…….

"응?…… 응……. 이게 못 내는 짝이야?…… 전보 무어라고 왔지?"

"펴 보세요, 저어!"

"응, 보지……. 이걸 내면은 아랫집이 오르는데……. 왜 종학이가 앓는다구?"

"아녜요!"

"그럼?…… 가마안 있자 요놈의 짝을 어떡허나?…… 나 전보 좀 보구서!…… 이게 뱀짝이야! 뱀짝……."

전보를 보기 위해서가 아니라, 쓰무해 온 사만을 따패하면 손아랫집이 올라가고, 올라가면 이 좋은 만관이 허사요, 그러니까 사만을 낼 수가 없고, 그래 전보라도 보는 동안에 좀더 생각을 하자는 것입니다.

윤 주사는 종시 정신이 마작판의 바닥에다가 두고, 손만 꿈지럭꿈지럭 조끼 호주머니에서 전보를 꺼냅니다.

"이놈 사만이 분명 일을 낼 테란 말이야, 으응!"

"이사람아, 마작판에 돈지 앉겠네!"

"가만 있자……. 내, 이 전보 좀 보구우……."

윤 주사는 왼손에 든 전보를 손가락으로 만지작만지작 접은 것을 펴 가지고는 또 한참이나 딴전을 하다가, 겨우 눈을 돌립니다. 번역해 놓은 열석 자를 읽기에 그다지 시간과 수고가 들 건 없었습니다.

"빌어먹을 놈……."

잔뜩 이맛살을 찌푸리면서 전보를 아무렇게나 도로 우그려 놓고는,

"……에라, 모른다!"

하고 여태 어려워하던 사만만을 집어 따악 소리가 나게 내쳐 버립니다.

"옳아! 바루 고 자야!"

아니나다를까, 손아래 째보가 일사만 방이던 것입니다. 끝수라야 일흔

일백 서른!

"빌어먹을 놈!"

윤 주사는 아들 종학이더러, 전보 조건으로 또 한번 욕을 합니다. 그러나 아까치는 옳게 그 전보 내용에다가 욕을 한 것이지만, 이번치는 만관을 놓친 화풀이로다가 절로 나와진 욕입니다.

"큰댁에 기별을 해야지요?"

드디어 바가지를 긁고, 그래서 필경 오백 원 하나가 또 날아갔고, 다시 새 판을 시작하느라 마작을 쌓고 있는 윤 주사더러, 민 서방이 걱정삼아 묻는 소립니다.

"큰댁에? 글쎄……."

윤 주사는 주사위를 쳐 놓고 들여다보느라고 건숭입니다.

"제가 가까요?"

"자네가?…… 몇이야? 넷이면 내가 장이군……. 자네가 가 본다?"

"네에."

"칠 찾고……. 그래두 괜찮지……. 아홉이라, 칠구 열 여섯."

윤 주사는 패를 뚜욱뚝 떼어다가 골라 세웁니다.

"그럼, 다녀오까요?"

"글쎄……. 이건 첨부터 패가 엉망이루구나!…… 인제는 일곱 바가지나 쓴 본전 생각이 간절한걸……. 가긴 내가 가 보아야겠네마는……. 자네가 가더래두 내가 뒤미처 불려가구 말 테니깐……. 녹발 나가거라……. 그놈이 어쩐지 눈치가 달르더라니!…… 빌어먹을 놈!"

"차 부르까요?"

"응?"

"마작 시작해 놓구 어딜 가?"

박뚱뚱이가 핀잔을 줍니다.

"참, 그렇군……. 그럼 어떡헌다?…… 남풍 나갑니다!"

"네에, 여기 도풍 나가니, 평하십시요!"

"없습니다!"

윤 주사는 또다시 마작에 정신이 폭 파묻히고 맙니다.

민 서방은 질증이 나서 제 방으로 가 버립니다.

이렇게 해서 윤 직원 영감한테나, 그 며느리 고씨한테나, 서울아씨며, 태식이한테나, 창식이 윤 주사며 옥화한테나, 누구한테나 제각기 크고 작은 생활을 준 이 정축년(丁丑年) 구월 열××날인 오늘 하루는 마침내 깊은 밤으로 더불어 물러갑니다.

오래지 않아, 새로운 날이 밝고, 밝은 그 새날은 그네들에게 다시 어떠한 생활을 주려는지 더욱이 윤 주사가 조끼 호주머니 속에 우그려 넣고만 동경서 온 전보가 매우 궁금합니다. 하나 밝은 날이면 그것도 자연 속을 알게 되겠지요.

해 저무는 만리장성

만일 오늘이 우리한테 새것을 갖다가 주지 않고 어제와 꼬옥 같은 것만 되풀이를 한다면 참으로 우리는 숨이 막히고 모두 불행할 것입니다.

그러나 오늘은 어제와 같으면서도(어제 치면서도 더 자라난) 한 다른 오늘 치를 우리한테 가져다 주고, 그러기 때문에 그러하는 동안 인간은 늙어 백발로, 백발은 마침내 무덤으로…… 이렇게 하염없이도 인류는 하루하루 더 재미있어 간답니다. 그렇듯 반가운 새날이 시방 시작되느라고 동녘이 휘엿이 밝아 옵니다.

날이 밝으면서 뚜우 여섯점 고동이 웁니다. 이 여섯점 고동에 맞추어 우리 낡은 윤 직원 영감도 새날을 맞느라고 기침을 했습니다.

대단 부지런하고, 이 첫새벽(여섯점)에 일어나는 부지런은 춘하추동 구별이 없이, 오십 년 이짝 지켜 오는 절대의 습관입니다.

윤 직원 영감은 잠이 깨자, 매앤 먼저 머리맡에 놋요강을 집어들고, 밤 사이 피에서 걸러 놓은 독소를 뽑습니다. 신진대사라니, 새날이 새것을 들여다가 새 생명을 떨치기 위하여 묵은 것을 버리는 것입니다. 묵은 것의 배설! 그것은 참으로 좋은 일입니다.

절절 절절, 쏟아져 나오는 액체를 윤 직원 영감은 연방 손바닥으로 받아 올려다가는 눈을 씻고, 받아 올려다가는 눈을 씻고 합니다. 매일 아침 소변으로 눈을 씻으면 안력이 쇠하지 않는다는 것은 전부터 일러 오던 말인데, 윤 직원 영감은 시방 그 보안법(保眼法)을 행하고 있는 것입니다.

삼십 년을 두고 해 내려오는 것인데, 만일 꼬노리야라도 앓았다면 장님이 되었기 십상이겠지만 요행 그렇든 않았고 소변 보안법의 덕인지 어떤지는 모르겠으나 미상불 안력이 아직도 좋아서 원체 잔글씨만 아니면 그대로 처억척 보는 건 사실입니다.

누구, 의학박사의 학위 논문 자료에 궁한 이가 있거들라컨 이걸 연구해서 《뇨에 의한 시신경의 노쇠방지와 및 그 원리에 관하여》라는 것을 한번 완성시킨다면 박사 하나는 받아 논 밥상일 겝니다.

윤 직원 영감은 이윽고 안약 장수를 울릴 그 보안법을 행하고 나서는 자리옷을 여느 옷으로 갈아입은 뒤에, 담뱃대에 담배를 붙여 뭅니다.

푸욱푹 피어오르는 담배연기가 아직도 한밤중인 듯, 전등불이 환히 켜져 있는 방 안으로 자욱이 찹니다. 말도 없고 소리도 없고 인간이란 단 하나뿐, 사람이 심심하기보다도 전등과 방 안의 정물(靜物)들이 도리어 무료할 지경입니다.

담배가 반 대나 탔음직해서는 삼남이가 부룩송아지 같은 대가리를 모로 둘러, 사팔눈의 시점(視點)을 맞추면서 방으로 들어섭니다. 손에는 빨병을 조심조심 들고…….

아침마다 하는 일과라, 삼남이는 들고 들어온 빨병을 말없이 내바치고, 윤 직원 영감 또한 말없이 그걸 받아 놓더니, 물었던 담뱃대를 뽑고 연상 서랍에서 소라껍질로 만든 잔을 꺼냅니다.

졸졸 졸졸 놀맘하게 또, 김이 모락모락 오르는 게, 어쩌면 마침 데운

정종 비슷한 놈을 잔에다가 그득 따릅니다.

이것이 역시 오줌입니다. 하나, 여느 오줌은 아니고 동변(童便)이라고, 음양을 알기 전의 어린애들의 오줌입니다.

동변을 받아 먹으면 몸에 좋다는 것도, 오줌으로 보안을 하는 것과 한가지로 옛날부터 일러 내려오던 말입니다. 그걸 보면 요새 그, 오줌에서 홀몬이라든지 무어라든지 하는 약을 뽑는다는 것도 노상 허황한 소리는 아닌 듯싶고, 만일 그게 사실이라고 하면, 오줌에 들어 있는 홀몬을 발견해낸 명예는 아무리 해도 우리네 조선 사람의 조상이 차지를 해야 하겠습니다.

윤 직원 영감은 그처럼 두루 이용하는데, 일찍이 삼십 년 전 오줌 보안법으로 더불어, 이 오줌 장복(長服)도 시작했던 것입니다.

시골서는 동변쯤 받아 먹기가 매우 편리했지만, 서울로 오니까는 그것도 대처(大處=都市)의 인심이라, 윤 직원 영감 말따라, 오줌도 사 먹어야 하게 되었습니다.

이웃의 가난한 집으로 어린애가 있는 데를 물색해서 그 어린애들의 아침 자고 일어난 오줌을 받아 오기로 특약을 해 두었습니다. 그 대금이 매삭 이십 전…… 저편에서는 삼십 전은 주어야 한다는 것을 대복이가 십 전만 받으라고 낙가(落價)를 시키다 못해 이십 전에 절충이 되었던 것입니다.

그렇게 오줌 특약을 해 두고는 새벽이면 삼남이가 빨병을 둘러메고서 오줌을 걷어 오는 것이고, 시방도 바로 그 오줌입니다.

윤 직원 영감도 빨병에서 오줌을 따르는 동안 삼남이는 마침 생을 한 뿌리 껍질을 벗깁니다.

이건 바로 쩍쩍 들러붙는 약주술로 해장이나 하는 듯이, 쪽 소리가 나게 오줌 한 잔을 마시고 이어서 두 잔, 다시 석 잔, 석 잔을 마시자 삼남이가 생 벗긴 것을 두 손으로 가져다 바칩니다.

"그년의 자식이 엊저녁에 짜게 처먹었덩개 비다! 오줌이 이렇게 짠 걸 보닝개……."

윤 직원 영감은 상을 찌푸리면서 생을 씹습니다.

오줌이란 본시 짭짤음한 것이지만 사람의 신경의 세련이란 무서운 것이어서 삼십 년이나 두고 매일 아침 먹어 온 윤 직원 영감은 그것이 조금 더 짜고 덜 짜고 한 것까지도 알아맞힙니다.

"빌어먹을 년의 자식이 아마 간장을 한 종지나 처먹었던가 부다!"

"오늘버텀은 간장 한 종지씩 멕이지 말라구 가서 말하라우?"

과연 간장을 한 종지씩 먹어서 오줌이 짜고, 그래서 영감님으로 하여금 더 짠 오줌을 자시게 한다는 것은 삼남이로 앉아 볼 때에 그대로 묵인할 수가 없는 사건이던 것입니다.

"야! 야, 구성없는 소리 내지두 마라! 누가 너더러 그런 참견허라냐?"

"그럼, 구성없는 소리 안하라우!"

"참 너두 딱허다!"

"얘!"

삼남이는 물에 닦아다 두려고 빨병과 소라잔을 집어듭니다.

"약, 대리냐!"

"얘——"

"약, 잘 보아서 대려! 어제 아침 치는 약이 너무 졸았더라!"

"얘——"

삼남이가 나간 뒤에 윤 직원 영감은 이번에는 보건체조(保健體操)를 시작합니다.

두 다리를 쭈꼿 뻗고 두 팔을 꼿꼿 뻗쳐 올리는 게 준비동작.

그 다음에 발부리를 목표로, 그놈을 붙잡으려는 듯이 허리 이상의 상체와 뻗어올린 두 팔을 앞으로 와락 숙입니다. 그러나 이내 도로 폅니다. 그리고는 또 쉬었다가, 도로 또 펴고…….

이렇게 계속해, 숙였다가는 펴고 폈다가는 숙이고, 몸이 비대한데 배가 또한 커서 좀 힘이 드는 노릇이긴 하나, 하나, 둘, 셋, 연해 세어 가면서 쉰 번을 채웁니다. 쉰 번을 채우니까, 아니나다를까, 맨 처음에는 어림도 없던 것이, 뻗은 발부리와 숙이는 손끝이 마침내 맞닿고래야 맙니다.

간단한 ××강장술(××强壯術) 비슷하다고 할는지, 하니 그럴 바이면 라디오 체조를 하는 게 좋지 않느냐고 하겠지만 그거야 젊은애들이나 할 것이지 노인이 점잖지 않게시리……

후줄근하게 땀이 배고 약간 숨이 가쁜 것을, 앞미닫이를 열어 놓고 앉아서 서늑서늑한 아침 바람을 쏘입니다.

날은 훨씬 밝았고 바람끝이 소스라치게 싸늘합니다.

"허— 날이 이렇기!"

혼자 걱정을 하는데, 마침 대복이가 아침 문안삼아 오늘 하루의 일을 협의할 겸,

"건너 왔습니다."

"이, 날이 이렇기 냉하여서 큰일 안 났는가?"

"글쎄올시다!……"

대복이는 문안 인사도 할 사이가 없고, 공순히 꿇어앉습니다.

"……이러다가 되내기(된서리)나 오는 날이면 큰일나겠는데요?"

"나두 허느니 말이네!…… 하누님두 원, 무슨 심천이란 말이야? 서리두 서리지만 우선 늦베(晚種稻)가 영글(結實)이 들 수가 있어야지! 그러잖어두 그놈의 수핸지 급살인지 때미네 도지(賭租)를 감하여 달라구 생지랄을 하는데!"

가을로 접어들면서 윤 직원 영감과 대복이가 노상 걱정을 하게 된 것이 금년 추숩니다. 농형이 대체로 풍년은 풍년이지만, 전라도에 수해가 약간 있었고 윤 직원 영감네 논도 얼마간 해를 입었습니다. 어느 것은 겨우 반타작이나 되겠고, 어느 것은 사태와 물에 말끔하니 씻겨 내려가서 벼 한 톨 추수는커녕 그 논을 다시 파일구는 데 되려 물역이 먹게 생겼습니다.

이것은 지난 백중 무렵에 대복이가 실지로 내려가서 보고 온 것이니까,

노상히 소작인들의 엄살로만 돌릴 수 없는 것입니다.

하기야 그렇다고 해도 윤 직원 영감은 내밀 배짱이 없는 것은 아닙니다.

'우리 논으로 말하면 죄다 도조를 선세(先稅)로 정했으니까 상관이 없다. 소작 계약에도 쓰여 있지만 흉년이 들어서 추수가 더얼 났다거나 또 아주 없다거나 하더라도 선세인만큼 소작인은 정한 대로 도조를 물어야 경우가 옳지 않으냐.

만약 흉년이라고 도조를 감해 주기로 든다면, 그러면 그 반대로 풍년이 들어서 벼가 월등 많이 나는 해는 도조를 처음 정한 석수(石數)보다 더 받아도 된단 말이냐? 그때에 가서 도조를 더 물라면 물 테냐? 물론 싫다고 할 것이다. 거 봐라. 그러니까 흉년 핑계를 대고서 도조를 감해 달라고 하는 것은 공연한 떼다.'

매우 지당한 주장입니다. 그러나 경위는 빠질 게 없는데 윤 직원 영감의 말대로 하면,

'세상이 다아 개명을 해서 좋기는 좋아도, 그놈 개명이 지나치니까는 되려 나쁘다. 무언고 하니, 그 소위 농지령이야, 소작 조정령이야 하는 천하에 긴찮은 법이 마련되어 가지고서, 소작인 놈들이 건방지게 굴게 하기, 그래 흉년이 들든지 하면 도조를 감해 내라 어째라 하기, 도조를 올리지 못하게 하기, 소작을 떼어 옮기지 못하게 하기……'

이래서 모두가 성가시고 뇌꼴스러워 볼 수가 없다는 것입니다.

'내 땅 가지고 내 맘대로 도조를 받고, 내 맘대로 소작을 옮기고 하는데 어째서 도며 군이며 경찰이 간섭을 하느냐?'

이게 도무지 속을 알 수 없고, 해서 불평도 불평이려니와 윤 직원 영감한테는 커다란 수수께끼가 아닐 수 없던 것입니다.

아무튼 싹수가 줄잡아야 천 석은 두웅둥 뜨게 되었고,

'물론 배짱대로야 버티어는 보겠지만 도나 군이나 경찰의 권유이며 간섭에는 항거를 해서는 못쓰니까, 말입니다.'

그러자니 생으로 배가 아파, 요새 며칠 대복이와 주종이 맞대고 앉으면 걱정이 그 걱정이요, 공론이 어떻게 하면 묘한 꾀를 써서 소작인들을 꼼짝 못하게 하여 옹군 도조를 받을까 하는 그 공론입니다.

그런데 우환 중에 날이 이렇게 조랭(무令)을 해서 벼의 결실(結實)을 부실하게까지 하려 드니 더욱 걱정이 안 될 수가 없습니다.

대복이와 이런 이야기 저런 이야기 하는 참에 삼남이가 약을 달여 짜 가지고 들여다 놓습니다. 삼과 용을 주재로 한 보약입니다.

오줌도 먹고 보건체조도 하고 좋은 보약도 먹고 해서 어떻게든지 몸을 충실히 하여 오래애 오래 살고 싶은 게 윤 직원 영감의 크고 큰 소원입니다.

만 석의 부를 그대로 누리면서(아—니, 자꾸자꾸 더 늘여가면서) 오래애 오래 백 살 이백 살, 백 살 이백 살이라니, 천 살 만 살(아—니, 천지가 무궁할 테니) 그 천지와 더불어 무궁토록, 영원히 살고 싶습니다. 이 가산을 남겨 두고 이 좋은 세상을 백 살을 못 살고서 죽어 버리다니 그건 도저히 원통하고 섭섭해 못할 노릇입니다.

옛날의 진시황(秦始皇)은 영생 불사를 하고 싶어 동남동녀 오천 명을 동해의 선경으로 보내어 불사약을 구하려고 했다지만 우리 윤 직원 영감도 진실로 그만 못지않게 영생의 수명을 누리고 싶습니다.

하기야 걸핏하면 머, 내가 앞으로 오십 년을 더 살겠느냐 백 년을 더 살겠느냐, 다직 한 십 년 더 살다가 죽을걸……. 어쩌구 육장 이런 소리를 하곤 하기도 합니다.

물론 그것이 천지의 공도(公道)요 하니까 사실도 사실이겠지만, 윤 직원 영감은 비록 말은 그렇게 할 값에 마음은 결단코 앞으로 한 십 년 고거나 더 살고서 죽고 싶든 않습니다.

절대로 영생불사……. 진시황과 같이 간절하게 영생불사를 하고 싶습니다.

윤 직원 영감이 재산을 고이고이 지키면서 더욱더욱 늘이고 일변 양반을 만들어 내고자 군수와 경찰서장을 양성하고 하는 것은, 진시황으로 치면 오랑캐를 막아 진나라를 보전하기 위해 만리장성(萬里長城)을 쌓던 역사적이요 세계적인 그 토목사업과 다름없는 역사적인 정신적 토목사업입니다.

만리의 장성을 높이 쌓아, 나라를 천지로 더불어 길이길이 지키고, 나는 불사약을 먹어 이 나라의 주재자로 이 영광을 무궁토록 누리고……하자던 진시황과, 만석꾼의 가산을 더욱 늘여가면서 천지로 더불어 길이길이 지키고 양반을 만들어 가문을 빛내되, 나는 오줌을 먹고 보건체조를 하고 보약을 먹고 하여, 이 집안에 가장(家長)으로 이 영광을 무궁토록 누리고 하자는 윤 직원 영감과, 그 둘은 조금도 서로 다를 바 없는 것입니다.

그럭저럭 여덟시가 되자, 윤 직원 영감은 안으로 들어가서 조반을 먹고 나와, 다시 그럭저럭 아홉시가 되었습니다.

하늘은 씻은 듯이 맑고 햇볕은 양기롭습니다. 정히 좋은 날이요, 윤 직원 영감한테는 그새와 마찬가지나, 새로이 행복된 오늘입니다. 오후쯤 해서는 올창이와 말이 얼린 수형 조건으로, 오천구백오십 원을 주고서 칠천 원짜리 수형을 받아, 일천오십 원의 이익을 볼 테니, 그중 일백오 원은 구문으로 올창이를 주더라도 구백사십오 원이고 본즉 오늘은 벌이가 쏠쏠하여 기쁘고.

그런데 오늘은 또 춘심이와 다아 이렁궁저렁궁 하게 될 날이어서 이를테면 특집 호화판입니다.

행복과 만족까지는 모르겠어도, 윤 직원 영감 이외의 다른 식구들도, 죄다 평온 무사한 것은 적실합니다.

태식이는 골목 구멍가게에 나가서 맘껏 오마케를 뽑고 사 먹고 하니, 무사태평을 지나 오히려 행복이고.

경손이는 간밤에 춘심이로 더불어 랑데부를 하면서 이 원 돈을 유흥하던 추억에 싸여 시방 학과에도 여념이 없는 중이고.

서울아씨는 《추월색》을 일찌감치 들고 누웠으니 오만 시름 다아 잊었고…….

뒤채의 두 동서는 바느질에 여념이 없는 중, 박씨는 남편 종수가 오늘은 집에를 들어오겠지 하고 안심코 기다리고…….

고씨는 새벽 세시가 지나, 술이 얼큰해 들어오더니 여태 태평몽이고…….

동소문 밖 ××원 별장에서는 종수가 배반이 낭자한 요리상 앞에 기생들과 병호로 더불어 역시 태평몽이고…….

옥화는 간밤의 일이 좀 걸리기는 하지만, 뭘 집 한 채와 패물과 또 현금으로 이삼천 원 뭉뚱그렸으니, 발설이 되어 윤 주사와 떨어져도 그다지 섭섭할 건 없다고 안심이고.

윤 주사는 도합 사천오백 원을 마작으로 폈으나 오천 원도 채 못 되는 것, 술 사 먹은 폭만 대면 고만이라고 새벽녘에야 든 잠이 시방 한밤중이요, 자고 있으니까 동경서 온 그 전보의 사단도 걱정을 잊었고…….

다아 이렇습니다. 그렇고 다시 윤 직원 영감은…….

윤 직원 영감은 오정때에 오라고 한 춘심이를 어째 다뿍 늘어지게 오정때에 오라고 했던고, 또 제 아범이 앓는다고 불려갔으니, 혹시 못 오기나 하면은 어찌하노 해서, 바야흐로 등이 닳는 참인데 웬걸, 아홉시 치는 소리가 때앵땡 나자 고년이 씨이근버어근 해뜩빤득 달려들지를 않는다구요.

어떻게도 반가운지! 윤 직원 영감은 앞 미닫이를 더럭 열면서 뛰어나오기라도 하듯이 엉덩이를 떠들서억, 커—다란 얼굴에다가 하나 가득 웃음을 흩뜨립니다.

"어서 오니라……. 아범은 앓는다더니 인제 갱기찮어냐?"

"내애 인전 다아 나었어요……."

춘심이는 (속으로 요옹 용 하면서) 토방에 가 선 채, 방으로 들어가려고도 않습니다.

"어서 나오세요. 반지 사러 가게요…….."

"헤헤헤! 그년이 이저삐리두 안힛네……. 그리라, 가자! 제엔장맞일
…….."

"내가 그걸 잊어버려요? 밤새두룩 잠두 안 잔걸! 아, 오정때 오라구
허신 걸 아홉점에 왔다면 고만이지 머어……. 어서 옷 입으세요!"

"오냐. 끙……!"

윤 직원 영감은 뒤뚱거리고 일어서서 의관을 차립니다.

"반지 파넌 가개서 뚱─깐헌 여학생이 반지 산다구 숭보면 어쩔래?"

"남이 숭보는 게 무슨 상관 있나요? 나만 좋았으면 고만이지……."

"으응 그리여잉! 그렇다만 갱기찮지!"

"갱찮기만 해요? 머……."

"오─냐 오냐!……"

쾌─니 속이 굴저서, 말이 하고 싶으니까 입을 놀리겠다요.

어제 오후 부민관의 명창대회에 가던 때처럼, 탕건 받처 통영갓에 윤이
지르르 흐르는 안팎 모시 진솔것에 하얀 큰 버선에다가 운두 새까마니 간
드라진 가죽신에, 은으로 개 대가리를 한 개화장에, 합죽선에, 이렇게 차
리고 처억 나섭니다. 덜신 큰 윤선 옆에 거룻배 하나가 붙어서 가는 격이
라고나 할는지 아무튼 이 애인네 한 쌍은 이윽고 진고개 어귀에 나타났습
니다.

사람마다 모두들 윤 직원 영감을 한 번씩 짯짯이 보면서 지나갑니다.
더구나 때문은 무명 고의적삼에 지게를 짊어지고, 붉은 다리를 추어 올린
'요보'가 아니면, 뒷짐 지고 흰 두루마기에 어둔 얼굴에 힘없이 벌린 입
에, 어릿거리는 가게를 끼웃끼웃, 가만히 들어와서는 물건마다 한참씩 뒤
적뒤적하다가 실며시 나가 버리는 '센징'들만이 조선 사람인 줄 알기를
십상으로 하던 본정통 주민들은 시방 이 윤 직원 영감의 진고개 좁은 골
목이 뿌두웃하게시리 우람스런 몸집이며, 위의 있고 점잖은 얼굴이며 신
선 같은 차림새하며가 풍기는 '얌반상'의 위풍에, 그만 압기라도 되는

듯, 제각기 눈을 흡뜨고서 하— 입을 벌립니다.

좀 심한 천작인 것 같으나, 윤 직원 영감으로 해서, 조선 사람에도 '요보'나 '센징'말고 '조—센노' '얌반상'이 있다는 것을 그야말로 재인식했다고 할 수가 있겠고, 따라서 윤 직원 영감 자신은 그 필요커녕 도리어 긴찮은 일로 여기는 것이지만 (그렇기 때문에 애꿎은) 조선 사람을 위해 무언의 만장 기염을 토한 셈이 되어 버렸습니다.

앞을 서서 가던 춘심이가 초입을 조금 지나 어떤 귀금속 상점 앞에 머무르더니 진열장 속을 파고 들여다봅니다. 제가 눈익혀 두었던 그놈 칠 원 오십 전짜리 반지를 찾는 속인데 그러나 아무리 들여다보아야 보이질 않습니다.

낙심이 되어, 어쩔고 하다가 무슨 생각을 했는지 윤 직원 영감을 데리고 그대로 가게 안으로 들어섭니다.

"이랏샤이마세!"

구경도 할 겸, 점원들이 있는 대로 대여섯 일제히 합창을 하고 나섭니다.

춘심이는 점원 하나를 상대로, 권번에서 배운 토막 일어를 이용하여, 문제의 칠 원 오십 전짜리 반지를 찾습니다.

"네에! 그것 입쇼!……"

답답히 듣고 있던 점원은 척 조선말로 대응을 합니다.

"그건 마침 다아 팔렸습니다마는, 그거 비슷하구두……."

점원은 부지런히 진열장을 안에서 열고, 빨갱이 파랭이 노랭이 깜쟁이 모두 올망졸망 알숭달숭, 반지가 들이박힌 곽을 꺼내다 놓더니, 그중 빨갱이 한 놈을 뽑아 춘심이를 줍니다.

"이것이 썩 좋습니다. 아까 말씀하시던 거보다는 훨씬 낫습니다. 뻔두 이쁘고, 돌두 빛깔이 곱고……. 네헤……."

춘심이가 받아 들고 보니 아닌게아니라 요전 치보다 더 이쁘고 좋아 보입니다. 다시 왼손 무명지에다가 끼어 보니까는 아주 마침으로 꼭 맞습니다.

"이거 사 주세요?"

춘심이는 정가표가 실 끝에서 날른거리는 반지를 손에 낀 채, 윤 직원 영감의 코 밑에다가 들여 댑니다.

"그게 칠 원 오십 전이라냐? 체! 참, 손복허것다!……"

윤 직원 영감은 두루마깃자락을 제치고 염낭끈을 풀으려다가 점원을 돌아봅니다.

"……이게 칠 원 오십 전이면 너머 과허니 조께 깎읍시다?"

"아—니올시다! 이건 십 원이랍니다, 네헤."

"엉? 이게 십 원이여?…… 아—니, 너 머시냐, 칠 원 오십 전짜리 산다더니 십 원짜리를 골르냐?"

"그래두 그건 죄다 팔리고 없다는걸요, 머……."

"그럼 못 사것다! 다런 디루 가던지, 이담 날 오던지 그러자!"

"난 싫여요! 이거가 꼬옥 맘에 드니깐 이놈 사 주세야지머……."

"에이! 안 될 말!"

윤 직원 영감은 조그마한 걸상에서 커—다란 엉덩이를 쳐듭니다.

"이 원 오십 전 상관이올시다! 네헤……."

점원이 알심있게 만류를 하던 것입니다.

"앉으십시요. 이게 십 원이라두 칠 원 오십 전짜리보다 갑절이나 물건이 낫습니다. 몸두 훨씬 더 굵고요, 네헤."

"그리두 여보, 원……."

"아 그리고, 할아버지께서 손녀애기 반질 사 주시자면 좀 쓸 만한 걸루, 네헤."

죽일놈입니다. 아무리 모르고 한 소리라지만, 글쎄 애인끼리를 할아버지요 손녀애기라고 해 놓았으니, 욕치고는 이런 욕이 어디 있겠습니까?

윤 직원 영감은 그렇다고, 너 이놈! 그건 무슨 고현 소린고! 이렇게 나무랄 수도 없는 노릇, 속으로만 창피해 죽겠는데, 그러나 춘심이는 되려 재미가 있다고 생글생글 웃습니다.

"난 머, 이거 꼭 사 주어예지 머, 난 싫여요!"

싫다고 하니 다아 의미심장한 말입니다.

"허! 거 참……. 으응! 거참!"

윤 직원 영감은 마지못해 도로 앉습니다. 그 두 마디의 탄성이, 역시 의미가 심장합니다. 첫마디는 춘심이의 위협에 대한 항복이요, 다음 치는 할아버지와 손녀애기가 다시금 창피하다는 소리구요.

"그리서? 꼭 그놈만 사야 헌담 말이냐?"

"내애, 해해……"

"여보, 쥔양반?"

"네에, 헤."

"사기넌 삽시다. 헌디, 좀 과허니 조깨만 드을 냅시다?"

"외누린 없습니다. 네헤. 머 십 원이라두 비싼 값이 아니올시다, 네."

"머얼 안 비싸다구 그리여! 잔말 말구서 팔 원만 받어!"

"하아, 건 안 되겠습니다. 이건 꼭 정까대루 받어두 이문이 별르 없습니다. 네……. 에—또 저어 기왕 점잖으신 어룬께서 말씀하신거니, 이십 전만 덜해서 구 원 팔십 전에 드리지요, 네헤."

"궈년시리 시방 우넌 소리 허니라구! 팔 원만 받어요, 팔 원."

"아, 이런 데 와선 그렇게 외누릴 않는 법이에요! 생전장순 줄 아시나 봐!"

춘심이가, 핀잔을 주는 소립니다. 그러고 보니 윤 직원 영감도, 이년아 너는 잠자코 있지 않고서 무얼 초란이처럼 나서느냐고, 한바탕 욕을 해야 할 텐데, 억지 춘향이가 아니라 애먼 할아버지가 되었으니 어떻게 손녀애기더러 쌍스런 입잣을 놀립니까!

"야—아, 그런 소리 마라! 세상으 에누리 읍넌 흥정이 어디 있다데야? 나넌 나라에 바치넌 세전(稅納)두 에누리를 허넌 사람이다!"

점원은 농담을 잘 하는 재미있는 할아버지라고, 빈들빈들 웃고만 있습니다.

윤 직원 영감은 꿈싯꿈싯, 염낭에서 돈을 암만큼 꺼내어 조심해서 세어 보고 만져 보고 또 들여다보고 하더니 별안간, 남 깜짝 놀라게시리,

"엣소! 팔 원 오십 전이요. 나넌 인재넌 몰루……."

하고, 말과 돈을 한꺼번에 내던지고는 몸집까지 벌떡 일어섭니다.

"……가자, 인제넌. 다아 되얏다. 어서 가자!"

점원은 기가 막혀서 엉거주춤, 사뭇 붙들 듯, 안 된다고 날뜁니다.

다시 한 시간은 넘겨 승강을 했을 겝니다. 마구 싸우다시피 구 원 십 전에 그 반지를 뺏어 가지고 가게를 나오니까 열한시가 훨씬 넘었습니다.

진고개를 빠져 나와 전차 정류장으로 광장을 건너가면서 춘심이는 손에 낀 반지를 깨웃깨웃 못 견디게 좋아합니다.

"춘심아?"

"내애?"

해뜩 돌아다보고 웃으면서, 또 반지를 들여다봅니다.

"반지 사서 찌닝개 좋냐?"

"거저 그렇죠, 머……."

"저런 년 부았넝가! 이년아, 나넌 네 때미네 돈 쓰구 망신당허구 그릿 다!"

"망신은 왜요?"

"아, 그 녀석이 할아버지가─머? 손녀애기를 어찌구 않던냐?"

"해해, 해해해해."

"아무튼지 이제넌 내 말 듣지?"

"내애."

"흐음, 아무렴 그리야지, 저어, 저어 이따가 저녁에─에─."

"내애."

"일찌감치 오니라, 웅?"

"내애!"

"날 돌르먼 안 되야?"

"내애!"

"꼬옥?"

"글쎄, 걱정 마세요."

"으음."

"저어 참, 영감님?"

"왜야?"

"우리 저기 '미쓰꼬시' 가서 '난찌' 먹고 가요?"

"'난찌'? '난찌'라 건 또 무어디냐."

"'난찌'라구, 서양 즘심 말예요."

"서양 즘심?"

"내에, 퍽 맛이 있어요!"

"아서라! 그놈의 서양 밥, 말두 내지 마라!"

"왜요?"

"내가 그년의 것이 좋다구 히여서, 그놈의 디 무어라더냐 히넌 디를 가서, 한번 사 먹다가 돈만 내버리구 죽을 뻔하였다!"

"하하하, 어떡허다가?"

"아, 그놈의 것 꼭 소시랑을 피여 논 것처럼 생긴 것을 주먼서 밥을 먹으라넌구나! 허참……."

윤 직원 영감이 만약 전감이 없었다면 춘심이한테 끌려가서 그 서양 즘심을 먹노라고 한바탕 진고개에 있어서의 조선 정조를 착실히 나타냈을 것이지만, 요행 그 소위 소시랑 펴 놓는 것——포크에 대한 반감의 덕으로 작파가 되었습니다.

종로 네거리에서 춘심이를 일단 작별하면서, 또다시 두 번 세 번 다진 뒤에 계동 자택으로 돌아오니까, 마침 뒤를 좇듯 올창이가 수형 할인을 해 쓴다는 철물교다리의 강씨를 데리고 왔습니다. 대복이도 가타고 했고, 당장 칠천 원 수형을 받고 오천구백오십 원 소절수를 떼어 주었습니다.

따로 일백오 원짜리를 구문으로 올챙이한테 떼어 준 것은 물론이구요.

강씨와 올챙이를 돌려보내고 나니까, 드디어 오늘도 구백사십오 원을 벌었다는 만족에 배는 불룩 일어섭니다.

간밤에 창식이 윤 주사가 마작으로 사천오백 원을 폈고 종수가 이천 원짜리 수형을 병호한테 야바위당했고, 이백여 원어치 요리를 먹었고 그리고도 오래잖아 돈 천 원을 뺏으려 올 테고 하니, 윤 직원 영감이 벌었다고 좋아하는 구백여 원의 열 갑절 가까운 팔천여 원이 날아갔고, 한즉, 그것은 결국 옴팡장사요, 이를테면 만리장성의 한 귀퉁이가 좀이 먹는 것이겠는데, 그러나 윤 직원 영감이야 시방 그것을 알 턱이 없던 것입니다.

다시 그리고 이따가 저녁에 춘심이를 사랑하게 될 행복에 이르러서는 침이 흔근히 고여 방금 뚜―우 오정 소리를 듣고도 이어 점심을 먹으러 들어갈 여념이 없이, 술에 취하듯 푹신 취해 버렸습니다.

마침 그땝니다. 마당에서 별안간 뚜벅뚜벅 들리는 구두 소리에 무심코 미닫이의 유리쪽으로 내다보느라니까 웬 양복가랑이가 펄적거리고 달려 들지를 않는다구요!

어떻게도 놀랐는지, 벌떡 일어서서 안으로 피해 들어갈 체세를 가집니다.

요맛적 양복쟁이라고는 좀처럼 찾아오는 법이 없지만 어찌하다가 더러 찾아온다 치면 세상 그것같이 싫고 겁나는 것은 없습니다.

사람은 누구 없이 뱀을 섬뻑 만나면 대개 깜짝 놀라 몸이 오싹해지고 반사적으로 적의(敵意)와 경계의 자세를 취합니다.

이것은 우리의 오래애 오랜 조상, 즉 사전인류(史前人類)가 파충류의 전성시대에 그들의 위협 밑에서 수백만 년을 항상 공포와 투쟁과 경계를 하고 살아오는 동안, 그것이 어언간 한 개의 본능이 되어졌고, 그러한 조상의 피가 시방도 우리 인류의 몸에 흐르고 있기 때문이라고 말하는 학자가 있습니다.

그럴 듯한 해석이고, 한데, 윤 직원 영감이 양복쟁이가 찾아오거드면 우선 먼저 놀라서 우선 먼저 피하려드는 것도 그와 비슷한 것이라고 하겠습니다.

기미년 이후 한동안 소위 양복 청년이라는 별명을 듣는 사람들한테 그놈 새까만 육혈포 부리 앞에 가슴패기를 겨냥 대우고 앉아 혼비백산 돈을 뺏기던 일……. 그렇게 돈 뺏기고 혼나고 하고서도 다시 경찰서의 사람들한테 이실고실 참고 심문을 당하느라고 땀을 뻴뻴 흘리던 일…….

지방의 유수한 명망가라고 해서 그네들과 무슨 연락이 있을 혐의는 아니었고, 범인 수사에 필요한 심문을 하던 것인데, 일 당하던 당장 혼백이 나갔던 윤 직원 영감이라 대답이 자꾸만 외창이 나곤 해서 피차에 수고로웠습니다.

치가 떨리고 이가 갈리는 게, 언제고 섬뻑 찾아드는 양복쟁이였던 것입니다.

그러한 위험객말고도, 다시 생명보험회사의 외교원…….

누구나 돈냥 있는 사람은, 다시 겪어 본 사람은 다아 겪어 본 시달림이지만 윤 직원 영감도 많이 당했습니다.

하기야 윤 직원 영감 당자는 나이 많으니까 가입할 자격이 없기 때문에, 가로되 자제 몫으로, 가로되 손자 몫으로, 가로되 무슨 몫으로 이렇게 조릅니다.

윤 직원 영감의 대답은 매우 신랄하게,

"게, 여보! 원 아무런들 날더러 자식손자 보험 걸어 놓구서 그 돈 타 먹자구 그것덜 죽기 배래고 앉었었람 말이오?"

이렇습니다. 그러나 그만 소리에 퇴각할 사람들이 아니요, 찰거머리처럼 붙어 앉아서는 쪼드옥 쫀득 졸라 댑니다.

이처럼 파깃증을 생으로 내주는 게 역시, 불쑥 찾아오는 양복쟁이던 것입니다. 그리고 그 다음이 기부를 받으러 오는 패…….

대개 민간의 교육사업이나 또는 임시 임시의 빈민 혹은 이재민의 구제 사업인데, 그들이 찾아와서는 사연을 주욱 이야기한 후, 그러니 영감님께서도…… 이렇게 청을 합니다.

윤 직원 영감은 다아 듣고 나서는 시침 뚜욱 따고 대답입니다.

"예에! 거 다아 존 일이지요. 히여야 허구말구요……. 그런디 나넌 시방 나대루 수십 년지간 해마닥 수수백 명을 구제허구 있으닝개루, 그런 기부나 구제에넌 참예를 안히여두 죄루 가던 안헐링개루, 그만둘라우!"

"네에! 거 참 매우 장하십니다! 사업은 무슨 사업이신지요?"

객은 듣던 바와는 다르다고 탄복해서, 아무런 그 사업 내용을 쉽사로라도 물어 볼 밖에요.

"예에……. 내가 시방 한 만 석가량 추수를 허우. 그러구 작인이 천 명 가까이 되지요. 그러닝개 천 명 가까운 작인덜한티다가 논을 주어서 농사를 히여 먹구 살게 허닝게 구제허구넌 큰 구제 아니요?"

이 말에 웬만한 사람은 속으로 웃고 진작 말머리를 돌리겠지만, 좀 귀가 무딘 패는 더욱 탄복을 하여 묻습니다.

"네에! 그러면 근 천 명 되는 소작인들한테 소작료를 받지 않으시구 논을 무료로 내주시는군요? 네에! 허어!"

"아ㅡ니, 안 받으면 나넌 어떡허게우?…… 원 참……여보 글시, 제 논 각구 앉어서 도지(小作料)두 안 받구 그냥 지어 먹으라구 내주넌 그런 빙신 천치두 있다우?"

윤 직원 영감은 이렇게 당당히 나무랩니다.

듣는 사람은 분반(噴飯)할 넌센스나 또는 농담으로 돌리겠지만 윤 직원 영감 당자는 절대로 엄숙합니다.

지주가 소작인에게 토지를 소작으로 주는 것은 큰 선심이요, 따라서 그들을 구제하는 적선(積善)이라는 것이 윤 직원 영감의 지론이던 것입니다. 윤 직원 영감의 신경(神經)으로는 결코 무리가 아닙니다. 논이 나의 소유라는 결정적 주장도 크지만, 소작 경쟁이 언제고 심하여 논 한 자리를 두고서 김 서방 최 서방 이 서방 채 서방 이렇게 여럿이, 제각기 서로 얻어 부치려고 청을 대다가는 필경 그중의 한 사람에게는 권리가 떨어지고 마는데 김 서방이나 혹은 이 서방이나 또는 채 서방이 나에게로 줄 수 있는 논을 최 서방 너를 준 것은 지주된 내 뜻이니까, 더욱이나 네게 적선을 한 것이 아니냐?…… 이것이 윤 직원 영감의, 소작권에 의한 자선사업의 방법론(小作權에 依한 慈善事業의 方法論)입니다.

윤 직원 영감은 그리하여 자기가 찬미하는, 가령 경찰 행정 같은 그런 방면의 사업에다가 자진하여 무도장(武道場) 건축비를 기부한다든지 하는 외에는 소위 민간측의 사업이나 구제에 절대로 피천 한푼 내놓질 않는 주의요, 안할 사람인데, 번번이들 찾아와서는 졸라 대고 성가시게 하고 하는 게 누군고 하면 역시 양복쟁이던 것입니다.

이와 같이 시골서 이래로 근 20년 각종 양복쟁이에게 위협과 폐해와 졸경을 치르던 윤 직원 영감인지라 인류의 조상이 수백만 년 동안 파충류와 싸우고 사느라 그들을 대적하고 경계하고 하는 본능이 생겨 그 피가 시방 우리의 몸에까지 흐르고 있듯이 윤 직원 영감도 양복쟁이라면 덮어놓고 적의(敵意)가 솟고 덮어놓고 싫어하는 제 이의 본능이 생겨졌습니다.

윤 직원 영감은 그래서 방금 뚜벅거리고 달려드는 양복가랑이를 보자마자, 엣 뜨거라고, 벌떡 일어서서 뒷문을 열고 안으로 피신을 하려는 참인데, 그러나 시기는 이미 늦어 양복쟁이가 앞 미닫이를 연 것이 더 빨랐습니다.

화가 나서 홱 돌아다보니까 요행으로 낯선 양복쟁이가 아닌 게 안심은 되었지만, 속아 놀란 것이 그담에는 속이 상합니다.

"야, 이, 잡어 뽑을 놈아 지침이나 좀 허구 댕기라……."

방금 동소문 밖 ××원 별장의 그야말로 주지육림(酒池肉林)으로부터 들어오는 종수입니다.

욕은 담배 한 대 피우는 정도로 언제나 먹어 두는 것, 아무렇지도 않아하고 조부에게 절을 한자리 꾸뻑 무릎을 꿇고 앉습니다.

"무엇 하러 또 올라왔냐?"

"볼일두 좀 있고, 그래서……."

"볼일이랑 게 별것 있간디? 매양 돈이나 뺏으러 쫓아왔지?……. 궈년 시리 돈 소리 헐라거던 아예 내 눈앞으 뵈지두 말구 가 뻬리라!"

이렇게 발둥거리를 당하고 보니, 종수는 마치 생고니의 첫 구멍을 막히운 격이라, 말문이 어디로 열릴 바를 몰라, 잠시 고개만 숙이고 대답이 없습니다.

"대체 너넌 그년의 군순지 막껄린지넌 어떻기 되넌 심이냐? 심이! ……"

화가 안 났더라도 짐짓 난 체해야 할 판, 이윽고 재떨이에 담뱃대를 땅 따양, 음성도 역정스럽던 그대로 딴 조목을 들어, 지천을 합니다.

"웅? 그놈의 군수 하나 바래다가 고손자 ×팻것다, 네엔장 맞일!"

십 년 계획이라 속은 말짱하면서도, 주마 가편이라 재촉을 해, 십 년보다 더 속히 되면 속히 될수록 좋은 노릇이니까요. 그러나 이 말에서 종수는 언뜻 돈 발라 낼 꾀가 생각이 났습니다.

"그건 염려 없어요. 그렇잖어두 이번엔 그 일 때문에 겸사겸사해서 ……."

"웅? 거 듣더니 반간 소리다!…… 그리서? 다아 되얐냐?"

담박 풀어져서 좋아합니다. 참으로, 애기같이 천진난만한 할아버집니다.

"오래잖어서 본관 사령은 나올려나 봐요!"

"그리여? 참말이냐?"

"네에."

"그렇다면 작히나 좋것냐! 그런디 그담에 참말루 군수는 은제 되냐?"

"그건 본관이 된 댐엔, 다아 쉬어요!"

"그렇더래두 멧 해 있어야 될 것인디?"

"한 사오 년이!…… 그런데 저어……."

"웅?"

"이번엔 계제에 한 이천 원 좀, 디려야 일이 수나룹겠어요!"

"그러면 그렇지! 그러면 그리여!……"

윤 직원 영감은 펄쩍 뜁니다. 마침 옛날의 그 혼란스럽던 판임관, 그리고 그 윗길 주임관, 그들의 금테 두른 양복, 금장식한 칼, 이런 것을 손자 종수에게 입혀 놓고 양반의 위풍을 떨치는 장면을 연상하면서 비록 시방은 그러한 제복이 없어는 졌을망정 판임관이면 금테가 한 줄, 다시 주임관으로 군수가 되면 금테가 두 줄, 이렇대서 한참 좋아하는 판인데, 밉살머리스럽게 돈 소리를 내놓고 앉았으니, 고만 정나미가 떨어지고 또다시 부화가 버럭 나던 것입니다.

"잡어 뽑을 놈! 귀년시리 돈이나 협잘질 헐라닝개루 시방 쫓아 올라와서넌 씩뚝꺽뚝, 날 돌라 먹을라구 그러지야? 누가 네 속 모를 줄 아냐? 글시 일 다아 되았다면서 무슨 돈이 이천 원이나 드냐? 들기를……."

"지가 쓸려구 그리는 게 아니에요!"

"늬가 안 쓰구, 그러면 여산(勵山)중놈이 쓴다냐?"

"선사깜으루 금강석 반질 하나 살려구 그래요!"

"뭐어?…… 아ー니 세상에 이천 원짜리 반지가 어디 있으며, 또으, 있다구 치더래두, 그 사람은 그걸 손꾸락에다 찌구 베락을 맞이라구, 이천 원짜리 반지를 사다가 슨사를 헌단 말이냐? 죽으며넌 썩을 놈의 손꾸락에다가 아무리 귀골이기루서니 이천 원짜리를 찌다께 베락맞일 짓이 아니여! 나넌 보닝개루 구 원 십 전짜리두 버젓허니 좋기만 허더라……. 대체 누구 조작이냐? 네 소견이냐? 누가 시켜서 그러냐?"

"군수 영감이 그러세요. 저 거시키, 요전번 올라왔을 때 마침 지전 씰 만났었는데, 할아버지두 잘 아시잖어요? 왜 저 총독부 내무부 있는 그 지전 씨!"

"그래서?"

"구경을 나온 길인지, 부인하구 아이들을 모두 데리구 '미쓰꼬시'루 들어오는 걸 만났더래요. 퍽 반가워하면서, 제 말두 묻구, 잊어버리던 안

했노라구……. 그리면서 같이 산볼 하자구 해서 '미쓰꼬시' 안을 여기저
기 둘러보는데, 마침 귀금속부에 갔다가 지전 씨 부인이 이천 원짜리 금
강석 반지를 내논 것을 보더니, 퍽 가지구 싶어하더래나요? 그러니깐 지
전 씨가 웃으면서, 나두 사 주구는 싶어두 어디 돈이 있느냐구, 그러니깐
부인이 여간 섭섭해하는 기색이 아니더래요. 그런데 군수 영감은, 자기가
돈만 있었으면 담박 사서 선살 했으면, 다른 때 만 원을 디린 것보다두
생색이 더 나겠는데, 원체 자기한테는 지닌 게 없기두 했지만 큰돈이라
생심을 못했다구……."

"그러닝개루 그걸 너더러 사서 지전 씨네 집에다가 슨사를 허라더람
말이여?"

"네에. 마침 또 꼭지가 물러가는 눈치구 하니깐, 이 계제에 그래 됐으
면 유리할 것 같다구……."

윤 직원 경감은 말없이 담배만 뻑뻑 빨고 있습니다. 어떻게 생각하면
정말 같기도 합니다. 또 어떻게 생각하면 종수의 야바우 같기도 합니다.
그러나 거짓말이 아닌 것을 거짓말로 잘못 넘겨짚고서 그 벼락맞을 선사
를 않고 보면 일을 낭패시키는 것이 될 테니 차라리 속는 셈 잡고 돈을
내느니만 같지 못하겠다는 생각이 마침내 들고 말았습니다.

"모르겠다! 나는 시방 돈이래야 톡톡 털어서 천 원밖에 없으닝게, 그
놈만 갖다가 무얼 사 주든지, 말든지 네 소원대루 할려면 하여라. 나는
모른다!"

자기 말대로 나라에 바치는 세납도 에누리를 하거든 종수가 청구하는
운동비를 어찌 깎지 않겠습니까.

그러나 종수는 조부의 그러한 성미를 잘 알기 때문에 한자욱 더 뛰어,
천 원 소용을 이천 원으로 불렀으니 종수가 선숩니다.

윤 직원 영감은 대복이를 불러, 천 원 소절수를 쓰여 도장을 찍어 아주
현금으로 찾아다가 종수를 주라고 시킵니다. 그러면서 속으로 오늘 구백
사십오 원 번 것이 오십오 원 새끼까지 치어 가지고 도로 나가는구나 생

각하니, 매우 섭섭하고 허망했습니다.

망진자는 호야니라

    일찍이 윤 직원 영감은 그의 소시적 윤 두꺼비 시절에 자기 부친 말대가리 윤용규가 화적의 손에 무참히 맞아죽은 시체 옆에 서서, 노적이 불타느라고 화광이 충천한 하늘을 우러러,

    "이놈의 세상 언제나 망하려느냐?"

    "우리만 빼놓고 어서 망해라!"

하고 부르짖은 적이 있겠다요.

    이미 반세기(半世紀) 전, 그리고 그것은 당시의 나한테 불리한 세상에 대한 격분된 저주요 겸하야 웅장한 투쟁의 선언이었습니다.

    해서 윤 직원 영감은 과연 승리를 했겠다요. 그런데……

    식구들은, 시아버지 윤 직원 영감이 보기가 싫은 건넌방 고씨만 빼놓고, 서울아씨, 태식이, 뒤채의 두 동서, 모두 안방에 모여 종수를 맞이하는 예를 표하고, 그들의 옹위 아래 윤 직원 영감과 종수는 각기 아랫목과 뒷벽 앞으로 갈라 앉았습니다. 방금 점심 밥상을 받을 참입니다.

    "너 경손 애비, 부디 정신채리라!……"

    윤 직원 영감이 종수더러 곰곰이 훈계를 하던 것입니다. 안식구가 있는 데라 점잖게 경손 애비지요.

    "정신을 채리야 헐 것이, 늬가 암만 히여두 네 아우 종학이만 못히여! 종학이는 그놈이 재주두 있고, 착실히여서 너치름 허랑하지두 않고, 그럴 뿐더러 내년 내후년이면은 대학교를 졸업허잖나? 내후년이지?"

    "네에."

    "그렇지? 응. 그래, 내후년이면 대학교 졸업을 하고 나와서 삼 년이나 다직 사 년만 찌들어 나면은 그놈은 지가 목적헌, 경부가 되야 각구서 경찰서장이 된단 말이다! 응? 알겠어?"

"네에."

"그러닝개루 너두 정신을 바싹 채리 각구서, 어서어서 군수가 되어야 않겠나?…… 아, 동생놈은 버젓헌 경찰서장인디, 형놈은 게—우 군서기를 다니구 있담! 남부끄러서 어쩔 티여? 웅?…… 아 글시, 군수 되구 경찰서장 되구 허미넌, 느덜 좋구 느덜 호강이지, 머 그 호강 날 주냐? 내가 이렇기 아둥아둥 잔소리를 허는 것두 다—느덜 위하여서 그러지, 나는 파리 족통만치두 상관없어야! 알어듣냐?"

"네에."

"그놈 종학이는 참말루 쓰것서! 그놈이 어려서버텀두 워너니 나를 자별허게 따루구 재주두 있구 착실허구, 커서두 내 말을 잘 듣구……. 내가 그놈 하나는 꼭 믿는다 꼭 믿어. 작년 올루 들어서 그놈이 돈을 어찌좀 히피게 쓰기는 허넝가 부더라마는 그것두 허기사 네게다 대며는 안 쓰는 심이지. 사내자식이 너처럼 허랑하지만 말구서, 제 줏대만 실허랑이면 돈을 좀 써두 괜찮은 법이야……. 그래서 지난달에두 오백 원 꼭 쓸 데가 있다구 펀지 하였길래 두말 않고 보내 주었다!"

마침 이때, 마당에서 헴헴 점잖은 밭은기침소리가 납니다. 창식이 윤 주사가 조금 아까야 일어나서, 간밤에 동경서 온 전보 때문에 억지로 억지로 큰댁 행보를 하던 것입니다.

윤 주사는 토망으로 내려서는 아들 종수더러, 언제 왔느냐고, 심상히 알은 체를 하면서 역시 토방으로 내려서는 두 며느리의 삼가러운 무언의 인사와 마루까지만 나선 이복 누이동생 서울아씨의 입 인사를 받으면서, 방으로 들어가서는 부친 윤 직원 영감한테 절을 한자리 꾸부리고서, 아들 종수한테 한자리 절과 이복동생 태식이한테 경례를 받은 후 비로소 한옆으로 들어앉습니다.

"해가 서쪽에서 뜨겠구나?"

윤 직원 영감은 아들의 이렇듯 부르지도 않은 걸음을 더욱이나, 안방에까지 들어온 것을, 이상타고 꼬집는 소립니다.

"……멋 허러 오냐? 돈 달래러 오지?"

"동경서 전보가 왔는데……."

지체를 바꾸어, 윤 주사를 점잖고 너그러운 아버지로, 윤 직원 영감을 속 사납고 경망스런 어린 아들로, 들러 놓았으면 꼬옥 맞겠습니다.

"동경서? 전보?"

"종학이놈이 경시청에 붙잽혔다구요!"

"으엉?"

외치는 소리도 컸거니와 엉덩이를 꿍—— 찧는 바람에 하마 방구들이 내려앉을 뻔했습니다. 모여선 온 식구가 제각기 놀랜 것은 물론이구요.

윤 직원 영감은 마치 묵직한 몽치로 뒤통수를 얻어맞은 양, 정신이 멍 —해서 입을 벌리고 눈만 휘둥그랬지, 한동안 말을 못하고 꼼짝도 않습 니다.

그러다가 이윽고 으르렁거리면서 잔뜩 쪼글뜨리고 앉습니다.

"거, 웬 소리냐? 으응? 으응?…… 거 웬 소리여? 으응? 으응?"

"그놈 동무가 친 전본가 본데, 전보가 돼서 자세히는 모르겠습니다."

윤 주사는 조끼 호주머니에서 간밤의 그 전보를 꺼내어 부친한테 올립 니다. 윤 직원 영감은 채이듯 전보를 받아 쓰윽 들여다보더니, 커다랗게, 읽습니다. 물론 원문은 일문이니까 몰라 보고 윤 주사네 서사 민 서방이 번역한 그대로지요.

"종학, 사-상 관계-로, 경-시청에 피검!…… 이라니? 이게 무 슨 소리다냐?"

"종학이가 사상 관계로, 경시청에 붙잽혔다는 뜻일 테지요!"

"사상 관계라니?"

"그놈이 사회주의에 참예를……."

"으엉?"

아까보다 더 크게 외치면서 벌떡 뒤로 나동그라질 뻔하다가 겨우 몸을 가눕니다.

윤 직원 영감은 면점에는 몽치로 뒤통수를 얻어맞은 것같이 멍했지만, 이번에는 앉아 있는 땅이 지함을 해서 수천길 밑으로 꺼져 내려가는 듯, 정신이 아찔했습니다.

그러나 그것은 결단코 자기가 믿고 사랑하고 하는 종학이의 신상을 여겨서가 아닙니다.

윤 직원 영감은 시방 종학이가 사회주의를 한다는 그 한 가지 사실이 진실로, 옛날의 드세던 부랑당패가 백길 천길로 침노하는 그것보다도 더 분하고, 물론 무서웠던 것입니다.

진(秦)나라를 망할 자 호(胡＝오랑캐)라는 예언을 듣고서 변방을 막으려 만리장성을 쌓던 진시황 그는 진나라를 망한 자 호(胡＝오랑캐)가 아니요 그의 자식 호해(胡亥)임을 눈으로 보지 못하고 죽었으니, 오히려 행복이라 하겠습니다.

"사회주의라니? 으응? 으응?……"

윤 직원 영감은 사뭇 사람을 아무나 하나, 잡아먹을 듯 집이 떠나게 큰 소리로 포효(咆哮)를 합니다.

"……으응? 그놈이 사회주의를 하다니! 으응? 그게, 참말이냐? 참말이여?"

"하긴 그놈이 작년 여름방학에 나왔을 때버틈 그런 기미가 좀 뵈긴 했어요!"

"그러면은 참말이구나! 그러면은 참말이야, 으응!……"

윤 직원 영감은 이마로 얼굴로 땀이 방울방울 배어 오릅니다.

"……그런 쳐죽일 놈이, 깎어죽여두 아깝잖을 놈이! 그놈이 경찰서장 하라닝개루 생판 사회주의 허다가 뎁다 경찰서에 잽혀? 오─사 육시를 할 놈이, 그놈이 그게 어디 당한 것이라구 지가 사회주의를 히여? 부자 놈의 자식이 무엇이 대껴서 부랑패에 들어?……"

아무도 숨도 크게 쉬지 못하고 고개를 떨어뜨리고 섰기 아니면 앉았을 뿐, 윤 직원 영감이 잠간 말을 그치자 방 안은 물을 친 듯이 조용합니다.

"……오죽이나 좋은 세상이여? 오죽이나……."

윤 직원 영감은 팔을 부르걷은 주먹으로 방바닥을 땅─치면서 성난 황소가 영각을 하듯 고함을 지릅니다.

"화적패가 있너냐아? 부랑당 같은 수령(守令)들이 있너냐?…… 재산이 있대야 도적놈의 것이오, 목숨은 파리목숨 같던 말세(末世)년 다─지내 가고오……. 자─ 부아라, 거리거리 순사요 골골마다 공명헌 정사(政事), 오죽이나 좋은 세상이여……. 남은 수십만 명 동병(動兵)을 히여서, 우리 조선놈 보호히여 주니, 오죽이나 고마운 세상이여?…… 으응?…… 제것 지니고 앉어서 편안하게 살 세상, 이걸 태평천하라구 하는 것이여, 태평천하!…… 그런데 이런 태평천하에 태어난 부잣집놈의 자식이 더군다나 왜 지가 땅땅거리구 편안허게 살 것이지, 어찌서 지가 세상 망쳐 놀 부랑당패에 참섭을 헌담할이여, 으응?"

땅─바닥을 치면서 벌떡 일어섭니다. 그 몸짓이 어떻게도 요란스럽고 괄괄한지, 방금 발광이 되는가 싶습니다. 아닌게아니라, 모여선 가권들은 방바닥 치는 소리에도 놀랐지만, 이 어른이 혹시 상성이 되지나 않는가 하는 의구의 빛이 눈에 나타남을 가리지 못합니다.

"……착착 깎어죽일 놈!…… 그놈을 내가 핀지 히여서, 백년 지녁을 살리라구 헐껄! 백년 지녁 살리라구 헐 테여……. 오냐 그놈을 삼천 석 거리는 직분(分財)히여 줄려구 히였더니, 오─냐, 그놈 삼천 석거리를 톡톡 팔어서 경찰서으다가, 사회주의 허는 놈 잡어가두는 경찰서다가 주어 버릴껄! 으응, 죽일 놈!"

마지막의 으응 죽일 놈 소리는 차라리 울음소리에 가깝습니다.

"……이 태평천하에! 이 태평천하에……."

쿵쿵 발을 구르면서 마루로 나가고, 꿇어앉았던 윤 주사와 종수도 따라 일어섭니다.

"……그놈이 만석꾼의 집 자식이, 세상 망쳐 놀 사회주의 부랑당패에 참섭을 히여? 으응, 죽일 놈! 죽일 놈!"

　연해 부르짖는 죽일 놈 소리가 차차로 사랑께로 멀리 사라집니다. 그러나 몹시 사나운 그 포효가 뒤에 처져 있는 가권들의 귀에는 어쩐지 암담한 여운이 스며들어, 가득히 어둔 얼굴들을 면면 상고, 말할 바를 잊고 몸둘 곳을 둘러보게 합니다. 마치 장수의 죽음을 만난 군졸들처럼…….

채만식 소설과 풍자정신

신 동 욱

1. 머리말

채만식(蔡萬植, 1902~1950)은 호를 백릉(白菱)이라 했고, 전북 옥구에서 태어났다. 중앙고보를 거쳐 일본 와세다대학 영문과를 다녔다. 1923년 대학을 중퇴하고, 동아일보 기자(1923), 조선일보 기자(1926~1936)로 근무하였다. 광복 후 귀향하여 창작에 힘을 기울였으나 빈곤과 폐결핵으로 49세의 아까운 나이에 세상을 떠나고 말았다.

첫 단편 「새길로」(朝鮮文壇, 1924. 3호)가 발표되면서 그의 작가 활동이 시작되었다. 초기 작품들부터 이미 현실적인 삶의 문제들을 다루다가, 단편 「레디메이드 人生」(新東亞, 1934. 5~7)에 이르러 식민지 치하의 지식인과 서민층의 삶에 내재한 사회적 모순을 신랄하게 풍자하여 그 당시 문단의 주목 속에서 높은 평가를 받게 되었다. 이 밖에 단편 「명일(明日)」(朝光, 1936. 10~12)에서도 무직자의 시대적 고통을 집약하여 그의 작가적 역량을 발휘하였다. 장편 「탁류(濁流)」(朝鮮日報 연재, 1937)와 「태평천하(太平天下)」(朝光, 1938. 1~9) 그리고 단편

「치숙(痴叔)」(東亞日報, 1938, 3) 등이 연이어 발표되어 그의 성숙된 기량과 문학적 가치를 더욱 높였다. 또한 판소리 사설과 함께 판소리계 소설의 문투를 창의적으로 도입한 묘사적 서술문은 그의 사실주의 문학을 한층 토속적 질감과 어울리게 하는 독특한 문체미의 효과를 거두기도 했다.

그 밖에도 희곡 「심봉사」(한국희곡전집, 1936)와 「제향날」(朝光, 3권 11호, 1937) 등 역작을 발표하여 역사 의식을 중심으로 삶의 주요한 과제들을 비판적으로 다루기도 하였다. 광복 후에도 그의 일관된 비판정신에 의해 단편 「맹순사(孟巡査)」(白民, 1949. 3), 「미스터 方」(新文學, 1946. 6), 「논 이야기」(解放文學選集, 1946) 등을 발표하였다. 광복을 전후한 시기의 지식인들의 친일적 행위를 비판적으로 조명한 작품 「민족(民族)의 죄인(罪人)」(白民, 16, 17호, 1948)을 남겨 작가의 정신적 결백성을 문제삼기도 하였다. 그 밖에도 수필, 비평문 등 많은 작품들을 남기고 있다.

2. 자기 모순의 발견과 비판의식

채만식의 단편을 대표하는 「레디메이드 人生」은 대학을 졸업하고 아무 일도 하지 못하는 '룸펜'(失業者) P를 설정하고, 그를 중심으로 한 1934년의 서울과 농촌을 포함한 사회계층의 내부를 분해하고 있는 풍자소설의 백미라 평가할 수 있다. 작가는 1930년대 중반부에 접어들면서 이른바 파시즘의 강화로 인한 정치적 불안과 세계적으로 번져간 경제공황에 처한 시대 전반을 요약적으로 조명하고 있다. P는 농촌 출신이며, 조혼으로 인한 불화로 일찍 이혼했다. 농촌에서 가난하게 사는 형에게 아들을 맡기고 대학을 졸업했으나 취직을 하지 못한 나머지 끼니조차도 제대로 잇지 못할 만큼 곤궁하게 지낸다. 여기에 그의 아들 창선을 더 이상

맡아 기를 수 없다는 형의 딱한 사정에 따라 소학교도 다니지 못한 어린 아들을 신문사의 식자공으로 취직시킨다는 이야기가 다루어진다.

이 작품에서는 지식인의 과잉배출에 대한 화자의 비판적 시선이 매우 신랄하다. 구한말부터 자유평등의 사조가 교육열을 증대시켜 많은 학교가 설립되고 누구나 배우면 새 시대의 주인공이 된다는 풍조에 따라 교원, 예술가, 은행원, 농사개량 기수, 변호사, 의사, 기자, 목사, 예술가, 신여성 등 수많은 새 직업인이 생겼다. 그러나 1930년대 초반에 들어오면서부터 이미 대량 공급되는 고급인력에 대한 대책이 서 있지 않아, 지식인 실업자가 속출하게 되어 작가는 이 사실을 문제삼아 비판적으로 다루고 있다.

> 인테리가 아니었으면 차라리…… 노동자가 되었을 것인데…(中略)…모두 어깨가 축 처진 무직 인테리요 무력한 문화 예비군속에서 푸른 한숨만 쉬는 초상집의 주인 없는 개들이다. 레디 메이드 인생이다.(民衆書館, 朝鮮文學全集, 550면, 1958)

인용에 보이듯이 아무 일도 하지 못하고 "초상집의 주인 없는 개"와 같이 비교되어 그 딱한 처지가 야유되고 있다. P와 그 친구들은 책을 잡히고 약간의 돈을 마련하여 술을 마시게 된다. 이 장면에서 한 작부가 정조값을 20전이라고 말하는 내용, 즉 정조 때문에 목숨을 버리는 도덕성과 당장의 끼니 때문에 정조를 버린 데서 P는 큰 충격을 받고 호주머니에 남은 돈을 다 털어 주고 울면서 그 집을 뛰쳐 나온다. 이러한 삽화적 장면에서 지식인 실업자 못지 않은 작부의 간고한 삶이 요약되고 있다. 그리고 농민인 P의 형을 통하여 농촌의 심한 궁핍상이 암시된다. 이어 소학교도 못 다닌 어린 아이를 취직시키는 반어적 현상을 제시하여 당시의 경제적 궁핍을 계층적 의미에서 조명해 내고 있다. 여기서 화자의 시선에 포착된 인테리 계층의 자기 비하와 자기풍자라는 엄정한 비판정신이

내포되고 있다.

이어서 「치숙」에서도 대학 나온 아저씨는 옥살이를 하다가 집에 돌아와 실직자로 병들어 있고, 겨우 일어를 깨친 조카는 직장에 들어가 일본인 색시를 얻어 잘 살겠다는 의욕적인 생각을 드러내는 이야기를 조소적 태도로 기술하고 있다. 기대된 정상성은 보이지 않거나 왜곡되고 오히려 예기치 않은 결과가 사회적 가치를 대신하는 역리의 시대임을 증언한 것이다.

채만식의 문체는 요설체 문장의 개성미를 가지고 있는데 이는 그의 고향 호남지역의 판소리 사설의 말씨와 상통하고 있다.

> 아따 거시키, 한참 당년에 무엇이냐 그놈의 것, 사회주의라더냐 막걸리라더냐 그걸하다, 징역 살고 나와서 폐병으로 시방 앓고 누웠는 우리 오촌 고모부 그 양반…….
>
> (語文閣, 新韓國文學全集, 418면, 1979)

이러한 사설조의 너스레는 호남지방인의 토속적인 삶의 감각을 그대로 드러내는 듯 생동감이 느껴진다. 말하자면 토속적 삶에서 자생적으로 우러나는 진실성을 십분 묘사하였다. 말씨에 깃든 삶의 자세로서의 감정양식과 사상성을 독자들이 직접적으로 실감하고 접촉할 수 있게 한 것이다. 염상섭의 「삼대(三代)」의 사회적 삶의 핍진성을 획득한 작가적 기량과 어울리는 또 하나의 토속적 리얼리즘을 채만식은 완성시켜 한국문학의 예술적 지평을 확장한 것이었다.

그리고 이러한 단편에서도 당대의 사회적 가치가 전도된 사실을 집약적으로 묘사한 사실이 입증되고 있다. 일제치하라는 남의 탓만을 문제삼기보다, 우리의 내부 모순 그 자체에 비중을 두는 작가의 비판적 자세가 선명히 보인다.

3. 장편「태평천하」와 풍자의 의미

장편「태평천하」는『朝光誌』에 발표될 당시는 그 제목이「天下太平春」이던 것을 민중서관의 韓國文學全集(1958)으로 출판할 때 작가는 그 제목을 개제하고 작품 내용도 엄정히 교정하였다고 한다. 이 작품은 1930년대의 한 지주 윤직원을 중심으로 하여 그 가족들의 감추어진 욕망을 파헤쳐 그 복잡한 관계와 모순을 조명하였다. 우리 소설사에서 세태풍속의 천착과 풍자적 의미가 가장 잘 드러난 작품으로 평가되고 있다.

이 작품의 외형상의 진행 시간은 '구월 열××날' 석양무렵부터 그 다음날 낮시간까지이나, 여러 인물들의 성격과 욕망, 그리고 사건과 심리풍경 등의 과거 시간까지 소급하여 구한말의 시대상도 알려 준다. 작품내의 등장 인물의 개요는 다음과 같다.

윤직원(72세)은 만석꾼의 대지주로 풍채가 좋아 옛 방백(관찰사, 또는 오늘날의 도지사)과 같은 고관으로 보일 만하나 소리 하는 광대로도 오해받아 풍자적 대상으로 된다. 탐욕스럽고 인색하여 불쌍한 인력거꾼의 운임도 주지 않으려 하고, 고액권으로 버스를 그저 타고, 하등표로 상등 자리에 앉아 창 밖을 관람하는 억지를 쓰기도 한다. 돈 들이지 않고 창을 들으려 라디오를 사고, 소리 안 나온다고 심부름하는 비서 겸 서사인 대복이를 야단친다. 한편 15세 소녀 춘심이에게 접근하나 춘심은 그 심리를 오히려 이용한다. 이러한 행위에서 윤직원의 성격이 골계적(滑稽的)으로 야유되고 있다. 그런데 윤직원의 비정상적인 인색함과 욕망은 그의 과거와 밀접하게 연결되고 있다. 즉 윤직원의 아버지 말대가리 '윤용구'는 가난하고 무식한 촌 노름꾼이었으나 돈 200냥을 얻어 착실히 살림하여 3천 석의 부자가 되었다. 그것을 이어받은 윤직원이 당대에 만석꾼의 부호가 되고 저금액도 10만 원에 이르게 된다.

그런데 이렇게 치부한 내력에는 화적떼에게 재물을 빼앗기고 수령의 토

색질에도 재물을 **빼**앗기는 등 연속되는 고통의 경험도 있다. 특히 계유년
의 화적떼 사건에서 그 아버지 윤용구는 도적과 관의 중간에서 약탈을 당
하고 끝내 목숨까지 잃는다. 이러한 비극적 경험 때문에 윤직원은 식민지
치하의 엄격한 일본 경찰의 치안 유지에 감동하고, 그것을 태평한 세월로
인식하게 된다. 즉 윤직원의 체험 내용인 화적떼의 약탈과 관가의 수탈에
목숨까지 잃어가면서 지킨 재산에 대한 집요한 애착심이 객관적 논리를
확보한 것이다. 그러나 그러한 화적떼의 발생 원인에 대한 최소한의 관심
이나 원인 규명의 의식은 전혀 보이지 않는다. 즉 윤직원은 삶의 건전성
과 형평의 원리는 무시하고 오직 그의 재산 증식에 힘쓸 뿐이다. 그리고
재산은 자신과 집안의 "부지런함"과 "시운"이 좋아서 이루었다는 당위
성만 생각했고, 소작인에게 심한 압력을 넣어 장리벼를 얻어 쓰게 하고
고리로써 재산 증식을 한 부도덕한 점은 외면한 사실(같은책. 417~418
면)을 작가는 전지적 서술자의 관점으로써 야유하고 있다. 윤직원은 돈
을 모은 다음 가문의 허술함에 눈을 돌리고 돈으로 족보를 새로 꾸며 명
문가로 조작한다(같은책, 419면). 그리고 윤두섭 자신이 향교의 최고 명
예직인 직원벼슬을 맡아 하기도 한다. 또 혼인도 이름있는 집안과 하고,
집안에서 군수나 경찰서장이 나오기를 고대하며 일본 어느 사립대학 법과
에 다니는 그의 손자 종학에게 큰 기대를 걸지만 사상 관계로 경시청에
구속된다는 반어적 사태로 전개된다.

다음은 윤직원의 아들 윤창식과 그의 아내 고씨의 이야기이다. 윤창식
은 교양있는 한량이지만 서술자는 "불량자"로서 규정하고 있다. 그 아내
고씨와의 사이에 종수, 종학 두 아들을 둔 다음 그는 시골서부터 첩을 두
고 동대문 밖에 살림을 차린다. 그 후 다시 기생첩을 관철동에 두고 유
람, 활쏘기, 술, 마작, 골동품 수집 등으로 세상을 소일하다가 아버지 윤
직원에게 준금치산자로 선고까지 받는다. 즉 사회에 유익한 일은 하지도
않고 쾌락에 탐닉하는 인물로 설정되고 있다. 그 아내 고씨는 거의 평생
을 소박당한 불만으로 지내는 여인으로서 특히 시아버지 윤직원에게 손자

경손을 구박하며 간접적으로 화풀이를 한다. 윤직원은 며느리의 푸념을 잘 알고 이에 분개하지만 어쩔 수 없는 처지이다.

> ……잘되야 먹어! 이마빡으 피두 안 마른 것두 으런이 무어라구 나무래면 천장만장 떠받구 나서기버틈 허구……. 흥! 뉘놈의 집구석 씨알머리라구, 워너니 사람 같은 종자가 생길라더냐!
>
> (같은 책, 438면)

이러한 고씨의 독설 어린 푸념에는 윤직원 일가 남정들의 무절제한 욕망으로 첩과 기생 등이 얼키고 설킨 삶을 극단적으로 부정하는 의미가 나타나 있다.

그 다음으로 비서 겸 서자 노릇을 하는 대복이의 구두쇠와 같은 절약정신을 묘사하여, 채무자의 재산을 가차압하고 그것을 값싸게 사들여 이윤을 남기는 윤직원의 비도덕적인 부의 증식에 적극 가담하는 비정상적인 인간상을 보여 준다.

윤직원의 큰 손자 종수는 군의 고원(雇員)으로 10만 원을 써가며 군수 운동을 한다는 명목으로 집안의 돈을 사기친다. 그 아버지 윤창식의 간교한 둘째 첩이 여학생으로 둔갑하여 바람 피우는 현장에서 창식의 바람둥이 아들 종수와 만나는 등 욕망의 격심한 엇갈림이 보이고 있다.

이러한 이야기를 통하여 1930년대 한국의 여러 삶의 계층적 의미를 윤직원 일가를 중심으로 투시하여 그 퇴락상을 조명하고 고발하고 있다. 말하자면 식민지 치하라는 왜곡된 시대의 논리 안에서 오히려 안주하며 개인의 부를 근거로 하여 욕망의 비리가 무제한으로 자행되는 풍속적 문제를 풍자적 필치로 비판하고 있다.

윤직원의 이기적이고 주관적인 관점에서 보이는 태평세월에 사회주의 운동의 한 실천가로 등장하는 기대가 많았던 손자 종학은 경시청에 구속된다는 역설적 사태를 소설적 장치로 설정하여 시대의 이중적 모순을 객관적으로 드러내어 비판한 중요한 작품이기도 하다.

4. 마무리

그의 또 다른 걸작으로 「탁류(濁流)」가 있다. 이 작품은 지방의 도시 빈민층과 여러 직업인들의 생활에 초점을 두고 그에 내재하는 흥망의 문제를 그들 자신의 욕망과 운명의 흐름에 비추어 풍자적으로 묘사하였다. 특히 농민의 몰락 과정이 실감있게 묘사되고 있다.

이렇게 볼 때, 채만식은 1930년대의 다양한 직업 계층을 집약적으로 조명하면서 그 내재적 모순을 찾고 밀도 있게 조명하여 작품의 서사적 연결과 진실성을 적절히 확보한 기량있는 대 작가임이 판명된다. 그의 풍자 의식에는 준엄한 자기성찰과 비판의식이 깃들어 있고, 이러한 작가 정신은 광복 후에도 지속되어 삶의 구조적 형성층을 입체적으로 그리고 집약적으로 조명하여 사실주의 문학을 그의 독자적인 사설조 문체미로 이룩한 것을 알 수 있다.

우리 문학사에서 토속적 삶의 진실성을 질감(質感) 있게 묘사해낸 창의력이 뛰어난 작가라고 평가할 수 있다.

작가연보

1902   전북 옥구군 임피면 읍내리에서 5형제 중 막내로 태어나다. 호는
        백릉(白菱), 채옹(采翁).

1914(13세)   임피보통학교 졸업.

1918(17세)   중앙고등보통학교 입학.

·1920(19세)   은선흥(20)과 결혼.

1922(21세)   중앙고보 졸업. 일본 와세다대학 입학.

1923(22세)   관동대지진으로 귀국. 동아일보 정치부 기자.

1924(23세)   단편「새길로」를『조선문단』에 발표.

1925(24세)   단편「불효자식」발표.

1926(25세)   『개벽사』기자.

1929(28세)   단편「산적」(별건곤) 발표.

1930(29세)   단편「병조와 영복이」(별건곤), 희곡「낙일」, 수필「신
        록」등 발표.

1931(30세)   단편「사라지는 그림자」(동광),「스님과 새 장사」(혜성),
        소설「창백한 얼굴」(혜성),「화물 자동차」(혜성), 논문
        「함일돈 군의 기극(奇劇)」(비판) 등 발표.

1932(31세)   카프에 직접 참여하지는 않았으나 이 시대를 전후하여 동
        반자적 경향의 작품을 씀. 단편「부촌」(신동아),「농민의
        회계보고」, 희곡「행랑 들창에서 들리는 소리」(신동아),
        「목침 맞은 사또」(신동아),「감독의 아내」(동광) 등 발표.

1933(32세)   장편「인형의 집을 나와서」(조선일보) 연재. 단편「팔려
        간 몸」,「애달픈 죽음」, 희곡「조조(曹操)」, 수필「길거
        리에서 만난 여자」, 평론「백 명이 한 개를 낳더라도 옳은
        프로 작품을」등 발표. 조선일보사 입사.

1934(33세)   「레디메이드 인생」(신동아), 희곡「인텔리와 빈대떡」등 발표. 이후 2년간 창작생활 중단.

1936(35세)   조선일보사 사직. 소설의 전환기를 이루다. 단편「보리방아」(조선일보), 「명일」(조광), 「빈(貧) 제 1 장 제 1 과」(신동아) 발표. 희곡「심봉사」를 문장에 발표하려다 조선총독부 검열로 전문(全文) 삭제당함.

1937(36세)   장편「탁류」(조선일보) 연재. 단편「젖」, 「얼어죽은 모나리자 상(上)」, 「생명」등 발표.

1938(37세)   장편「천하태평춘」(후에「태평천하」로 개제)을 『조광』에 연재. 단편「쑥국새」(여성), 「치숙」(동아일보), 「이런 처지」(사해공론), 「소망(少妄)」(조광) 등 발표.

1939(38세)   단편「정자나무 있는 삽화」(농업조선), 「패배자의 무덤」(문장), 「모색」(문장), 「홍보씨」(인문평론) 등 발표. 「탁류」(박문서관) 발간. 「채만식단편집」(학예사) 발간.

1940(39세)   단편「치안의 풍속」(신세기), 「냉동어」(인문평론), 희곡「당랑(螳螂)의 전설」, 수필「금과 문학」발표.

1941(40세)   단편「근일」(춘추), 「집」(춘추), 중편「병이 낫거던」(조광) 등 발표.

1943(42세)   장편「어머니」(조광) 연재. 「집」(조선출판사), 「배비장」(박문서관) 발간.

1944(43세)   장편「여인전기(女人戰記)」(매일신보) 연재.

1945(44세)   옥구로 낙향. 부친 죽다. 장남 무열(武烈) 병으로 죽다. 마작에 손을 댐.

1946(45세)   「허생전」(조선금연), 「제향날」(박문출판사) 발간.

1947(46세)   모친 죽다. 「여자의 일생」(서울타임스), 「잘난 사람들」(민중서관) 발간.

1948(47세)   장편「옥랑사」탈고. 단편「처자」(주간서울), 「낙조」,

「돼지」,「민족의 죄인」 등 발표.

1949(48세)　「아름다운 새벽」(박문출판사),「탁류」(민중서관) 3판 발
　　　　　　간, 중편 「소년은 자란다」 탈고, 단편 「역사」(학풍),
　　　　　　「늙은 극동선수」(신천지), 동화 「이상한 선생님」(어린이
　　　　　　나라) 등 발표.

1950(49세)　6월 11일 노년성(老年性) 폐환으로 죽다. 옥구군 임피면
　　　　　　취산리 선영에 안장. 미완성 소설 「소」를 남기다.

1955　「옥랑사」(희망) 유고로 연재 발표.

1972　중편 「소년은 자란다」(월간문학) 유고로 발표.

1975　「생명의 유희」(문학사상) 유고로 발표.

베스트셀러 한국문학선 11

태평천하

펴낸날 ㅣ 1995년 6월 15일 초판 1쇄
　　　　　2013년 5월 27일 중판 14쇄

지은이 ㅣ 채만식
펴낸이 ㅣ 이태권
펴낸곳 ㅣ (주)태일소담
　　　　　서울시 성북구 성북동 178-2 (우)136-020
　　　　　전화 ㅣ 745-8566~7　팩스 ㅣ 747-3238
　　　　　e-mail ㅣ sodam@dreamsodam.co.kr
　　　　　등록번호 ㅣ 제2-42호(1979년 11월 14일)
　　　　　홈페이지 ㅣ www.dreamsodam.co.kr

ISBN 89-7381-181-9　03810

베스트 셀러 월드북 도서목록

1. 어린왕자 쌩 떽쥐뻬리
2. 갈매기의 꿈 리처드 바크
3. 탈무드 마빈 토케어
4. 나의 라임오렌지나무 J.M. 바스콘셀로스
5. 크눌프, 그 삶의 세 이야기 헤르만 헤세
6. 전원교향악 앙드레 지드
7. 사람은 무엇으로 사는가 톨스토이
8. 아낌없이 주는 나무 쉘 실버스타인
9. 마지막 잎새 O. 헨리
10. 마지막 수업 알퐁스 도데
11. 아흡가지 슬픔에 관한 명상 칼릴지브란
12. 노인과 바다 어네스트 헤밍웨이
13. 슬픔이여 안녕 프랑소와즈 사강
14. 비밀일기 S. 타운젠드
15. 포우단편집 E.A. 포우
16. 독일인의 사랑 막스 뮐러
17. 그리스로마 신화 토마스 불핀치
18. 데미안 헤르만 헤세
19. 젊은 베르테르의 슬픔 괴테
20. 꽃들에게 희망을 트리나 포올러스
21. 빙점(상) 미우라 아야꼬
22. 빙점(하) 미우라 아야꼬
23. 안네의 일기 안네 프랑크
24. 회색노트 로제 마르탱 뒤 가르
25. 달과 6펜스 서머셋 모옴
26. 작은 아씨들 루이자 M. 올코트
27. 주홍글씨 나다니엘 호오도온
28. 호밀밭의 파수꾼 J.D. 샐린저
29. 좁은문 앙드레 지드
30. 동물농장 조지오웰
31. 이솝우화 이솝
32. 키다리아저씨 진 웹스터
33. 꼬마니콜라 르네 고시니
34. 싯달타 헤르만 헤세
35. 지와 사랑 헤르만 헤세
36. 젊은 시인에게 보내는 편지 라이너 마리아 릴케
37. 파리대왕 윌리엄 제랄드 골딩
38. 이방인 알베르 까뮈
39. 이상한 나라의 앨리스 루이스 캐롤
40. 홍당무 J. 르나르
41. 목걸이 기 드 모파상
42. 수레바퀴 아래서 헤르만 헤세
43. 양치는 언덕 미우라 아야꼬
44. 여자의 일생 기 드 모파상
45. 대지 펄 S. 벅
46. 폭풍의 언덕 에밀리 브론테
47. 테스 토마스 하디
48. 페스트 알베르 까뮈
49. 제인에어 샤로트 브론테
50. 이반데니소비치의 하루 솔제니친